連　弾

塚本邦雄

河出書房新社

目次

奪　9
連弾　77
青海波　147
天秤の東　219
かすみあみ　241

奪　9
連弾　77
青海波　147
天秤の東　219
かすみあみ　241

解説　『連弾』のころ　山尾悠子　272
華麗な惨劇の淵へ　中条省平　276

連弾

奪

唵阿《おんあ》密哆《みりと》覩《ど》鉢婆《はんば》吽発吒《うんはつた》
〈馬頭観世音神咒〉

I

「いいえ、私が見た時は、蠅はまだ一匹も死んでゐなかつたと思ふわ。貴方《あなた》が見たのは私が席を外して十分ばかり経《た》つた頃でせう。その間にどうして銀蠅が三匹もばたばた死ぬの？　第一鬱金桜《うこんざくら》がやつと綻《ほころ》びかけたばかりの山家《やまが》の五月の初めに、蠅だつてまだうるさいと言ふほどは飛んでやしない。どう考へたつてをかしいわね。きつと殺した蠅を他から持つて来て置いたのよ。さうに決つてる」

檀上香也子《だんじやうかやこ》の棘棘《とげとげ》しい告発めいた口上を聞いても、だからどうだと言ふのか、私の知つたことぢやないと、高遠星策《たかとほせいさく》は心の中で外方《そつぽ》を向き、言ふだけ言ふと答を聞くそぶりも見せず、またサンダルをつつかけて出て行く彼女の後姿を目の端でとらへながら、客間の黄ばんだ畳にだるい脚を投出した。

さう言へば今日は端午の節句、この山奥では鬱金桜も一旬遅れて三分咲、その灰緑色を帯びた葩《はなびら》が、破風《はふ》の下にぼつとうるんで見える前栽《せんざい》の南の隅には、鯉幟《こひのぼり》の竿《さを》が立ち折からの疾風に矢車が鳴つてゐる。家では妻の流霞《るか》が一人息子、それも満一歳になつた木綿策《ゆふさく》を抱いて立ちつくしてゐるだらうか。あの夕闇の玄関で、不意に曖昧な旅に出ると言ふ夫を送り出した姿そのまま、見当違ひな妬心に蒼ざめて今も唇を嚙んでゐるだらうか。

鯉幟はおろか目高《めだか》一尾買つてやつたこともない父を、いつの日か木綿策は憎みいつかまた宥《ゆる》すだらう。かうして香也子の侍従まがひに気紛れな旅のお伴に蹤《つ》いて来た口惜しさを、流霞は恐らくつひに察することもあるまい。驕慢《けうまん》な香也子の強請にむしろ恍惚《くわうこつ》として従つたと思ひこんで、この後、事ある毎《ごと》にその憾《うら》みを繰返すだらう。そしてそれでよいのだと星策は苦い唾を嚥《の》みこむ思ひで霞《かすみ》幾重の彼方はるかな、悲しみの結晶の妻と子を心の中にゑがく。

香也子が帰つて来た気配である。あれから一時間足らずの刻が流れたのだらうか。風が死に幟の鯉の雌雄も睡《ねむ》り、家族の面影も消えた。星策は遠い空を見つめるやうな目差《まなざし》をきつと据ゑ直して、木蓮《マグノリア》の香料の濃く漂ふ背後を振向いた。

「木綿ちやんのお土産にこれなんかどうか知ら。鄙《ひな》びてゐて、はつとするくらゐ美しいと思ふんだけど」

香也子の掌には藁《わら》で造つた馬が三つ四つ、いづれも巧まぬ抽象化を遂げながら、ゆたかな土のにほひを放ち、紅と緑と橙《だいだい》色の手綱の目に沁《し》むやうな郷土玩具の逸品であつた。

「売つてるんぢやないのよ。田植祭の時水神様に供へて、あとは産土神《うぶすながみ》の絵馬堂に飾るんだつて。八十八夜の夕方から深夜にかけて、村の長老夫婦が造るらしいわ。私、民芸館に陳列するなんて触込《ふれこみ》で戴いて来た。ばれやしないかな」

　露見することはあるまい。星策が言はぬ限りは。その人を蕩《とろ》かすやうな華麗な微笑には、この村の神仙めいた長老も、はたまた悪相な嫗《おうな》さへも、おそらく抵抗力を喪《うしな》つてしまふのだ。それにしても何くはぬ顔で傷口の癒着をまた剝《は》がすやうな、このむごい配慮は何事であらう。それを口に出すことが二重の疼《うず》きになることを計算したとしか思へぬ、然《しか》もあどけないばかりの香也子の微笑を浮べた顔を見上げながら、星策ははたと声を吞む。

　先刻の、蠅が死んだとか殺されたとか眦《まなじり》を紅くしての詰問口調は一体どこへ行つてしまつたのか。気紛れもここまでくるとつきあひかねる。その気紛れにあくまで従はせるつもりなら他に相手を選べばよい。唆《そそ》るやうな唇の痙攣《けいれん》をわが物にしようと、世の阿呆な男らは進んで侍従役を志願するだらう。だが自分は違ふと星策は昂然と首を上げた。

「あら、さつきの蠅のこと言ふのすつかり忘れてた。やつぱり他所《よそ》で殺したのをもつて来たのよ。頭が潰れたのが混つてたもの。でもどうだつていい。あの蕈《きのこ》は間違ひなく黄《き》天狗《てんぐ》茸《だけ》だつた。裏の雑木林にはまだ生えてゐるらしいから、いつでも採集できるわ。明日一緒に来てね」

　何がどうだつていいだらう。香也子がこのたび、その気紛れな旅行を思ひ立つたのも、ひとへにこの蠅、否《いな》蠅を殺す毒蕈の在否を調べるためだつた。医師の娘が薬学を専攻するのは自然ななりゆきと思はれるし、薬を検《しら》べることはそのまま毒を研《きは》めることであるくらゐ素人の星策にもわかる。だが選《よ》りに選つて毒蕈のみを無二の研究対象にし、大学院に居残つてまで執念深くそのテーマに肉薄して、憑《つ》きもののしたやうな傲慢さで相手構はず討論を試みる異常さは、つひに周囲の顰蹙《ひんしゆく》を買ひ、学生仲間は勿《もち》論《ろん》教授講師の面面にまで毒蕈なる綽名《あだな》で呼ばれ、心は、美しいが食へぬ女と謎謎の餌にまでなる今日此《この》頃、本人も知つてゐながら居直つたかたち、父の檀上洪志《こうし》博士も匙《さじ》を投げ、投げつつも心の中で娘ながら天晴《あつぱれ》とひそかに嘉《よみ》して、母の微也子《みやこ》の愚痴の種を一つ増した。

　菌のことなら南方熊楠《みなかたくまぐす》にまかせておけと心の中でせせら笑ひつつ、いつの間にかずるずると累《かさな》る偶然の奇縁にまきこまれ、近江の国もう鈴鹿《すずか》に近い山境の政所《まんどころ》くんだりまで、うはべは一応無理心中めいた旅行の相伴《しやうばん》ながら、星策自身も抜からず、それを逆用したたくらみをも秘めて承知した黄金週間逃避行、ものの弾みと因縁の怖ろしさ今更身に沁み、紅い手綱の藁馬を掌の上に、再びどこへやら姿を晦《くら》ました香也子のことなど忘れて、裂《き》れぎれの記憶をたどるのだ。

蠅捕る蕈の話を小耳に挟んだのは二年ばかり前のことである。あれは神巣《かみす》画廊のセールスマン朝倉雄飛《あさくらゆうひ》だつた。まだ学生の匂ひのする二十三歳、中学に入るまへにゆゑあつて出奔した故郷の記憶を、口籠《くちごも》りながら告げる素振りが、その心を許した甘つたれやうが、星策の心をほろ苦く包んで、雄飛の怒つてゐるやうな引緊《ひきしま》つた横顔を飽かず眺め、話のすぢも経過も一切朧《おぼろ》、ただ白内障《そこひ》の祖母が蠱物《まじもの》のやうに蒐《あつ》めて来た黄天狗茸を火に焙《あぶ》り、醤油漬の飯粒を、毒液の滲《にじ》む傘の襞《ひだ》にばらまいておくと、誘はれて来た蠅が見るみるうちに斃死《へいし》すると言ふくだりは、ぞつとするくらゐ鮮かに心に残つてゐる。

神巣画廊は一徹者の神巣序章《かみすじよしやう》老人が三十年の老鋪《しにせ》を誇り、それも野獣派、超現実派以外振向かぬと言ふ頑《かたくな》な好尚、非売品のリュルサのタピスリーを納めた額が画廊仲間にもひびきわたり、ルオーやダリのリトグラフなら掃いて棄てるほど抱へ込んで、愛好家の垂涎《すいぜん》の的であつた。星策はものごころのつかぬ頃から、伯父の露木《つゆき》炬《きよ》に連れられて週に一度は画廊を訪れ、老人の愛玩物《ペット》であつた。炬はルオーの絵を極度に繊細化したやうな不思議なテンペラ画で天才を謳《うた》はれながら四十歳になるならずで死に、星策は中学生であつた。あれから十数年、序章はその後も、建築会社にやつと就職して、いつもスーパーマーケットや公衆便所の設計の下廻りに追はれてゐる名前だけは工学士の星策に、面白い絵が入れば遣ひの者をさしむけ、星策眷恋《けんれん》の画集が着くと、有る時払ひの催促無し条件で届けてくれて、梲《うだつ》の上らぬ日日に眩《くるめ》く彩りを与へた。その頃からの使者が雄飛であり、彼は当時序章の庇護のもとに、画廊のオフィスの一隅を与へられて、ある美術学校に通つてゐた様子である。そのゆゑよしを星策は知らず、また訊かうともしなかつた。

その日は七月の半ばのもの狂ほしい暑さであつた。噴き出た汗がクーラーの涼風で刻刻に冷えてゆくのを感じながら、星策は神巣画廊のフォワイエで、序章の銀鼠《ぎんねず》にきらめく顎鬚《あごひげ》をみつめてゐた。土曜日の午後で人人は海と山に旅立つたのか、画廊もその他の店店もみな閑散であつた。テーブルには美術雑誌がぱらりと拡《ひろ》がり、その絵はタンギーの「霊感」であつた。遥かな地平線の彼方に膃肭《おつとせい》獣の繭とでも言ひたいやうな優しい塊が空に向つて立ち、物象に似たすべては薄い粘膜で覆はれてゐた。星策はタンギーが嫌ひだつた。

老人への電話を知らせに雄飛がフォワイエに来た。雄飛は老人の立つた椅子に腰を下して、大きな欠伸《あくび》をしながら目をこすつた。暗い口腔の葵色の舌、指尖《ゆびさき》で躙《にじ》られる睛睫毛《まつげ》の蘂《しべ》、その蘂の間の精悍な睛《ひとみ》は、天才画家の血に繋《つな》がりながらディレッタントの域を出ようとせず、ボールを擁いて赭《あか》い土の上を疾駆してゐる方が似つかはしい童顔の星策を冷やかに観察してゐた。星策はその冷やかさを爽かさとあへて錯覚し、ひそかな揶揄《からかひ》をこめた口吻を甘えとうけとつてゐたのかも知れぬ。

神巣老人は蜥蜴《とかげ》の皮を巻いたステッキを小脇にかかへ、雄飛に檀上医院へ行くと告げると、矍鑠《くわくしやく》とした大股で扉の彼方に消えた。檀上博士は露木炬の唯一のパトロンであつた。彼のタブローの殆《ほとん》どは博士の所有であり、炬の秀作の数数は人目に触れる機会も無く、伝説的な憧憬の目で好事家《かうずか》に語りつたへられてゐる。星策童形《どうぎやう》の日の裸像もその中にあるはずだが、モデル自身めぐりあふ機会も無い。

雄飛はたてつづけに欠伸しながら、客のためより自分のために、筋向うの茶房「キリエ」から珈琲をとりよせた。

ブルー・マウンテンのやはらかな舌触りは星策を限りなく慰めた。そへられた一掴《ひとつか》みのクッキーの飾りの紅いジェリーに、どこから紛れこんだのか一匹の金蠅がつきまとつた。雄飛はテーブルの棚にあつた古い個展のカタログでぴしやりと蠅を叩いた。金蠅は潰れて、女流画家の肖像の唇のあたりに緑金の翅《はね》を伏せた。烏賊《セピア》墨色の血が女の薄い胸のあたりに飛び散り、星策は思はず珈琲茶碗をもちあげた。

蠅を捕る蕈の話を問はず語りに雄飛が伝へたのはこの時だつたらうか。冷房に馴れた皮膚は薄い膜を張つたやうに無感覚になり、硝子戸《ガラスど》の外を通る人人の汗塗《あせまみ》れの憤《いきどほ》ろし気なたたずまひが、そらぞらしく不愉快であつた。雄飛は星策の聴《きき》上手にひきずられて、常になく饒舌になつた。時時指で閉ぢた瞼《まぶた》を押へながら、眼の底の霞をわけて故郷の記憶を語りついでゐた。

雄飛は頻《しき》りに目の奥に疼きを覚えてゐた。ものの形がかすかな暈《かさ》を持つやうに見え出してからもう三月にもなる。超現実派の気違ひじみたのばかり見て暮してゐるから、目もそれに順応するんだらうなどと、独り毒づいて苦笑してはゐるものの、不吉な予感ぬぐひがたく未だに医師に診せるのをためらつてゐる。雄飛は義理にせかれて美校へ通ひ油彩を手がけてはゐるものの、ほとんど描くことに情熱は感じてゐない。超現実派はともかく、抽象派にも其他《その》の如何《いか》なるエコールにも興味は無く、毎日クラナッハやホルバイン、デューラーにフェルメールあたりの複製を見て時間を潰してゐた。暇と金さへあるなら、彼はドレスデン美術館へ模写に出掛けたことだらう。そしてそのやうな気紛れや贅沢のゆるされるはずもない雄飛の、シニカルに研がれた魂を揺《ゆす》るのは、つねに完成されることなく終つた芸術のみであつた。雄飛はファン・アイクの「聖バルバラ」に陶酔し、ボーヴェーの聖ピエール寺院の顚末を聴いて恍惚を感じた。「聖バルバラ」は緻密を極めたデッサンである。キリスト教徒になつたゆゑに、父に捕へられて塔に幽閉されたバルバラの陰気な卵形の貌《かほ》、烏賊墨色の筆跡は空間の劇的な緊張感を透視図のやうに示してゐる。いつかは油絵に仕上げられるべき下絵、にも拘《かかは》らず不幸な完成度に立竦《たちすく》んでゐるやうな慄然たる世界、さらに慄然とするのは、聖女バルバラの背後に建築中のゴシック寺院が棘棘と描かれてゐることだ。建築はこの後も続くのか、この絵の中で永劫《やうごふ》に進行を止めるのか。一方、ボーヴェーの本寺は一二二五年、前のロマネスク様式の寺院の焼失後に再建される。一二四七年に定礎、三十年後にやつと身廊部が出来るが、その約四十年後穹窿《きゆうりゆう》部は重味に耐へず崩れ落ちる。直ちに修復にとりかかり、十五世紀末に本来の建築工程が続行される。十六世紀一杯なほ建築は続く。ある部分をより高くすればそれを補強するために他の部分に梃《てこ》入《い》れが必要となり、半永久的に完成は持越され、カテドラールは現在も壮麗な残骸として明日を夢みてゐる。濁つた白内障の目で夢みる明日は殃《わざはひ》に満ちみちて、聖バルバラの背後のやうに無惨である。ボーヴェーの伽藍《がらん》を教へたのは星策であり、未完への暗澹たる志向を二人が共有することになつたのはこの時からであつたらうか。老画廊主人に飼はれてゐる不毛な油彩画家と、自らは何も、いかなる世界も宰領することのないディレッタントの、蔑みながら相寄り、ひやびやと魂の触れあふ一時期が始まるのだつた。毒蕈も亦《また》、その劇毒を蠅捕くらゐにしか役立たし得ぬ、陰惨で滑稽な未完の殺人者であつたかも知れぬ。

冷房の中でブルー・マウンテンを飲んだ七月の暑熱の日以後、二人は老人の鈍い慈悲の目を意識しながら、不毛な形而上の世界に一歩づつ歩みよりながら堕ちて行つた。未完の、不可解な中絶をあへてした作品のみが彼らの話題の中心となり、雄飛はダ・ヴィンチの「聖ヒエロニムス」を、アングルの「聖クダル寺のアルバ公」を、ミケランジェロの「ロンダニーニのピエタ」を、セザンヌの「水浴する女」を次次と見つけ出して、その理由と来歴を調べ上げ、ほとんど狂気に近い歓びをまじへつつ星策に告げた。星策はル・コルビュジエの都市計劃《けいかく》を、ミース・ファン・デル・ローエの、ガラスと鉄の高層建築を、ヘルツィヒのザルツブルク劇場案を、タトリンの第三インターナショナル記念塔を、グロピウスのトータル・シアターを、そして最も情熱的にフランク・ロイド・ライトのバグダッド計劃を、喘《あへ》ぐやうにして雄飛に語つた。いづれにも不吉な運命が作品のうしろに黴《かび》のやうにまつはりつき、彼らのいきいきとした会話の中で非業《ひごふ》の姿をさらけ出した。

「まあ珍しい。この間まですれちがつても目礼する程度だつたはずの貴方がたが、随分親密に共通の話題を楽しんでゐるやうね。何時《いつ》意気投合したの？　ひよつとすると神巣のお爺様の陰口ぢやないかしら」

目の覚めるやうな雌黄《しわう》色のカクテル・ドレスの香也子が二人の間に割つて入つた。友人の結婚式に招《よ》ばれた帰りだと言ひながら、パーティーの土産のマロン・グラッセを小卓の上にひろげた。あれから一年の月日が泡立つやうに流れて、雨の七夕の黄昏《たそがれ》時《どき》であつた。

雄飛は室内でも淡い緑のサン・グラスをかけ、それが混血じみた美貌にさらに翳《かげ》を加へてゐた。彼女の汗と香料の匂ひを慕つて金蠅が舞ひおりた。梔子《ガーデニア》の香の渦巻く胸元で脚を擦《す》る蠅を、雄飛がすばやく手近なパンフレットで薙《な》いだ。金蠅はマロン・グラッセの間へ転がりおちて錐揉《きりも》みした。星策の目が雄飛の目を見つめた。

「蠅を捕る蕈の話をしてたんです。傘を火に焙つて、襞に滲み出る毒液で蠅を誘《おび》きよせるんだ。ぼくの幼い頃、祖母がさうして日に笊《ざる》一杯ほども蠅を殺してた。あれは何て言ふ蕈かなあ」

　雄飛のとぼけた返事を、しかし香也子は捕へて離さなかつた。紅花で染めたやうな唇が濡れ濡れと光り、眸《ひとみ》が燦《きらめ》いてゐた。

「黄天狗茸よ。それ本当？　貴方の故郷つて何処《どこ》だつたか知ら。是非見たいわ。ね、今でもさうして蠅捕つてるかどうか調べてくれない？　お願ひ。私もう何年もそれの採集に失敗してるの。蠅を捕るつてのも噂に聞いてるだけ。明日にでも連れて行つてもらひたいわ。お爺様の方は父からでも諒承をとりつけさせるから」

　金蠅がマロン・グラッセの谷間から這出《はひで》て再び香也子の胸にとまつた。雄飛は唇を歪《ゆが》めて脚を擦る蠅を眺めてゐた。淡緑のサン・グラスを透かして見る世界は水中のやうに煙り、香也子の皮膚は縹《はなだ》の精好《せいがう》のやうにぬめぬめと息づいてゐた。香也子の腕が雄飛の頸《くび》に纏《ま》きつき、その堅果のやうな頭をゆすぶつた。

「お願ひ。私朝倉君大好き。お礼にローレックスの時計買つたげる。連れて行つて。

貴方の故郷へ。ね、四国だつたか知ら。それとも九州？　私は何時だつて出発できる。いいでせう？　いいわね」

サン・グラスの下で雄飛の睫毛が顫《ふる》へ、うつとりと開いた口の間に葵色の舌がひらめいた。甘えるやうに香也子を仰いでかすかに微笑した。星策には一度も見せたことの無い濃い翳のある微笑であつた。

星策は無言で立上つた。卓上のパンフレットがひらりとフロアにひるがへつた。露木炬遺作展、檀上洪志氏所蔵品公開、「原罪薔薇」「魚座に寄す」「風妖伝説」「空中正《せい》餐《さん》」「首領」「百合と肝臓」「マリア不在」「海の孔雀」「堕天使」星策の十三歳の裸体がみづみづしく立ちつくすのはどれであつたか。神巣老人が非売品として決して譲らうとしなかつたその一枚を、檀上博士は一年間つきまとひ、あらゆる手段を弄してつひに手離させたと言ふのはあるひは「堕天使」だらうか。

香也子は雄飛の頸を抱きよせたまま、動かうとせぬ。雄飛の唇は香也子の二の腕に触れてゐた。行かう近江へ、政所へ、シテールの島へ、否シャングリ・ラへ、否ゴモラの国へでも奈落へでも。

星策は後を見ずに扉へ歩みより、冷風に凍つたやうなステンレスの把手《ノブ》を握つた。冷やかな感触が背すぢをつきぬけて、この部屋から追放されて出てゆく口惜しさに脚がふるへた。

「雄飛が昨夜から目が痛むと言つて苦しみ通しでね。今朝ともかく檀上先生の紹介で穂高眼科へ連れて行つたんだが、角膜炎と緑内障《あをぞこひ》で目下進行中と言ふんだ。とりあへず対症療法だけ、疼痛《とうつう》は一両日でをさまるが、手術しても根治は無理、徐徐に失明して行くつて事らしい。本人にはそこまでは言つてゐないがいづれわかることだ。君今夜でも見舞つてやつてくれないか。画家が失明と言ふと一番悲惨な刑罰だよね。一体何の因果であんな好い奴がこんな目に遭ふのかと思ふと、私は泣くに泣けないんだ」

受話器の底で神巣老人は涙をのみ声が嗄《しはが》れてゐた。星策は黄昏時の忌はしい一場面を老人には告げなかつた。香也子の高飛車で蠱惑《こわく》的な誘ひに、雄飛がどのあたりまで蹤《つ》いて行つたのか、星策は思ひも及ばず想像するのも煩《わづら》はしかつた。

眼科には珍しく入院設備のある穂高医院の個室は、青磁のシェードを下した憂鬱な明るさであつた。ベッドにタオル地のシャツをまとつたままの雄飛が眼帯をして横たはつてゐた。鎮静剤が利いて浅い睡りに入り、脂汗の浮いた鼻翼がひくひくと動いてゐた。十字架から降されて、ピエタが始る寸前のイエスがそこにゐた。そしてこのイエスは胸乳《むなぢ》の風信子《ヒヤシンス》色の暈の左に、それよりもやや赤味の勝つた痣《あざ》をつけられ、明《あきら》かに穢《けが》されてゐた。純白の、ループの渦まくシャツの腋《わき》に、まぎれもなく梔子の香りが逐《お》残り、髪は香也子の手で掻毟《かきむし》られたやうに乱れてゐた。そこにはもう昨日までの、逐ひつめられて不敵な目を光らせ、怒りに蒼ざめて肩で息をしてゐる若い獣はゐなかつた。毒蕈の胞子を全身にふり撒《ま》かれ、刻刻に盲《めし》ひてゆく青年のなれの果てが歯軋《はぎし》りしてゐるだけであつた。

そしてこの時、星策は始めてその雄飛を愛した。

雄飛は乾いた唇をかすかにひらいて水を求めてゐるやうであつた。枕頭《ちんとう》の指紋のついたコップを洗ひきよめ、生温い水を満たすと、星策は無言で口もとに近づけ、手をもちそへてやつた。眼帯の下の目を凝らし、雄飛は一瞬きつと身を固くしたが、一息に水を飲み終ると吐息とともに呟《つぶや》いた。

「高遠さん？　黙つてゐても匂ひでわかる。ありがたう、おいしかつた」

咽喉《のど》までこみあげてゐるであらう失明の不安、それを独り堪へてゐる辛さ、其他《その》おほよその雄飛のくるしみが星策には手にとるやうに察せられた。眼帯の下の眼の涙湖は溢《あふ》れてゐるだらう。歯の間から洩《も》れようとする絶叫を舌で堰《せ》いてゐるのであらう。

なまじつかな慰めが却《かへ》つて彼を傷つけ、小うるさい看護の手がむしろ彼をいらだたせることを懼《おそ》れて、星策はあへて口を噤《つぐ》んだまま、忽《たちま》ち浅い眠りに落ちてゆく雄飛を見守つてゐた。

一夜でのびた髭《ひげ》が淡い翳をつくり、その翳のやうに刻刻雄飛の不幸の影も濃くなつてゆく。不吉な未完の芸術に憑かれたことへの報いなら星策も共に受けねばなるまい。

あるひはこの稀な青春を、失明を以て夭折《えうせつ》させることを神は好んだのであらうか。星策より綺羅《きら》綺羅しい雄飛の青春を、昨日までの青春をわがもの顔に貪つた香也子は、この一夜で転がり落ちた若者の呻《うめ》きを知つてゐるのだらうか。知らぬはずはあるまい。ドアがひそかに開かれ、小さなノックがこれに従ひ、看護婦の白い顔が覗いた。食事の刻限か小さな配膳車がその後に隠れてゐる。雄飛の小刻みな寝息がはたと跡絶えた。

「香也子さん?」

かすれた吐息のやうな声であつた。

星策は椅子を蹴るやうにして立上ると足疾《あしばや》に扉に近づき、内側へ引いて目顔で看護婦を招じ入れた。小声で、退出するから後事を頼む旨耳打《みみうち》すると、そのまま別れの挨拶も残さず病室を出た。

雄飛が待ちこがれてゐたのは、水でも食事でも、まして星策でもなく、香也子ただ一人であつた。この残酷な理の当然を、なぜわざと気づかぬふりして、荏苒《じんぜん》と枕頭に侍《はべ》つてゐたのかと、煮えかへる思ひの星策の額に、朱夏の正午の陽が照りつけた。忽ち汗が髪の根に湧き、雫《しづく》になつて頬へ落ちるのを彼は拭《ぬぐ》はうともしなかつた。にほひでわかるならなぜ配膳車の塩鯖のにほひがわからなかつたのだ。看護婦の微《かす》かな腋臭《わきが》の玉葱臭がなぜ感じられなかつたのだ。どこに香也子の梔子のにほひがした。星策ははかない憤りにふるへながら鈴懸《すずかけ》の街路樹の下を小走りに歩いてゐた。不覚にも冷えた汗とともに涙が頬を伝つてゐた。星策はあのやうな決定的な愛想づかしに逅《あ》ひながら、しかもなほ雄飛を愛してゐることの、みづからのあはれに涙を流してゐた。飲みかけてゐた水を飲むのを止めるやうに、走り出した車を停めるやうに、愛することが止まるならば、どのやうに安らかであらう。

緑内障とはどうして呼ばれるのかは知らず、雄飛の病名にはふさはしい。彼の目は初めから明盲《あきじひ》であつた。星策の、はるかな星の光のやうな愛を見ようともしなかつた。目の中に溢れる万緑、その緑の氾濫に盲ひてゆくのが緑内障なら、星策もその病を病み、共に盲目になつてやりたい。神巣老人も、檀上医師もみなこの七月の緑金の光の中に盲ひて、世界の外へ転がりおちればよいのだ。星策は愕然として足を踏み外し、ふと見れば街路樹の果ての崖に近かつた。目の下には蟻の塔めいた高層住宅が並び、夾竹桃《けふちくたう》の腥《なまぐさ》い紅がこれを点綴《てんてい》してゐた。崖の方へ一すぢの白い道が貫かれて、そのはるかな央《なか》ほどを、今空色の影がこちらへ、崖の方へ歩んでくるところであつた。その空色の人影を、星策は瞬間に香也子と直感した。彼は踵《きびす》を返すと、反対の崖から延びてゐる下への坂を奔《はし》りながら下りて行つた。坂の道すぢの両側の青葉の中から、するはずのない梔子の香が漂ひ、星策は嘔吐をもよほした。突然下から声がした。

「高遠さん、何を急いでるの？　病院へ行つてたんでせう。朝倉君もう盲になつてしまつた？　私も一寸《ちよつと》見て来る。早く手術でもして治さなくちや。ガイドがゐなくなつたら困るもの」

華やいだメッツォ・ソプラノが疾風のやうに彼の心を突きぬけた。彼は一言も答へずに坂を駆けおりた。香也子は冷笑を浮べて、魂の殻のやうな星策の後姿を見下してゐた。

II

「お座敷の方でお茶をお上《あが》り下さいませ。檀上様はもう先刻から」

老女の寂《さ》びた声にはつとわれにかへると、星策は頰杖《ほほづゑ》を解いて彼女の方へ一揖《いちいふ》した。ここへ来てもう二泊三日目、老女が雄飛の母であることは、その美貌の名残《なごり》から一目でわかつたが、この家庭内での立場は不明である。六十前後の屈強な男、五十過の稍《やや》知的な眼の男、さらに四十がらみの肥満した目のやさしい女、其他老若三、四人居たり居なかつたり、この六、八、十畳等とりまぜて十間《ま》位ある邸内をざわざわ往来してゐるのだが、聞けば製茶業に従事してゐる由、別棟の工場風の建物から、風の向きによつて芳しい茶の匂ひが流れてくる。

雄飛の父がゐるのかどうか、穿鑿《せんさく》好きな香也子はもう問ひつめたのであらうか。星策にはこの家族の複雑な人間関係が、語らうとせぬ顔色の向うに透いて見え、雄飛のそのかみの日の出奔の理由も朧に理解できた。

あれ以来、あの文月八日の夕刻以来もう二年、雄飛は薄明の世界を彷徨《はうくわう》してゐた。無駄は承知で神巣老人が連れて廻る眼科の権威が、あるひは迂遠《うゑん》な修辞で、あるひは嗜虐《しぎやく》的な口調で、それぞれ雄飛の目の治療に匙を投げる旨宣告した。ただ薄明の世界はそれより悪化することもなかつた。幽、明の境の半ばに宙吊りにされた若者には、都邑《といふ》は堪へがたく、人間は煩はしかつた。翌年の三月末、雄飛は一度棄てた故郷へ還《かへ》つた。そして翌月から彼は家伝の、幼時の記憶をたどつて芳しい茶の精製に没入して行つた。

中年老年二人の男は共に亡父の弟であり、出資者であり実権を握る者らであつた。雄飛は半盲になつて以来益益鋭くなりまさつた嗅覚で、半年経たぬ間に叔父二人の弱点を悉知《しつち》して、ひそかに逆用し、おもむろに失地を恢復《くわいふく》しようとしてゐた。

帰郷してからふたたびの茶の季節が周《めぐ》らうとする頃、母が香也子からの来翰《らいかん》を告げた。代読を慮《おもんぱか》つての淡淡とした文面の彼方に、雄飛は香也子のむせかへるばかりの媚態《びたい》を感じた。

蠅捕蕈の採集もさることながら、是非お見舞して積る四方山話《よもやまばなし》に時を忘れようとは、たとへば星策が見れば、その逆で、蕈《きのこ》の方が八分、見舞は二分、愚かな限りとは思ひつつ、母が代筆の雄飛からの歓迎の辞、鶴首《かくしゅ》する云云《うんぬん》の哀れをとどめた文言見せつけられ、その雄飛のあはれのゆゑに、香也子から強引に押付の同行二人《どうぎやうににん》、ついずるずると承知してしまつたのだ。

母親は明らかに星策の同行を喜んでゐた。雄飛はやや不満気であつた。少くともあの看護婦と入れかはつて無言で退出した時以来、拭へぬ気まづさがまだ尾を引いてゐた。その気まづさも、星策には逢はず久しい者同士の新鮮なためらひを錯覚させるばかりに、雄飛は無表情になつてゐた。

道沿ひの小さな川筋に桐の若紫の花が浮び流れ、夕闇が蜜のやうにねつとりと空に漂ふ。二年近い歳月を閲《けみ》しての今日、香也子にとつて雄飛は、盲になりそこなつた、汚れ果てた田舎源氏にすぎなかつた。だが雄飛にとつての香也子は、官能のすべてであつた。梔子の香は木蓮にかはり、愛撫は高飛車で気紛れになつたが、彼の感覚はそれゆゑに高ぶつた。記憶の歯、記憶の爪、記憶の舌、雄飛は香也子以外の肉を知らず、知りたいとも思はなかつた。香也子は十指にあまる肉を知つてゐた。雄飛の瞼《まぶた》に最後に焦《や》きついた香也子の愁《うれ》ひの勝つた美貌は、たとへ盲目にならずとも、その後の如何なる映像をも拒んだだらう。

二夜の逢ひは雄飛を蘇らせた。その恍惚とした表情は、星策に露骨に後朝《きぬぎぬ》を思はせた。そしてその恍惚の隙から、香也子が帰つてゆく日への哀しみと怖れが覗いてゐた。

もしそれによつて香也子の出発が延びるなら、雄飛は雨乞でも放火でもするだらう。母にせがんで黄天狗茸を探させ、蠅の屍をばら撒《ま》いたのも彼の発作的な浅い智慧のなせるわざ、星策にはそのからくりも苦衷も即座にわかつた。わからないのか、わからぬふりをしてゐるのか、いづれにせよ雄飛を無視した香也子の態度に、星策はひねくれた安堵を覚えてもゐた。

明日の午過《ひるす》ぎには発たねばならぬ。人を殺すこともできる蕈を携へて、肩で風切るであらう驕慢な巫女《みこ》香也子に従ひ、星策も心の中で雄飛を見殺しにして山を降りねばならぬ。

座敷から香也子のことさらめいて明るい話声がひびいてくる。

「あら、いやだ小母様、そのスケッチ・ブックお返しになつて。毒茸の絵ばつかり描いてるの。どうせ雄飛さんみたい天才ぢやないから下手よ。まあ、もう御覧になつたの？　その頁の下半分、小母様と雄飛さんよ」

星策も後から覗いたスケッチ・ブックには、目の潰れた蓬髪《ほうはつ》の若者が、眉目《びもく》すずしい母に抱かれた、ピエタ擬《もど》きのデッサン、香也子にそのやうな画才があつたのを星策は全く知らず思はずもう一度覗き込んだ。しかしそれは紛れもなく雄飛の手であつた。母も見誤りはすまい。半盲の目で描いた輪廓は乱れてゐても、それは素人のものとはつきり一線を劃した、うつくしく無残なピエタであつた。ただ、その母なるマリアの顔は、むしろ香也子の顔により肖《に》てゐるのを、星策は心のすみで舌打《したうち》しつつ見落さなかつた。

　スケッチ・ブックの中からばさりと極彩の蕈類図鑑が落ちた。禍禍《まがまが》しい七彩の毒蕈は群をなして紙面に跳梁《てうりやう》し、ピエタの母子を嘲笑してゐるやうであつた。

「人を殺せるのは天狗茸、黄天狗茸、紅天狗茸、卵天狗茸、小卵天狗茸、赤熊《しやぐま》編笠茸、月夜茸の七種類位なの。汗茸つて言ふのは食べるとひどい汗が全身から噴き出す。死んだ例もあるわ。地味な色だし、松や杉の下に生えるし、第一柄《え》がちやんと縦に裂けるから、食用と間違つて食べる量も機会も一番多いんだわ。このあたりぢや夏になると紅天狗茸も出るんでせうね。これも蠅捕に使ふつて書いてる本があつた。培養してゐるけどすぐ絶えてしまふの。ええ、ムスカリンを含んでるから、その幻覚作用を究明するために。ずつと以前、ロシアのアレキシス皇帝がこれを食べて中毒死したつて書いてあるのを見たことがある。川村博士の菌類図説だつたか知ら。私も川村博士以上のものを必ず出すつもり。それも学術論文や単なる図鑑ぢやなくつてそれ自体美術品になつてゐるやうなのを。露木炬の遺作を使つて装釘《さうてい》してもらはうかな。『堕天使』つてのたしか高遠さんの肖像だつて聞いてるけど、その横に萌黄茸を七、八本あしらつたら面白いでせうね、いかが」

星策は慄然としてあらぬ方に顔を向けた。この嘲弄は何の予告だらう。あるひは単に雄飛をいらだたせるための嗜虐的な、気紛れな科白《せりふ》だらうか。雄飛の眉間にきりきりと縦皺《たてじわ》が刻まれて額に癇筋《かんすぢ》がたつ。母なる老女はその凶兆をいちはやく察して、卓上の粽《ちまき》をすすめた。

「さ、みなさま、お一つどうぞ。今朝から百本近く蒸したんですよ。手頃な笹の葉がこのごろ滅切《めつき》り少くなりましてね。雄飛は楝《あふち》の葉で巻いて五色の糸をかけるのが本式だなんて申すのですけど、それぢや柏餅の親戚みたいつて私反対してをりますの。さうさう、うちぢや昔から端午の節句には武者人形のうしろの軸はあれに決めてますけど、雄飛たれの詩だつたかねえ」

軸には蘆荻《ろてき》のけぶる水辺初夏の風物図に、「高余冠之岌岌兮　長余佩之陸離　芳与沢其雑糅兮　唯昭質其猶未虧」なる賛があつた。

「『離騒』、屈原《くつげん》ですよ。今日は屈原の命日なんだ。五月五日は大凶日なのを誰も知らない。鯉幟《こひのぼり》だつて考へてみればぞつとするやうなイメージでせう。水から引摺《ひきず》りあげた魚、死んだ魚、それも中を洞《うつろ》にして空に曝《さら》すなんて、悪趣味の極だと思ふなあ。梶井基次郎もどきに無数の屍体が地面の下に積重つて溶けてゐる断面図と、その上にひるがへつてゐる鯉幟の絵が描いてみたいや。『離騒』と題つけようか。でももう駄目だ。みんな濃い霞のむかうに見えるだけだもの」

雄飛は一年そこそこの間にはつとするくらゐ変貌してゐた。この偽桃源境の陽光は彼の皮膚を灼《や》いて淡い鳶《とび》色を帯びさせ、茶工場での軽労働はその四肢の筋に心ばかりの勁《つよ》さを与へてゐた。しかもかつてのあどけないやうな繊細な表情に、今は冷笑と侮蔑の翳がまつはりついてゐる。そしてその冷笑も侮蔑も、自分自身にむけたものであるゆゑに、翳りはいよいよ苦く、さらに香也子の構へた、意識しすぎた挑発的な会話が、雄飛の神経をずたずたにしてゆくのが手にとるやうにわかつた。五月五日厄日説は一種の常識ながら、雄飛はそれに精一杯の呪ひをこめてゐるのであらう。さらに堪へがたいのは、香也子のもつてまはつた暗示が彼女と星策を恋愛めいた彩りの中へ誘ひこんでゐることだつた。雄飛はもともと二人が一緒にやつて来たこと自体、ただならぬ示威運動、それも星策のしかけたものと勘違ひしてゐるのであらう。しかもその疑念をねぢふせるやうな香也子の一方的な愛撫に溺れて、あの七月以来の暗い紅花を身体の隈隈に飾りながら、心の隅には香也子と星策の未知の融合をあざやかに描きつくして、薮《あぐ》い嫉妬に緑内障の眼底には緑青の砂漠が塩を吹き、その彼方に香也子の血《ち》塗《まみ》れの身体が顕《た》つ。口から血を吐いて、毒蕈の、紅天狗茸の猖猖緋《しやうじやうひ》の泡だつやうな血を垂らしながら、幻の香也子が心の中の砂漠を、自分の方にむかつて歩いてくるのが雄飛には見えるのだ。後には奇妙な笑みをたたへた星策が従つてゐる。星策も血に塗れてゐる。

一瞬の妄想であつた。雄飛は眩暈《めまひ》して上半身の重心を失つた。いつも白濁した霞の彼方にある四囲が、俄に《にはか》紅の霞の中に揺れうごき始めた。蠅捕茸を採つたら彼女はもはや此処《ここ》を訪れはしないだらう。たとへあの気紛れな愛が喜捨に似てゐようとも、雄飛の官能はそれによつてしか覚めず、満ちることもない。雄飛はテーブルに突伏《つつぷ》した。鼻腔に腥《なまぐさ》いにほひがひろがつた。星策ははつとして身体をねぢ、彼の肩を抱かうとした。その時老女が息を呑むばかりの素早さで身をひるがへして雄飛に駆けより、荒荒しく後から抱きおこした。

「雄飛どうしたの。夜更しが過ぎたんでせう、この二、三日。その上朝は朝で早く起きて何処かへ行つたり、無理が続いてるんだわ。さ、あちらで一寸横におなり」

見事な「ピエタ」であつた。掌の釘《くぎ》の痕から血が流れてゐる。瞬間星策はわが目を疑つた。手で衄血《はなぢ》をおさへたのであつた。香也子が反射的にハンド・バッグから懐紙を出して差寄せるのを、老女はほとんど払ひのけるやうにして、雄飛を羽交締《はがひじめ》にずるずると立上らせた。梅鉢透しの懐紙がはらはらと空中に舞ひ、雄飛は人中《じんちゆう》から顎に鮮血の水脈《みを》一すぢ繊《ほそ》く引きながら、母の手にすがつて別室に消えて行つた。

「いやねえ、腥いつたらありやしない。あの坊やまだ乳離《ちばな》れしてゐないのよ。私帰る前にもう一度採集に出かけるわ。いいえ、独りで行く。高遠さん、朝倉君の看病でもしてゐてよ。貴方、彼が好きなんでせう」

刺すやうな一瞥を残すと香也子はひらりと立上つて玄関へ向つた。

廊下をへだてた六畳見当の、雄飛の部屋の細目に開いた障子のむかうから、その香也子の後姿を鋭い目で見送ると、老女は目顔で、のこされた星策を招いた。吸ひよせられるやうに星策は雄飛の枕許に坐《すわ》つた。緑のサン・グラスを脱して、雄飛は固く目を閉ぢてゐた。そのかみの濃い雄蘂《おしべ》の睫毛《まつげ》が、やや乱れながら瞼《まぶた》からはみ出し、その乱れが眼疾を思はせていたましかつた。胸まで軽い夏蒲団がかけられ、群青の麻の葉の染出された麻地であつた。綴糸《とぢいと》の鮮黄が食込み、その理不尽なまでの固さが老女の意地を思はせた。

「催眠薬を嚥《の》ませました。一、二時間眠るでせう。月に一度必ずかういふことがございます。先月は近くの高校へ頼まれて美学の講義のお手伝に行つて、教壇で衄血を出しましたの。頼みにいらしたのが声だけとても綺麗な女の先生、絵をお描きになるんですつて。ええもう写実一点張の絵葉書みたいな風景ばつかり。私のやうなものでも退屈なのに、よくあんな若い女の方がねえ。あら高遠様、馴馴《なれなれ》しくこんなこと申上げたりして、お越になつた時から、一度貴方にゆつくりお話申上げねばと思ひながら、いつも檀上様と御一緒なので遠慮いたしてをりました。失礼ながら高遠様も並大抵ぢやございませんわねえ、あの方のお守《も》りは。本当に遅れました。もうお気づきのことと存じますが、私雄飛の母、紅《もみ》と申します。紅花を揉んで赤く染めるから、紅をもみと言ふのださうでございますね。私など揉みがらの名残の紅ですわ。雄飛は私の二十五の時の子で、ここへ来た翌年あの子の父は亡くなりました。吊橋から落ちて。はい、この川上の、秋は紅葉が輝くやうな絶壁でございます」

話かけるととめどが無かつた。紅子は香也子を慮つてさしひかへてゐた朝倉家の因縁話を、堰切《せきき》つたやうに星策に伝へようとして喘《あへ》ぐ思ひであつた。香也子の毒で変色し別の生物に変貌しようとしてゐる雄飛を、浄《きよ》め蘇らせることの出来るのは星策以外に無いことを、このマリアは刹那に感得したのであらうか。浄めるには真水の愛が要らう。だが香也子の粘液めいた毒を洗ふのに、星策は濃い鹹水《しほみづ》を、口歪《ゆが》むまで苦い水を用ひるに過ぎぬ。その苦味に果して雄飛は堪へられるだらうか。遠くから雄飛を見つめてゐる星策の悲しみ溢れる眼差に、その苦味を読みとつた老母紅子の敏感さに、星策は内心たぢろいだ。ことさらに白髪も染めず脂粉《しふん》の香もとどめぬゆゑに老女の印象は拭へないが、入念に化粧して着るものを選ぶなら、人の振返る美しさはまだ止《とど》めてゐよう。またどう数へても五十になるならずのはず、臆測を重ねるなら、紅子のこの盲縞《めくらじま》筒袖《つつそで》、引詰髪《ひつつめ》のいでたちも、うつむきがちの姿勢も、故意にみづからを老いさせ、くすませようとする扮装ではあるまいか。

「私、貴方の伯父様、露木画伯を存じてをりますのよ。お母様の筐子《きやうこ》様も。びつくりなさいました？　貴方は十二、三でしたか知ら。ぢかにお目にかかりはしなかつたけど、『堕天使』と言ふ絵で存知上げてをります。貴方は覚えていらつしやるかどうか。柘榴《ざくろ》の花がびつしり浮んでゐる水の上を真裸の貴方が歩いていらつしやるの。左右から牛頭《ごづ》、馬頭《めづ》のやうな異形《いぎやう》の者が手を曳《ひ》いてゐて。あの絵が出来上つて二年すると露木さんはお亡くなりになつた。狭心症で。その前夜まで私の夫、朝倉雄図と飲んでいらつしやつたんです。雄図と私と雄飛は、その直後遁《に》げるやうにして此処へ帰つて来ました。その翌年、露木さんの命日に、さう神無月《かんなづき》十二日の芭蕉忌に、雄図は吊橋から墜ちて死にました。雄飛は十歳でしたわ。その後雄飛を十年ばかり神巣様におあづけしたのは私です。露木さんの作品は世が世であれば雄図がすべて持つてゐるべきだつたのです。絵を抱いて吊橋から飛込みたかつたでせうに。それを檀上先生が金にあかせて独占なすつた。その上、香也子様は、私のたつた一人の雄飛まで奪はうとなさる。高遠様、御用心なさいませ。はつと気がついた時は餌食になつてゐて自分が骨だけにされてゐた、などと言ふことのないやうに禱《いの》つてをりますわ。雄飛の目は二度と明きません」

紅子の声は次第にうはずつて、目はきらきらと異様な光を帯びて来た。おそらく自分の告白の危険さを警戒するゆとりも失つてゐるのであらう。

眠りから覚めようとする雄飛が水を求めた。紅子は枕頭の鳥口水差《みづさし》からチェッコ製と覚しい贅沢なカット・グラスに水を注ぎ、いそいそと雄飛に水を含ませると、星策に一礼して席を外した。我を忘れた饒舌を愧《は》ぢるやうな、微かな羞明《しうめい》に眼が翳り瞼が赤かつた。

　雄飛が薄く目を開いた。星策が始めて見るサン・グラスの下の病める眼は、瞳孔が曖昧な暈《かさ》をもつてゐる以外何の異常も認められず、まさに晴盲のたぐひではあつた。うるんで中心を喪つた両眼のゆゑに雄飛はさらに美貌をきはだたせてゐた。

「高遠さん？　ずつとゐてくれたの？」

　足りた眠りの底から浮上つて来たやうな鼻にかかつた声は意外に優しかつた。

「にほひでわかるかい？　水を飲ましてくれたのはお母さんだよ。もう一眠りするといい」

　星策の膝の上にそろへた拳を、雄飛の右掌が探り、重なつた。冷やかな厚い感触であつた。眼疾にたふれた二年前の、七月のあの日がありありと蘇つた。香也子を求める雄飛の声に逆上して、病室を飛出した大人気無《おとなげな》さを今更恥ぢて、星策は額に汗を覚えた。

「あの時は驚いたなあ。食事をつきあつてもらはうと思つて、看護婦に追加を頼んだら、もうお帰りになつたつて言ふんだもの。ぼくは手を洗ひに出て行つたとばかり思つてた。高遠さんでも妬《や》いたりすることがあるのかなあ。ぼくは光栄に思つてあのあと一人涙ぐんでたよ。ね、高遠さん、未完の芸術のことばかり、毎日毎日、それを最終目的のやうに二人で話してたね。ぼくの目が半盲のままで、いつまで経つても薄暮の世界にゐるつてのは、あんな事に熱中した報いなんだらうか。高遠さんが、ぼくが香也子さんの餌食になつてゐるのを横目でみながら、決して自分のものにしようとしないのも、やはりその罰に殉じてゐるの？

母は何を話した？　父が殉死したことも話したかい？　ひよつとすると、ぼくは露木炬の子供かも知れない。父にそれを知られて責められて自殺したんぢやないだらうか。狭心症と言ふけれど、心臓病の持薬を嚥みすぎると、特にジギタリスは狭心症そつくりの症状をおこすつてね。毒蕈の中毒でなかつたのが目つけものさ」

雄飛も亦珍しく饒舌であつた。雄飛に摑まれた星策の拳はじつとりと汗ばんでゐた。かすかな肉のにほひを含む友情が二人の胸をゆきつもどりつして、星策はその拳をゆだねてゐた。雄飛の霞《かす》む網膜に、それほどくつきり自分の姿が灼きついてゐたのならば、来た時から話のしやうもあつたものをと、星策は臍《ほぞ》を嚙むおもひである。あと十四、五時間で辞さねばならぬその慌《あわただ》しいさ中に、このやうな告白を聴くとは。星策は半盲の雄飛をおいてゆくことに劇《はげ》しく苦痛を覚えねばならなくなつた。ダ・ヴィンチの「聖ヒエロニムス」はわれとわが胸に石を打ちつけて血に塗れてゐた。あの暗い褐色の嗜虐的な画面を、髪触れあふまで頭をよせて視《み》つめた日がいま生き生きとよみがへつてくる。ミケランジェロが死の六日前まで鑿《のみ》をふるつてゐたロンダニーニのピエ夕の、腰布さへ剝《は》ぎとられたイエスを、未完のままで死に臨んだミケランジェロの断末魔の貌《かほ》に重ねて言ひつのつた時の心躍りが、雄飛の胸に再び訪れる。それならば、星策の全裸図を水上におき、「堕天使」と冷《ひや》やかに突きはなした炬の心は、一体何を希《こひねが》ひ何を怖れてゐたのだらう。若《も》し、万が一にも雄飛が炬の胤《たね》ならば、炬の雄図への裏切は二重であり、不貞は両刃《もろは》の毒剣に他ならなかつた。そしてその裏切とは、結婚と呼ぶ宥《ゆる》しがたい裏切をあへてした雄図への、歯軋《はぎし》りに似た復讐ではなかつたらうか。星策は伯父の顎鬚《あごひげ》のむず痒い感触を、十の童の時、そのやはらかい頬にうけた甘い拷問を反芻《はんすう》しつつ奇態な感動を覚えるのである。そしてその盲《めし》ひぬ目にもほろ苦い霧と霞の彼方を往来する死者、老人、すべて悲しみに歪んだ男らの貌《かほ》を思ひ描いて慄然とするのだ。神巣老人は今日まで娶《めと》ることが無かつた。何故の不犯《ふぼん》であつたらう。檀上博士の露木炬の作品によせる執心は何処から生れたのであらう。

　星策の母の筐子も既に亡い。兄の露木炬に七、八年後《おく》れて四十五歳で逝つた。父の鬱金《うこん》は四十歳で夭折したと聞いてゐる。星策の七歳の頃の話で、もはや彼の記憶もまた聞きの伝記も及ぶことではない。四十過ぎての死を正確には夭折といふまい。無服《むふく》の殤《しやう》は七歳以下、長殤《ちやうしやう》と言つても十九歳が最高年齢、にも拘《かか》はらず、炬や鬱金の四十の死が、無残で不吉なのは何のためであらう。雄図の墜落死に自殺の翳のまつはるのもこれに関る殃《わざはひ》であらうか。死者は、これら壮年の美しい死者達はもはや何事も語ることは無い。けれども彼等が語れなかつたことのすべてを、遺された者は何時《いつ》の日か知らされる。怖ろしい偶然によつて、あるひは不知不識《しらずしらず》の謎解きの結果として、心の惨劇は明るみに引据ゑられ審《さば》かれるだらう。星策の父鬱金の没年、その四十歳の彼方に浮ぶ人間関係を年齢によつてたぐるなら、妻の筐子が三十三、兄の炬が三十五、朝倉雄図三十六、妻紅子二十九、神巣序章が五十、檀上洪志三十五、妻微也子三十、星策が七つの雄飛が四つ、香也子は五つといふ、樹樹と花花の香でむせかへるやうな、壮年の群像のもつれあひが浮びあがる。もつれあつたかあはなかつたかは知らず、遺された者の表情に、口を緘《かん》する者の唇のゆがみに、華やかに禍禍しい魂の葛藤はありありとうかがはれるのだ。恐らく何時の日か、黙つてゐることに堪へられなくなるだらう。今日の紅子の喘ぐやうな告解もその一つであらう。互《かた》みに相手を聴聞僧に擬して、わが心の罪を、他者の咎《とが》を巨細《こさい》にあばきたてる日が必ずやつてくるだらう。星策は雄飛がまた浅い眠りに落ちてゆくのを見守つてゐた。掌と拳はそのまま繋《つなが》つてしづかに鼓動を頒《わか》ち合つてゐる。そして眼疾の訪れた日より更に深く、痛切な愛を星策は雄飛の上にふりそそいでゐた。

「お午飯《ひる》をあちらでどうぞ。ありあはせのものでお許し下さいませ」

紅子が小声で案内に来た。小さな惨劇のあつた客間の円卓には既にささやかな料理が並び、香也子が頬杖を突いて所在無げに横坐りしてゐた。

「お櫃《ひつ》は此処《ここ》に、それからお茶はその脇にございますから、どうぞお気儘《きまま》に」

紅子は態《わざ》と気を利かしたやうな素振りで同席しなかつた。卓上の昼餐《ちうさん》は山独活《やまうど》に生味噌、小鮎《こあゆ》の煮染《にしめ》、鶏の巻繊蒸《けんちんむし》、筍の木芽和《きのめあへ》と山家《やまが》らしい心遣ひにあふれてゐた。三度三度の配慮はすべて紅子によるものであらうが、殊更《ことさら》に缶詰や干物を避け、季節の香りをそろへての献立は、星策にはたと膝を打たせるばかりの才覚が見え、言葉すくなながら称揚感謝は怠らなかつた。だが香也子は心に適《かな》ふのか適はぬのか、無言で義理のやうに食べ、食べ終つてもよろこびの声一つ洩らさなかつた。

山独活の香は目に沁みた。昨夜の蕨《わらび》とともに、山菜の秀逸で灰汁《あく》抜きにも抜群の手《て》練《だれ》のあとが見えた。辛口の赤味噌も今時珍しい手製で醪《もろみ》に近かつた。明を喪つた雄飛のためにも、このやうな香の饗宴があれば、いささかは心が慰むことであらう。

「此処の料理つてわりあひ小うるさい感じね。如何《いか》にも心尽しつて言はぬばかりでせう。咽喉につかへさうだわ。筍の煮転しや馬鈴薯《ばれいしよ》の蒸《ふ》かしたのを突出しといてもらつた方がいつそ気楽なのに。この前台所覗いたら、家の人達は焼鯖に冷奴なんて食事してゐるのよ。私達だつてそれでいいのに、変に気張つてて厭《いや》ねえ」

香也子は口を歪めてさう言ひさすと、食べ散らした皿小鉢を押遣《おしや》つて煙草に火をつけた。憎憎しげな科白が、雄飛の母への嫌悪を露骨にあらはしてゐた。星策は香也子の刻薄さに今更鳥肌立つ思ひで、

「罰《ばち》があたるぜ。闖入者《ちんにふしや》にこんな献立で食事させてくれるなんて冥加《みやうが》に尽きようつて言ふものだ。少くとも貴女《あなた》は歓迎されちやゐないのに」

星策は言ひすててから愕然とするくらゐの愛想づかしを、この時敢《あ》へてしおほせた。香也子の眉がぴくりと動き、冷笑が頬をひきつらせた。

「随分な自信ね。私、来る前に父からこの家へ宛てて十万円送らせといたのよ。叔父さんとかいふ人が土下座せむばかりに丁重なお礼言つてたわ。何が闖入者？　お大尽《だいじん》ぢやないの。あの叔父さん、二人ゐて二人とも雄飛君のお母さんと懇《ねんご》ろなんですつてね。彼が衄血出すのも、こんな環境ぢや無理ないわ。連れて帰らうか知ら彼一人」

日射《ひざし》が午後に移らうとしてゐた。鯉幟はみじめに尾を垂れ、腥い屍臭を放つてゐるやうであつた。星策達が政所《まんどころ》を発つたのは翌六日の午後二時を少し廻つた頃であつた。

III

神巣画廊の昼の灯は他処《よそ》よりもやや蒼味を帯びて、壁面のタブローをもの悲しく見せる。星策が扉を押して入つて来るのをちらと認めながら、序章老人は両掌で捧げるやうにしてゐる画集から目を離さなかつた。ジェイムズ・アンソールの画集であつた。神巣画廊の序章用の私室には、小品ながらいくつかの逸品があり、珍奇な画集が書架にひしめいてゐた。アンソールを手始めに、ギュスターヴ・モロー、ギュスターヴ・ドレ、ダ・ヴィンチ、ウィリアム・ブレーク、あるひは画集の彼方に隠顕する書籍の背文字はプルースト、賢治、迢空《てうくう》、ドイル、芭蕉、リラダンといささか滅裂で濫読歴を証してゐるやうである。

雄飛がゐなくなつてからは居を半ば画廊の方へ移して、時によつては終日終夜愛する作品たちと暮せるなどと負惜みの述懐を聞かせてゐたが、当然昼間は手が廻らず、仲間の画廊主人からの紹介で三十過ぎの経理にも堪能な老嬢を一人雇ひ入れた。もうかれこれ半歳は経たう。口数の少い、古風な黒いフレームの眼鏡の奥の目が何を視てゐるのか見当のつかぬ、その癖必要なことだけはぴしつとやりおほせて文句を言はさぬ強《したたか》なところのある女で行方不遊子《なめかたふゆこ》と凝つた姓名、来歴は仔細《しさい》あり気《げ》であつたが神巣は興味も無く質《ただ》すことも無かつた。

車で三十分ばかりの郊外の家は、もともと荒れるにまかせた男の館、然《しか》し畳んでしまふには愛着もありすぎ、瘡蓋《かさぶた》同然につもりかさなつた家財道具も、今日明日二束三文に叩き売るわけにもゆかず、当分は週に一度月に三、四回帰ることにしておく心づもりであつた。二重世帯の経費もなまやさしいものではなかつたが、気儘放題に生きて七十年、まかりまちがへば妻子眷族《けんぞく》十数人抱へてゐたかも知れぬと思へば、今の神巣に月二十万そこそこの費《つひえ》が何であらう。この館を訪ねた男女何人かの幻が飾つた花が立枯れて埃《ほこり》をかむつてゐる部屋部屋や、壁灯が断れたままで足許の暗い廊下に、ぼんやりと浮び上り、七十年無《む》間地《げんぢ》獄《ごく》の甘美な責苦に生きて来た神巣を悲しませる。画廊で寝起したところで、業《カルマ》と縁が切れたわけではなし、今日訪れた星策の汗ばんだ顔も、神巣の犯した何かをさぐりに来たやうな、淡い猜疑《さいぎ》の仮面をかむつてゐる。

星策の父鬱金も亦神巣画廊の薄明の中で、煉獄の扉の彼方を見た一人であつたらうか。その四十年の人生の終り三年を、ファッション・デザイナーの狂ひ咲きとして惜《をし》気《げ》もなく燃やしつくしたが、最後のショウをホテル・東陽坊の大広間で見た時の驚きを、神巣序章は今も忘れない。複製ではあつたが特別入念に十倍に引伸《ひきのば》して印刷させたエルンストの「雨のヨーロッパ」をパネル仕立にして背景に飾り、「たそがれの歌」や「沈黙の眼」を点景としてふんだんに使つたが、これらの装置はほとんど神巣が奔走してそろへさせたものであつた。音楽はモーツァルトの「ピアノ協奏曲第十一番」を黒人リビキンの演奏で録音したものを、わざと音を絞つて流した。音楽のロココ趣味と、装置の圧倒的な魔術調超現実趣味、その中へ先《ま》づ現れたのは、女優からわざわざモデルに転向して話題を呼んでゐるリナ・安曇《あづみ》、漆黒のウェッディング・ドレスの曳裾《トレイン》十数米《メートル》、仮面《マスク》をかむつた童子六人に掲げさせて、ゆらゆらと游《およ》ぐやうな足どりで登場した。ベルギー製絹レースの薔薇《ばら》綵《あや》模様が仄《ほの》かな杏《あんず》色の下着の上に浮びあがり、胸あきと裾をめぐつて繊い金銀緑の繍箔《ぬひはく》を飾つた逸品、リナの妖艶な眉目はわざと蒼白に塗りつぶした化粧で殺し、作品の題がまた「血の婚礼」とロルカの本歌どり、華《くわ》燭《しよく》の装に不吉な黒を用ひた逆効果に、まづ満場五百に近い客があつと息を呑んだ。次は黒人の血の混つた頸城《くびき》もゆらなるモデルが唐織《からおり》のカクテル・ドレスに、ルイ王朝風の嵩《かさ》高い帽子をかむつて登場した。襟刳《えりぐ》りを極端に開けたその服の生地は、能装束のそれも松帆掛舟文様《まつほかけふねもんやう》、緋と金の亀甲紋《きつかふもん》の上に黒と白緑《びやくろく》の松重《まつがさね》、その向うに白と藍の帆を繍《ぬ》ひとり、更に背景に萌黄《もえぎ》と若紫の松重、それを一面に金糸銀糸で綴つた眩《まばゆ》いやうな織物、マントー風に裁つた袖と釣鐘型の裾が照応し、サッシュ・ベルト風に黒味の勝つた荒磯緞子《ありそどんす》を無雑作に纏《ま》いたのが心憎い趣向であつた。帽子は濃紫に染めたコードバンとクロームの針金の繊細な細工物で、顱頂《ろちやう》に鬱金香《チューリップ》型の銀の虫籠、近よつてよく見ると中に玉虫がぎつしり蠢《うごめ》いてゐるといふ凝りやう、病的に大きな眸を宙に据ゑ、暗紅色に塗つた唇を白痴のやうにぼうつと開いたもゆらの立姿は、禍禍しいまでの美しさで、再び観衆は度胆《どぎも》を抜かれた。これは「有憂宮《ういうきゆう》」と題してゐたが、その後引続き鬱金が半生を賭けた意匠の数数が、選《え》りすぐりのモデルによつて手を変へ品を変へ、賛美をつくし、目をあざむき、人人を恍惚境に誘《いざな》つた。

　神巣は濃霧のやうにたちこめた時間の、二十年の彼方のひとときの悪夢を、今まざまざと蘇らせる。あれは絢爛《けんらん》たる不吉なショウであつた。女の衣裳の見事さは言はば当然のこと、称讃の辞は吝《をし》まぬまましばらく措《お》くとして、男達のよそほひに賭けたあの凄じい意欲は並並のものではなかつた。

　第二部の幕が開くとハイドンの「交響楽第八十八番」あれはフルトヴェングラーのものであつたらうか、目のさめるやうな鮮かな第一楽章のテーマが響きわたり、一瞬灯が消された。楽音が水底からのやうに低くなり、再び徐徐に灯が明るくなつたところへ、黒衣の青年が現れる。青墨色のアルパカをゆるやかに僧衣仕立にし、金糸を太太と縒合《よりあは》せた総《ふさ》をきりつと腰に纏いた、その他の装飾一切無しの禁欲的なデザイン、ただ一把の桔梗《ききやう》の花束を胸に抱へてゐる。モデルは当時ロカビリー歌手として日の出の勢の安芸旗一郎《あききいちらう》、美しい狼の鬣《たてがみ》なびかせて、きつと天井のあたりを睨《にら》んだ姿は標題の「秋の雅歌」を超えて凜凜《りり》しかつた。女達の千紫万紅《せんしばんこう》に飽きた目には冴えざえと沁みわたり、期せずしてさざなみのやうな拍手が、そして次第に割れるやうな喝采に高まつた。然し旗一郎は微笑すら洩らさず、これも一入《ひとしほ》の効果ではあつた。次は売出しの美少年モデル氷見不二彦《ひみふじひこ》が、タイトな象牙色の詰襟の服の上に、熨斗目《のしめ》の外套《トーガ》をひつかけて現れた。灰緑一色の、腰のあたりに群青と橙黄と淡緑が段織《だんおり》のぶつぶつした横縞《よこじま》をつくつた、ただそれだけの彩りが、このナルシスめいた艶冶《えんや》な少年を清清《すがすが》しく大人びさせて、「神無月」と謳つた意図をさすがと思はせる出来栄えであつた。熨斗目トーガをさつと左へ払ふと、腰の蒼い帯革に同色の鞘《さや》の短剣がちらと見え、それをきつかけに不二彦は大股に退場、すれちがふやうにしてこれはまた遊山滞在中のはずの西班牙《スペイン》の映画俳優セバスチャン・パロモが、闘牛士のコスチュームで現れる。但《ただ》し上着はやや長目、タイツは裾が普通のセーラー・ズボン風に末拡がり、上下共濃紫の羊歯《しだ》文様繻珍《もんやうしゆちん》で袖、胸、脚の両側に金の花菱《はなびし》の総刺繍、長身やや反身《そりみ》にして右腕に掛けてゐるのは、蚊幮《かや》一帖分はあらうと思はれる、薄墨と紅のまじつた麻の縷水衣地《よれみづころもち》の合羽《かつぱ》、身を翻してパセ・デ・ロディーリャ擬きにそれを宙に薙ぐと、涼しく笑つた。濃い霞網《かすみあみ》のやうな縷水衣の一瞬パロモを隠す風情、揉上《もみあ》げが唇の端まで煙り、涙を堪《たた》へたやうな眸が観衆一人一人を覗きこむ心地で、折から下手《しもて》に登場した同じ衣裳の、色は黛《まゆずみ》色の上下に銀の繡箔、合羽は水色の、これは中年の彫りの深い鬚男をさしまねき、二人縺《もつ》れてパソ・ドブレの足取、湧くやうにセヴィリャーナスのギターの調べが聞えて、あつといふ暇もなくまた灯が暗くなり、その薄明りの中に刹那二人の抱擁する姿が見えた。鬚男はパロモの旅行に蹤《つ》いて来たマネージャーとかで無名の素人、それにしても冴えた男振《をとこぶり》であつたと、後後《のちのち》の語りぐさになり、この標題が「夕霧」、これに限らず標題のパネルがまた一つ一つ透明なプラスティック板に、それぞれ丹精《たんせい》凝らした挿画を配し、「夕霧」には絡みあふ二匹のミノタウロスが朱と緑で描かれてゐた。

それにしても、この実用性や常識を一切無視し、しかも舞台衣裳からも縁の遠いコレクション、古代裂《こだいぎれ》、名物裂《めいぶつぎれ》の複製をふんだんにとり入れて一着それぞれ百万円見当を費し、一人たかだか五分の目の栄耀《えいえう》に悉《ことごと》く捧げる心意気は、壮烈とも悲愴とも言ひやうがない。使つた衣裳の幾つかは好事家が買取つてくれるにしても、なほ数百万の赤字は誰が埋めよう。神巣はあの時装置の一切の代価をわが身に引受け、その上にモデル、タレントの出演料締めて百万余りを一時立替へ、鬱金の妻筐子を感涙にむせばせたことを、今もありありと思ひだす。神巣は筐子の感涙などこれつぱかりも期待してはゐなかつた。ただ鬱金の一言の謝意を、謝意に代るべき花ひらくやうな微笑を一途《いちづ》に期待した。会果ててての後大道具の搬出が終り、主賓十数名、批評家をまじへた一群がホテルの饗堂《サラ・マンジエ》で祝杯を挙げてゐる時も、神巣は楽屋裏に残つて助手数名と共に、この空恐しいショウの収支決算に心をくだいてゐた。筐子は筐子で夫の野心の生んだ杯盤狼藉《はいばんらうぜき》の後片附《あとかたづけ》に頰杖ついて心痛してゐた。控室も夜十時が開渡《あけわた》しの刻限、十数個のスーツ・ケースに衣裳を詰め、手配したトラックに助手らとリレーで運び出す準備をしてゐると、宴果てた連中が三三五五ホテルの玄関へ集《あつま》るのが見えた。黒ダブルのドスキンの服の胸に玉虫の屍《しかばね》を三つ飾つた鬱金が先頭であつた。中年の、それゆゑに輝く額に煙る縮れた長髪、抒情《じよじやう》的な貌《かほ》を紅潮させ、客やタレントの一人一人に大仰な別れの握手を餞《おく》る鬱金を、神巣と筐子はそれぞれの思ひで望見してゐた。荷物を積んだ小型トラックが発ち、立ちつくしてゐる二人の前へ、氷見不二彦を連れた鬱金

がわざとらしい蹣跚《まんさん》たる足取りでまかり出て、

「据膳の二次会があるんだ、頼むよ」

と、どちらへともなく言捨てると、片手は拝むかたちに目の前へ縦に差出し、残る片手で不二彦の肩を抱き、うつてかはつた颯爽《さつさう》たる歩調で姿を消した。不二彦の頸にまはした鬱金の手に、白銀の蛇象《じやしやう》の指環がぎらと輝き、筐子はあらぬ方を見つめて唇を噛んでゐた。唇を噛みたいのは神巣であつた。

その時暗がりから冷やかなアルトが響いた。

「あら、置いてきぼりの萍《うきぐさ》？　お二人こそ今日のショウの功労者として正座に坐つて当然なのに、何だか浮かぬ顔ねえ。いいわ、私が慰労会してあげる。さ、いらつしやい」

朝倉紅子であつた。筐子とは四歳ちがひの二十九、その頃夫の雄図は三十六で共に外国系のシセリア紅茶会社に籍をおき、夫は宣伝部に、紅子は意匠部に、遊び半分の勤め、生活費は近江政所に健在の岳父雄気《ゆうき》が惜気《をしげ》もなく送つてよこし、言はば老舗《しにせ》の茶造りが若旦那を代替りまでの志願奉公に出したやうなかたちで、紅子は当時走りのグラフィック・デザイナー、注文聞きに行つて一目見た雄図に恋し、有無を言はさぬ押掛女房、五年前に同棲を始めて翌年月足らずで雄飛が生れ、やつと父の雄気と母の颯颯子《ささこ》の不承不承の許しが出た。産土詣《うぶすなまう》での帰郷の時の固い約束で、生れた雄飛は誕生すぎて乳離れすると、祖父母が手許におき、言はば息子を家業に還らせる人質、雄飛のあはれを若夫婦はさして慮ることもなく、却《かへ》つて身軽をよろこびあひ、その雄飛も今年は四歳、年に二回盆、正月の帰郷の砌《みぎり》もとんと他人行儀で、溺愛する颯颯子刀《と》自《じ》から離れようとせず、舶来のませた玩具にとりまかれ、乳母日傘《おんばひがさ》の日常と見えた。そこへゆくと筐子、鬱金はまた似てゐながらいささか趣を異にし、一人息子の星策は通ひの家政婦にまかせてゐた。十年前二、三年暮したロサンジェルスでの生活の智慧か悪ずれか、五歳を過ぎると我《わが》子を時間給で来るお守役の女達に盥廻《たらひまは》しで世話させて、一向に気にもかけてゐなかつた。当然のことながら星策は他人に揉まれて父《とつ》ちやん小僧のこまつちやくれ、当年七歳で結構大人の世界の機微も察し、殊《こと》にさまざまの女の正体見るともなく見さされたせゐか、母の筐子すら時にはぞつとするやうな女性批判の憎まれ口をきく始末であつた。鬱金夫婦もそもそもの始めは筐子の片思ひから、死ぬの生きるのと一人で騒いで強引に鬱金を独占、策略めぐらして義理の袋小路に逐ひこんだすゑ華燭《くわしよく》に漕ぎつけた。この点では紅子と姉たりがたく妹たりがたい面食《めんくひ》の、前後をわきまへぬ暴挙であつた。二人共共に十数年前、ミラノ帰りの中年のデザイナー寒河江《さがえ》星夜《せいや》門の駿足才媛、星夜は造酒屋《つくりざかや》の御曹司が、家業蹴飛ばしてこの世界に入つた変種《かはりだね》だけに、剛腹放埒天馬空《くう》を征《ゆ》く容貌魁偉の巨漢、あの男がミラノでは、大立《おほだて》者《もの》ピエモンテの懐刀《ふところがたな》で、結婚衣裳と乗馬服に鬼才を謳《うた》はれたとは、と人人は半信半疑、まこと酒蔵で杜氏《とうじ》に伍し半裸で米でも蒸してゐる方が似合ひのタイプであつた。それはともかく一種の暖簾《のれん》分けに独立第一回のコレクション、主として夜会用のドレスを筐子の協力でまとめ、その頃が筐子の人生の華、星夜の半強制的な斡旋で式を挙げさされ、費用は寒河江服装研究所もちで、尻叩かれるやうにアメリカへ見学とやらの目的で渡つた。新しい腹心の英才が出来て、邪魔になつた鬱金をお為《ため》ごかしに追放したなどと取沙汰《とりざた》する向《むき》も無くはなかつたが、それは余計な事で、筐子は自分のキャリアや地位捨てて悔いぬ、蜜月逃避行であつた。

寒河江がミラノから素人の物好きで持帰つたと噂の、キリコの水彩小品十数点人を介して拝見に推参、この時から神巣と寒河江のつきあひが始まるのだが、当時既に四十近かつた二人の間にどのやうな黙契が生れたか、当の神巣さへ記憶は朧である。ただキリコの手すさびによる儚《はかな》い水彩画、それも奔《はし》る馬、少女の群、蜃気楼《しんきろう》めいた建物を繊《ほそ》い鉛筆で素描し、極《ご》く淡く一刷毛《はけ》二刷毛彩色した数点を、その涙で潤んだやうなタブローを、放心した面持で視つめてゐる神巣の肩に、銅盤の重みの掌を置いて寒河江が囁《ささや》いた。

「気に入つたのならあんたに進呈しようか。なあに、ある名門の華客《とくい》が没落してね、スーツ十着分の代金のかたに二束三文で奪つて来たものだ。勿論これはお負けでさ。飾るのなら僕はもつと強烈なものがいい。何ならあんたの店で選んでくれよ」

気に入るも入らぬも、これらの稀少価値のある逸品は一《ひと》財産にならう。相手によつては数日前からの予約会見すつぽかして平気、時によるとデザイン料前金と言ふ風聞もあるこの横紙破りが、どう言ふ気紛れかと見上げる神巣を、引掠《ひつさら》ふやうにアトリエへ連込みその手でロックした。涅槃会《ねはんゑ》すぎの、紅梅の投入《なげいれ》が目に痛い早春の黄昏《たそがれ》、出された酒がクール・ボワジェのナポレオン、鬱金香杯《チユーリツプ・グラス》を掌に包み、その玻璃《はり》越しに神巣を覗いたその時の星夜の眸の、殺気立つた蒼い光を今も忘れず、その記憶は咽喉から鳩尾《みぞおち》へ、鋭い痛みを奔《はし》らす。その日から幾度そのアトリエで鬱金香杯の儀式を繰返したことか。星夜は恐らく鬱金を加へて数人数十人を、この琥珀《こはく》の玻璃越しに視《し》、わがものとして来たのであらう。壮年を過ぎての心の乱れ肉の迷ひ、おろかとは識りながらその修羅に溺れこむ弱さを、神巣はあへてみづからに赦《ゆる》した。

神巣の男の館でも、その後彼の獲物と始めて対《むか》ひあふ時、時は黄昏、酒はクール・ボワジェ、杯はボヘミアの祭器を揃へ、儀式はこれに則るならひとなつた。星夜写しのセレモニーを神巣はわれながらあはれと思ひ、この習性をあるひは伝へてゆくかも知れぬ男らを、それゆゑに捨身で愛し、時が来れば放つた。あるひは二度と現れなかつた。

「お酒は何にいたしませう」

ふとわれに還つた神巣序章のかたはらに給仕人が立ち、彼を見下してゐた。腕のナプキンは縹《はなだ》の縁どり、長身の柔媚《じうび》な若者であつた。

「コニャック、クール・ボワジェのナポレオンあるかい？」

献立表を小屛風《こびやうぶ》のやうに顔の前に開いた筐子と紅子が一瞬目をあはせて忽《たちま》ち逸らした。

「あつたら私達も。それからお料理ね、私は鱒《ます》のムニエール、スープは玉蜀黍《たうもろこし》のポタージュ、サラダを添へて頂戴《ちやうだい》。アスパラガスをたつぷりね」

紅子はさう言ふとはたとメニューを閉ぢて金口の両切煙草をくはへた。空腹をとほりこして食欲を喪つた二人の方へウエイターは催促の目を向けた。メニューを繰《く》るのも懶《ものう》く、神巣は筐子に目顔で任すと告げた。

「小海老のグラタンとさうね、チーズ・トーストを。スープはコンソメにしてほしいわ。それから水芹《クレッソン》だけ沢山盛つて来て。ええ二人とも」

神巣の好みを知りぬいてそれに心中だてしたやうな注文であつた。

「世話女房みたいね。羨《うらや》ましい。筐子さんはいつもタンを召上つてたのにねえ。コンソメは茴香《うゐきやう》のにほひを強くして、ステーキはウェルダン、食後の珈琲に限つてブラック、果物はメロンが嫌ひ、さうだつたわ、たしか」

紅子は怨ずるやうに呟きながら筐子の手にしづかに自分の掌を重ねた。猫眼石の指環がきらと煌《きらめ》き、筐子の目がそのやうな光を帯びて紅子を見返した。

紅子は識りぬいてゐた。鬱金はそのあとで雄図に会ふだらう。今日ショウの会場に現れなかつたのは自分と顔を合せるのを避けるためだ。あるひは神巣をも避けてゐるのだらう。家の、雄図の書斎の額に入つたキリコの水彩、晴天の水辺に白馬《あを》が一頭うなだれてゐる。その垂鉛のやうな性器、あれは神巣の贈物であつた。画廊ではなく神巣の自宅から持つて帰つたのだ。その翌日お礼が言ひたいと無理矢理その神巣の家へ、紅子は雄図の手を引張るやうにして訪れた。招かぬ客の入来に神巣は面を曇らせ、書斎の入口に立塞《たちふさ》がつて来意を尋ねた。その背越に紅子は昏《くら》い卓上にクール・ボワジェの壜《びん》と鬱金香杯を見た。凝血色の絨毯《じゅうたん》の上に暗緑色の人工宝石のカフス・ボタンの一つが転《ころが》つてゐた。今朝雄図に上着を着せる時、紛失を見抜きながらわざと黙つてゐたものである。

「あら、あのカフス釦《ボタン》、雄図のですわ。私が婚約の前に贈りましたの。貴方今片方無いんでせう。戴いて帰つたら？」

老年と壮年の二人の男の端麗な面が一瞬赧《あか》らみ突然蒼ざめた。

それはまだ邪推と言ひくるめれば果せぬこともあるまい。だがあの一箇月後、紅茶のティー・バッグのレイ・アウトの最終稿を仕上げるため、アシスタントに委嘱してゐる元美校の同期生のアトリエで徹夜することになつてゐたのが思ひがけず早手廻しにその友人が彩色まで済ませてゐて、大喜びで深夜帰宅した時、不用心にロックを忘れた扉を開け、いきなり寝室の把手《ノブ》を握つた彼女は、夫の嘁《しやく》りあげるやうな欷歔《ききよ》を聞きとめて棒立《ばうだち》になつた。不吉な予感を払ひのけて捻ぢようとする把手は、内側から同時に逆に廻された。一刻のあらがひの後扉は軋《きし》みつつ開き、そこには額にも胸にも汗を滲ませた鬱金の、熱に浮かされたやうな貌があつた。濡れた上半身に慌てて引掛けたと覚しい寛衣《ガウン》は、紛唐桟《まがひたうざん》の微かな臙脂《えんじ》の浮く裲襠《うちかけ》仕立で、これも結婚直後紅子が新夫のために誂《あつら》へたものであつた。鬱金の広い肩の彼方の薄明りに、俯《うつぶ》せになつた雄図の背の貝殻骨が見え、それも汗に光つてゐるやうだつた。

紅子は鬱金の苦笑を浮べた顔を睨《にら》むと無言で踵《きびす》を返し家を飛出して筐子のところへ車を奔らせた。

「どうしたの一体、メデュサみたい怖い顔して。私まだ石になるのは厭《いや》。鬱金はお宅へしけこんでるんでせう。ははあ、わかつた。紅子さん旧約の硫黄の降る前の街中へ首突込んだのね、始めて。何てお嬢さんでせう。

アルティスト、アルティザンなどと言ふ化者《ばけもの》の社会ぢや日常茶飯事よ。目から鱗をおとしなさいな早く。さ、私達は私達で別の桃源境へでもレスボスの沖へでも旅立つのよ。お酒のみませうか。うちにはクール・ボワジェが切れてるけど、運の良い事に昨日戴いたベネディクティンがあるわ。フェカンの町へ寄つた寒河江さんの友人が持って帰つたんですつて。薄荷《はつか》の香りが肺に沁みる極上品よ」

　クール・ボワジェさへ筐子は知りぬいてゐての謎謎であらうか。ふと卓子の上を清《せい》拭《しき》する筐子の手のスカーフ風の手帛を見て紅子は小さな叫声をあげた。

「そのスカーフ、どうして此処に？　雄図が先月失つたものよ。シセリア紅茶の専務のアイルランド土産で亜麻織なの。その四隅の藍の車輪模様の下に、わざわざイニシャルが刺繍してある」

　筐子は別に驚くさまも見せず、手帛《ハンカチ》をひらひら振つて見せると、膠《にべ》もなく言ひ放つた。

「あら、雄図氏の持物だつたの？　鬱金の洗濯物の中に紛れこんでゐたわ。さう言へば彼の使はないユーカリの匂ひがしてゐた。綺麗だから布巾《ふきん》代りに使つてるの。かまはないでせう」

　ベネディクティンの薄荷の香に紅子は差含《さしぐ》んだ。薄荷の奥にナツメッグの匂ひ、それに重なつてアンジェリカのかをり、禁欲僧の造つた秘薬の酒、壜の肩に〈D・O・M〉、神に捧げる酒を呷《あふ》つて、私達はこれから復讐のための甘い罪を貪《むさぼ》らう。Dは神《デオ》でなくて悪魔《デイアボルス》、何とこのリキュールの咽喉を灼《や》くことか。ぐつたりとソファに凭《もた》れた紅子の髪を筐子が鷲掴《わしづか》みにし、冷笑を浮べてみづからに真向はせた。髪の根の鋭い痛みが快く、次に耳を噛む筐子の前歯の鈍いあたたかさが紅子を喘がせた。牝獅子に逐ひつめられた波斯猫《ペルシアねこ》のやうに、紅子は四肢の力が亡《う》せ、裸の背に熱い息吹を覚えた。あの部屋の寝台で喘いでゐた雄図の背の貝殻骨、その合はぬ貝の白く透く殻を、筐子はかたはらの花甕《はながめ》から引抜いてまだ水の滴《したた》る冬薔薇の太太とした茎で、情容赦《しやく》なく丁丁と打据ゑ、目を宙に遊ばせて喘ぎ始めた。紅子の背には血が水脈《みを》を引き皺り上げるやうな歎歔が唇を洩れた。

銀の肉叉《フォーク》がぴしつと紅子の手の甲を打つた。はつと手を引込める紅子を眦《まなじり》にとらへて筐子が言つた。

「厭ねえ、私達を招待して下さつて後悔でも？　さつきから上の空で何か思ひに耽《ふけ》つてばかり。私慰めてもらはなくつても結構満足してるのよ。だつてこの一年間、博物館や美術館に入浸《いりびた》つたり、京都の織物工場や友禅屋廻つて楽しかつたもの。支払や何かで用事もあるし、また二人で鷹峰《たかがみね》や醍醐《だいご》のあたりへ行きませうよ。それに私あのセバスチャン・パロモが合羽に作つてた縷水衣《よれみづごろも》の生地で、サマー・コートが作りたいの。色違ひで二人の作らない？」

激励者が被激励者になつた、主客顚倒のこの異変を神巣は茫然《ばうぜん》と眺めてゐた。縷水衣、能装束の水衣、緯《よこいと》を松葉で掻寄《かきよ》せて、くたびれた麻蚊幮《あさかや》のやうな透間を勝手放題につくつた、あの寒寒とした羅《うすもの》、貧者が着れば襤褸《ぼろ》に見え、王侯が羽織れば天衣に紛れよう。もともと帯に使つたこの濃密な蜘蛛《くも》の巣様の織物を纏《まと》つて、二人の咒《のろ》はれた巫女はどこへ旅立たうと言ふのか。去年二人は揃ひのカクテル・ドレスを風通《ふうつう》で作つた。二重経《たていと》二重緯《よこいと》の表裏色違、それの表裏を覆して二人は着た。暖色と寒色のつかひわけに才女筐子の苦い諷刺のあることを、鬱金は敏感に悟つてゐた。

紅子は気乗のせぬ面持《おももち》で筐子を仰ぐやうにした。

「私もう何も要らない、疲れたの。いづれは近江の山中で暮さねばならないし、何をしたつて先が知れてるもの。喫茶店一軒、映画館や劇場の影もない杣《そま》の破畳《やれだたみ》の上で、サマー・コートもないでせう？」

紅子の溜息まじりの述懐を聞いて筐子はぎらつと眼を光らせた。

「さうなの？　都落《みやこおち》の覚悟をねえ。兄が来年久久に個展開くんだけど、紅子がゐないと敏腕のマネージャー失つたやうなもので困るでせうに。さうさう、最近やつと探りあてたんだけど紅子、あなた結婚する前から兄を知つてたのね。雄図さんに紹介したのもあなたでせう。美校へ講師で行つた時の聴講生で、あなた最前列で一度も欠席しなかつたさうだ。ほほほ。天秤《てんびん》にかけようとしたの？　ところが兄も雄図さんも住む世界が違ふ男だつたつてわけね。あなたも今にして思へば大したかまとと！　鬱金がどうのかうのつて、夙《と》うに免疫になつてゐたはずぢやない？　あるひは自分の魅力に平伏《ひれふ》さぬ男などこの世にゐないと思つてた？　いいえ今も思つてるんでせう。お見事！　私邪魔しない。まづ手始めに御主人を改宗させたら如何《いかが》。兄は勿論、鬱金だつて熨斗《のし》つけて献呈するからさ」

紅子の帰郷云云を婉曲《ゑんきよく》な愛想尽かしと邪推したか、筐子は俄《には》かに針を含んだ暴露を始めた。神巣はグラスを握りしめた。脂汗が額を流れる。唇を噛み目を閉ぢ、心の劇痛に堪へようとした。奪はれる。鬱金は雄図に、雄図は炬に、炬もまた紅子に、その紅子は筐子に、あるひはまた、鬱金は星夜の掠奪した脱殻《ぬけがら》、炬は雄図の愛の残骸、雄図は鬱金の玩弄物、その悪徳の鍵の央の環として、常に彼等に跪《ひざまづ》き、殉情に徹しつつ道化師に過ぎぬ自分の哀れさ。ぱしつと音がして掌の中で薄いグラスが砕け、クール・ボワジェが膝に飛散り滴つた。次の瞬間両の拇指のつけねから血が噴き出し、神巣はナプキンを握りしめた。たちまち紅花を撒《ま》いたやうに血で汚れたナプキンを卓におき、その血塗れの両掌で顔を覆ひ、神巣はしづかに声を殺して啜《すす》り泣き始めた。二人の魔女が介抱を思ひ立つて両側から肩を抱き、給仕人が驚いて駆寄つたのは暫《しば》らく後のことである。

アンソールの画集を持つ手が顫《ふる》へ足が宙に浮いた。神巣序章は目を閉ぢて眩暈《めまひ》に堪へようとした。鼻の奥に腥《なまぐさ》いものが充ち、ぽとつと一滴画集に滴《したた》つた。アンソールの自画像の貌《かほ》の上、終生娶《めと》らなかつたこの薄倖《はくかう》の画家の繊細な眉目、花と羽根で飾つた華麗な帽子をかむり、茜《あかね》色の唇を結んだ、女装寸前の奇怪な自画像を、神巣の韓紅《からくれなゐ》の衄《はなぢ》血が彩つた。胸ポケットの純白の手帛で画面を覆ひ、くらくらと倒れようとする神巣に、星策は駆寄つて羽交《は》締《がひじ》めするやうに抱きとめた。腋《わき》の温みが二の腕に伝はり、長髪の白い後毛《おくれげ》が星策の鼻をなぶつた。とりあへず老人をソファに頭低足高に臥《ふ》させると、洗面所へタオルを搾りに走り、指示に従つてオフィス裏の居間兼寝室の押入から救急函を出し、オキシフルを浸した綿花を鼻孔に挿入させた。ティシュ・ペーパーが血染めになつて屑籠《くずかご》にあふれ、微かな血の臭ひがあたりにたちこめた。アンソールにどこやら肖《に》たこの痩身端麗な神巣に、脳溢血の懼《おそ》れはまづ無い。眩暈と流血の因は永い、実は五分にも満たぬ、立ちながらの白昼夢、回想の重荷にあつたのか。額に濡《ぬれ》手拭《てぬぐひ》を載せ、蒼白の面に汗をにじませて瞑目《めいもく》する神巣が、静脈の浮いた手を星策の手に重ねた。意外に温く湿つた手であつた。その手をさらに固く握つて星策は傍《そばだ》に跪いた。神巣がやうやく聴きとれるくらゐの声音で訴へる言葉に、星策は耳を欹てた。

「露木炬の作品を返してほしいと檀上先生に頼んでくれ。君の伯父さんの絵に囲まれて私は死にたい。その後で奪ひ返すのなら、それでもいいのだ。露木炬は私の生きるのぞみだつた。その画と生別れして、私に何の幸福があつたらう。ああ『原罪薔薇』『魚座に寄す』『マリア不在』『海の孔雀』『堕天使』、あれがもう一度見たい。炬の顔《よ》が見える。あの最後の夜のやうに、潜つた水の底で微笑してゐる炬の顔が、私を招んでゐる」

檀上博士と神巣と露木の間に何があつたのかは星策に全くわかつてはゐない。この切切たる訴へを何と解しどう答へるべきかは知らず、星策は返事代りに手の甲を軽く叩いて傍を離れ、とりあへずこの発作の手当の目的だけで檀上博士を呼ぼうと思つた。電話には香也子が出た。妙に浮浮と機嫌の好い声であつた。フィルム・ライブラリーへこれからサシャ・ギトリーの「トランプ譚」を観に行くのだと言ふ。

「貴方も御一緒にどう？　毒蕈《きのこ》を食べて一家が全滅するところから話が始まるらしいの。ええ、でも一人だけ子供が生きのこつてそれが主人公になるつて寸法。さうさう、たしか神巣のお爺さまのコレクション、それもレコードのコレクションの中にあるフレールつて醜悪な顔のシャンソン歌手がちらりと出演するはずよ。いいえ、昨日友達が観て来てそれの受売《うけうり》、パパは往診に出て行つてるけど、行方は知れてるからそちらへ廻つてもらふ。あ、それからこの間の黄天狗茸、お蔭で新鮮な胞子がたつぷり採れて、培養が着着と進んでるの。一度蠅捕の実験するから見に来ない。それとも政所《まんどころ》でなくちや厭？」

星策は苦笑を嚙殺しながら受話器をおいた。神巣の額に新しい濡タオルを載せると、汚れたアンソールの画集を酒精《アルコール》綿で拭ひ、しづかに頁を繰つた。どの頁も地獄であつた。喇叭《らつぱ》や仮面やシルク・ハットが散らばつた床を、これまた仮面をかむつた老婆が日傘をさして眺め、吊された男の屍体を奪ひあふ骸骨を、仮面の男女が覗き、朱と緑青をぶちまけたやうなブリュッセルの群衆の中を、光背を負つたイエスが驢馬《ろば》で練り廻る。群衆はすべて驕慢なあるひは愚鈍な顔で大口を開いて笑つてゐる。その中の誰か一人香也子に肖てはゐないか。紅天狗茸擬《もど》きのボンネット冠つた女の毒毒しい唇を爪で弾《はじ》いて、星策は画集を閉ぢ、水を呷《あふ》つた。水は微かな血の臭ひがまじり、星策も眩暈に堪へて立ちつくした。

IV

神巣序章はつひに起上れなかつた。檀上博士はあの夜ソファに臥た老人を簡単に聴、打診すると、人知れず眉を顰《ひそ》めて星策に耳打した。その夜のうちに綜合病院に廻し翌日から三日がかりの精密検査、檀上博士の旧友、循環器、呼吸器の権威、天童《てんどう》博士が依頼によつて終始立合つたが、結果は紛れもなく肺癌と出た。神経の無い肺とは言ひ条《でう》、相当顕著な自覚症状もあつたはず、その全身衰弱とひどい貧血から推して、発病はこの一、二箇月のことではない。恐らくは咳嗽喀痰《がいそうかくたん》、胸痛、眩暈の一寸刻みの患ひを、誰にも言はず怺《こら》へて来たのであらう。断層写真二十枚、右肺左肺共にロールシャッハテストの不吉な影絵のやうな病巣がありありと見え、結核の既往症で肋膜《ろくまく》は癒着著しく、手術も甲斐ないこと、たとへ病巣が片肺だけであつたとしても、恐らくこの高齢では手術即ち死を意味したらう。永くてあと三、四箇月、急変すれば五十日内外と診断は酷薄を極めてゐた。どうせ死病なら住み馴れたところで気儘に過すのが、病人にも慰めにならうと、檀上博士の指図に従ひ、小康を待つて例の無人の館へ移した。ひた隠しにするまでもなく神巣はおのが病名から死期まで、はたの者が興冷めするくらゐ知悉《ちしつ》してゐて、気休めの楽観的な見舞言葉などうけつける気配もない。孤独に耐へ抜いて来た老人の狷介《けんかい》さか勁《つよ》さか、とんと可愛気が無く明日は遺言状作製を、明後日は画廊今後の始末と処分案をと、ヴィタカンファーの効いてゐる間はベッドの上から矢継早《やつぎばや》の命令口調、それでも今は秘書兼マネージャー代りで一切とりしきる行方不遊子が、一同三舎《さんしや》を避けるばかりの気魄《きはく》と熱意で献身的に老人の意を奉じて奔走し、檀上博士と博士の顧問弁護士立会のもとに、遺言状は不吉な退院の後二週間目に出来上つた。それによれば画廊の営業権はすべて高遠星策に、絵画及び之《これ》を含む資産は悉《ことごと》く朝倉雄飛に贈られることになり、いづれも二人の承諾が先決問題、ところが最後に但し書《ただがき》があつて両者何れ《いづ》かがこの贈与を肯《がへん》ぜぬ場合は、画廊は廃業、資産は残すことなく競売に附して癌センターに寄附の事と、総てか無かの傲慢な罠まで設《しつら》へてあつた。出張依頼した中年の貧相な公証人に不遊子が手まめに茶菓を供し、手持無沙汰に困《こう》じて義理に今年は乾梅雨《からつゆ》などと、差障りの無い話題で時間を繋いでゐると、神巣の押すブザーが聞えた。小走り行つて病室を覗くと、檀上博士と弁護士が帰り仕度、神巣が痰の絡んだ低い声でお茶を差上げてくれと、病人の要らぬ心遣ひ、滅相も無い内輪同然の者をと手を振つて断り、そのまま退出する二人と、これも長居は無用と玄関まで出てゐる公証人を、表まで送つて、不遊子はほつと一息、荒れ放題の植込の中で足をとめた。頭上から目に沁みるやうな芳香が零《ふ》り、仰ぐと泰山木《たいさんぼく》の純白の巨花が葉隠れに七つ八つ、死病の老人の家の門を飾るにはむしろ無惨な贅《おご》りと、不遊子は眼鏡を外して薄ら汗を拭《ぬぐ》つた。

檀上博士の配慮で住込みの看護婦が翌日廻され、これは当今珍しい牝豚のやうに柔和な四十がらみの、医王寺《いわうじ》と名告《なの》る女、無口な不遊子と対照的に饒舌で、聞かれる前に、即《つ》きすぎていつそ照れるやうな名だが、北陸は大野あたりにざらにある、医者になつたら成功疑ひ無しなどと囀《さへづ》つて一人で悦に入り、あたりがからりと明るくなつた感じで、不遊子も安心して画廊に帰つた。留守番は勤先に休暇届出した星策が神妙に承り、結構何件かの取引も門前の小僧の才覚で器用に処理し、勿論全く聾桟敷《つんぼさじき》の二人ながら、互みに老人亡き後の画廊の日日、まかりまちがへば引受けられもしようと、心の隅でふと思ひ、あわてて打消しなどする次第であつた。泰山木のうしろの、花空木《はなうつぎ》も盛りを過ぎる夏至頃から、急に思ひ出したやうに雨が続き、正味五日は日の目拝まず、水捌《みづはけ》の悪い神巣の館の前は下水の水が溢れて逆巻くやうな流れ、床下にもいささか水が入つて、夜は上《あが》り框《かまち》に蛞蝓《なめくぢ》が這ひ、家具調度もびつしより汗をかく始末、さぞ気持悪からうと医王寺看護婦は気を揉み、どこで習つたのやら、灰皿に白檀など焚《た》いて神巣を慰めたが、病人自身は湿つた空気の方が呼吸は楽と却《かへ》つてよく眠り、画廊を仕舞つてから必ず様子を見に立寄る星策、不遊子の二人連も、幾分かは愁眉《しうび》を開いた。しかし当然それも続かず雨が上つてかつと陽の照りつける水無月晦日《みなづきみそか》、暁近くから神巣は苦しみ出し、朝の七時に檀上博士が診に来ると、三十九度近い熱に浮かされて、また露木炬の絵のことを繰り返し訴へ始めた。絵もさることながら、一応知らすべきところへは暇乞《いとまごひ》の意味も含めて、電報の一つも打つておいた方がよからうと、さて指を折つてみたが、星策も思ひつくのは政所の紅子、雄飛母子の他は無い。父の鬱金は、母の筐子は、伯父の炬は、雄飛の父雄図は、馳《は》せ参ずべき人人は遠い昔に死者となり、その死を識《し》る生証人も今息絶えようとしてゐる。神巣自身の親族はと、今日までは本人の語らぬままに触れずにおいた質問を、それとなく枕許へ口寄せて試みたが、病人は乾いた目を瞠《みひら》いたまま、激しく首を横に振るのみであつた。発作が納まるのを待ち一旬経つての七月十日に「神巣老人病重し、お越し願ふ」と、まさか半盲の雄飛宛には出来ず、来たければ来るであらう紅子に打電した。早速「十三日貴地着く委細面談」の返電が紅子名義で届き、着いたのは母子二人、暑いさ中を辛かつたらうと、心利いた不遊子が早速湯を浴槽に満たして、病室から一番遠い二階の四畳半の風通しの良い窓際に一先《ひとま》づ落着かせた二人に入浴をすすめた。汗を流してからの挨拶の方が病人への礼と、遠慮せずに沐浴《もくよく》し、さて病室に入つたが神巣は鎮痛剤に混つた催眠薬の効能で、乱れた呼吸をしながら眠つてゐた。日曜日で画廊も忙しからうと午過《ひるすぎ》に不遊子は引返し、紅子、雄飛は二階で所在無く病人の目覚めるのを待つことにした。医王寺看護婦が不遊子の言ひつけでとりよせたシャーベットを、自分のも入れて三つ、満面に笑みをたたへて持つて上り、看護に来てから今日までの病状、人の出入、手にとるやうに具《つぶさ》に話して聴かせた。舌にもたれる甘さに有難迷惑の匙《さじ》のろのろと動かしながら紅子は、この好人物の仮面をかぶつた中年女の、油断のできぬ半面を鋭く読みとつてゐた。医王寺が病人を見にと盆捧げて下へ行くと、紅子は吐き出すやうに雄飛に告げた。

「檀上先生のスパイよ、あれは。昔ちらつと見た記憶があるの。微也子夫人のお伴してゐるところを。先生も抜目が無いこと！」

病人が目を覚ましたと言ふ知らせで、二人は病室に入り、仄暗いベッドに鼻梁《びりやう》の削げ落ちた神巣序章を久久に見た。紅子にとつては十年余りの歳月、その頃の老境ながら冴えた面ざしは、今むしろ険悪な翳をもち、彼女は傷ましさに声を呑んだ。神巣は顔を曲げて二人を見た。紅子には紅子への、雄飛には雄飛への目をむけて、その無量の思ひをこめた目礼には慈しみと咒ひが交錯してゐた。

外で車の駐《と》まる音がして医王寺が飛出した。汗の足裏のぴたぴたと床を踏む音に、紅子は眉を顰《ひそ》め、恐らくは檀上博士であらうと言ふ予感に頬のあたりが攣《つ》れる。機先を制するほどの気もなく病室を出て玄関に立つと、檀上が額の汗をハンカチで押へながら如才のない目つきで入来した。紅子とはたとその目が合ひ、紅子は底のある微笑をたたへた。

「これはこれは朝倉夫人、遠路はるばる。いやあ、先刻行方君の電話で知つてね、夕方にとも思つたが、いや一刻も早くと駆けつけた次第、雄飛君もお連れになつたとか、お疲れだらう。さ、病人のところへ。その前に一寸《ちよつと》荷物を入れさせておかう。その何さ、老人が囈言《うはごと》にまで言ふものだから、例の露木炬の絵を今日はすつかり運ばせたんだ。今夜は病室で個展でも開いて病人の希望に応へようと思つてね」

と、明るいバスで立てつづけの挨拶、紅子は微笑したままで眉根をきつと寄せ、

「あら、それは奇特な御趣向、私も愉《たの》しみですわ」

などと呟くやうに言ひさして、小腰かがめたまま檀上を仰いだ。後《うしろ》から医王寺が檀上の上着を甲斐甲斐しく脱がせると、濃い体臭があたりに迸《ほとばし》り、紅子はさつと立上ると檀上を導くかたちで病室へ踵《きびす》を返した。扉を開けようとしながらくるりと振向くと紅子はさり気ない口調で、檀上の顔を見ずに呟いた。

「たしか三、四年前、露木炬の作品展なさいましたわね。それのカタログを持つて雄

飛は帰つて来ましたが、あの子は何も言はず、私も聞いてをりません。あれが最初の最後の公開でしたの？」

　檀上は一呼吸おいて苦い笑ひを浮べぽつりと答へる。

「カタログの刷上つた三日目に雄飛君が失明の何のと大騒ぎでね。神巣老人は惑乱動転、結局沙汰止《さたや》みで絵は運び出しもしませんでしたよ。御安心を。なあに、カタログには刷つたが『堕天使』は出品する積りもなかつた」

　紅子の目がきらと光つた。

「まあ、私が何を安心いたしますの。今さら」


　夕刻星策と不遊子が連立《つれだ》つて帰り、夕食用に誂《あつら》へて帰つた寿司七人分、病人の枕許で賑《にぎや》かにと、檀上も勧めるので、書斎用の大テーブルを運び入れた。

　紅子はスーツ・ケースから清潔なサロン・エプロンを取出して纏《ま》き、何度も水を潜《くぐ》りながらしやきつとした薩摩上布の袂《たもと》を帯に挟むと、庭へ下りて熊笹、雪持笹《ゆきもちざさ》の葉を切り、不遊子の並べる大皿に之《これ》を敷き、小気味よいばかりの手順で、雀寿司と鉄火巻を斜に組合せて、これは取替もならぬ淡紅の刻み生姜を小脇にあしらつた。茶は政所から持参の極上の新玉露、神巣愛用の萩焼の急須でやや淡目に淹《い》れ、白釉《びやくいう》にほのかに青味を帯びた茶碗に注いで配つた。

神巣も注射の効目かこの頃からやうやく生気をとりもどし、檀上の許しで半身起して羽蒲団に寄りかかり、一同の晩餐《ばんさん》に加はる気持を見せ、病人用の白粥《しらかゆ》は一先《ひとま》づ措《お》いて、雀寿司に箸をつけ、玉露をさもうまさうに一口啜りこむと、先刻から予告されてゐたのであらう、絵が早く見たいなどと呟いた。

小三十分で晩餐が果てると、一同何となく劇場で幕間《まくあひ》が終り次の演戯《だしもの》を待つやうなすずろな心地、天井を向いて何時《いつ》になく和《なご》かな表情の神巣を労る交《こもごも》の思ひに迫《せ》かれて、大テーブルを運び出し、余分の衝立《ついたて》、小屏風、電気スタンドにレコード・ケースのたぐひを外の廊下に片附けると、十畳相当の病室は意外に広広として、カンヴァスの五つ六つ、並べてもさして邪魔になるまいと思はれた。

作品の包装解きは全部不遊子が受持つた。扱ふ手つきも堂に入つたものでよほどの年期がかかつてゐるのであらう。六十号のずしつと重いカンヴァスを、華奢《きやしや》なやうでぴしぴしとよく撓《しな》ふ腕が巧みに捌《さば》き、檀上の耳打で小さなパンフレットの目録とカンヴァス裏の標題を照合して、次次と部屋の壁に立てかける。まづ三体、左から「原罪薔薇」「魚座に寄す」「風妖伝説」、直径七十糎《センチ》ばかりの巨大な薔薇が画面の下よりに三分の二を占め、鋭い棘《とげ》五、六本突出た茎が上に、この逆さ薔薇の黒をまじへた洋紅《カーマイン・レッド》の花弁の渦の中心に、半人半牛神《ミノタウロス》と覚しい裸像が胎児さながらに膝を抱いてうつむき、よく見るとそのうしろに別の一人が立ち、更に花芯の奥へ奥へと小さく、数十のさまざまの姿勢で蠢《うごめ》いてゐると言ふ構図の「原罪薔薇」、濃紺一色に塗りつぶした画布の上部に、実物大の蚕くらゐの少女を白の濃淡で数百游《およ》ぎ漾《ただよ》ふさまにばら撒《ま》き、やや離れて見ればそれがぼんやり巨魚の形、その口の部分にあたる一群の少女の中の一人だけが朱、もう一度目を凝らして眺めると、下半分に漆黒の線で繊細巨大な男の貌《かほ》が描かれてゐる。濃紺地ゆゑ光線の具合によつては、この貌はほとんど認めがたく、わづかに瞳孔のあたりに塗つた一つまみの銀砂が浮出すばかり。「魚座に寄す」とは何の咒《まじな》ひか飛天少女の首と四肢は、すべてばらばらに切断されてゐて、しかもそれはよほど近寄つて克明に見ぬかぎり察知不能であつた。「風妖伝説」は白描《はくべう》に近く、その黒一色の線で蓬髪襤褸《ほうはつらんる》の男一人、カンヴァスの中心左寄に立像六十糎《センチ》あまり、その髪の一筋一筋異様に長く、不規則にしかし一斉に、画面の右端にむかつて吹き靡《なび》き、身に纏《まと》ふ襤褸《ぼろ》も同様鰭《ひれ》のやうにひるがへつてゐる。その右端に蹲《うづくま》つて手を差上《さしあげ》る女一人、これは葡萄《ぶだう》一房ほどの大きさ、清らかな眉目くつきりと、袋状に仕立てた緑衣をつけ、唇だけが仄《ほの》かに紅い。ただ天にむかふ手の指が十数本に裂け、水母《くらげ》のやうに揺れてゐた。

一同瞳をぎらぎらさせて、声を殺してためつすがめつ、当然理想的な採光ではなく光つて見えぬ部分もあり、不遊子が玄人《くろうと》臭く小まめに絵の角度や配置を変へて、人のうしろから腕を拱《こまぬ》いて睨んでゐるのも異様であつた。神巣の眼は病忘れたかに艶を帯び、時折溜息を洩らしつつ目を閉ぢてもの思ひに耽《ふけ》る。そしてはたと膝を打つやうにして背を正すと、悲鳴に近い高い声で叫んだ。

「『堕天使』を出して下さい。早くあれが観たい。もう疲れた。他のはその後でいい」

恐らくプログラムの最後にとつておくつもりであつたらう檀上も、死病人を焦らすのを慮つてか素直に、目顔で不遊子に指示した。

一礼して退出した不遊子がやがて両手で捧げるやうにして、白い寒冷紗《かんれいしゃ》でくるんだカンヴァスを運び入れ、一同の固唾《かたづ》を呑む前で覆ひを取去つた。

その時乱暴に玄関の扉の開く音がして、きらきらとした女の声がひびいた。

「パパいらつしやる？　今告別式、ぢやなかつた展覧会やつてるんでせう。私も見たいわ。そちらへゆくわよ」

声より早く香也子が「原罪薔薇」の花弁をむしりとつたやうな暗紅色の亜麻のワンピースの裾ひるがへして、悪びれもせず病室に駆込んで来た。目礼する誰彼、渋面の詰問を怺《こら》へた父、檀上博士をちらと一瞥《いちべつ》すると、絵の前にすらりと立つて一息眺入《ながめい》つた。

「あら、これ雄飛さんの肖像だわ。星策氏をモデルにしたつて伝説嘘だつたのね。あの目は一体どうしたの？　まるで潰れてるみたい」

香也子の無惨な告発はしかしまことであつた。誰の目にも、柘榴《ざくろ》の花の数千数百びつしり浮ぶ水の上に、昼貌《ひるがほ》の蕾《つぼみ》の性器を微かに勃《た》てて、黒衣を纏つた線描の牛頭《ごづ》、馬頭《めづ》に導かれ、何処かへ歩み去らうとする美少年の貌は、明らかに今日の雄飛に生写《いきうつし》であり、その目は不思議なことに瞳孔が銀色に塗られて、卒然と見ればまさに白内障めき、密教とヘレニズムの渾然《こんぜん》としたこの画面に不吉な翳を投げてゐる。

突然紅子がヒステリックな笑ひ声と共に誰にともなく口走つた。

「どうして雄飛がモデルになれるんでせう。あの頃雄飛は政所でお祖母様に育てられてゐたんですよ。露木さんは誕生前に一度御覧になつただけよ。馬鹿馬鹿しい。高遠さんだつて十二、三の頃は今より細面だつたわ」

しかしどう言ひくるめようと、星策の線の太い童顔の原型はこの堕する寸前の天使の何処にも無かつた。

檀上が呻くやうな声を洩らした。

「露木は、あいつは、雄飛君そつくりだ。今にして思へば。紅子さんも、神巣さんも識つてゐて言はないだけぢやないか」

無言で椅子に掛けてゐた雄飛がこの時蹌踉《さうらう》と立上つて、「堕天使」に近づき、半盲の眼をすりよせるやうにし、画面を繊《ほそ》い指でまさぐりながら叫んだ。

「母さん、一体何があつたんだ。たしかこの絵を描いて二年目かに露木さんが死んだね。それから一年目に父さんが死んだね。皆何を隠してるんだ。教へてくれよ、ぼくはもう騙されてるのは厭だ」

　紅子の唇が痙攣《けいれん》した。

「知りません。何もあるわけが無いぢやありませんか。でも露木さんが転《ころが》り落ちた崖の上に、檀上先生の野薔薇《ブライヤー》のパイプが落ちてたことだけはたしかよ。神巣さんがお拾ひになつたつて、私筐子さんのお手紙で知つたんですもの、ねえ神巣さん」

　一同の視線が神巣に集つた。死病人はぐつたりとして目を閉ぢ何も答へない。顔面蒼白になつた檀上が声を荒らげた。

「十五年も昔の事を今更。ダンヒルのパイプくらゐ誰だつて持つてゐたらうよ。第一、露木だつて僕がくれてやつたのを落したかも知れないし。ただね、あれは二十五年も昔のことだがはつきり覚えてゐる。端午の節句の夜で雨だつた。僕が訪ねた時あいつは酔つたやうな赧《あか》い顔でベッドに転つて、雄図に復讐してやつたと呟いて泣いてゐた。寝室にはヤードレーの『蘭《オーキス》』の香りが残つてゐた。あんたがその後でシセリア紅茶の専務の土産のお裾分《すそわけ》と言つて、微也子に贈つてくれた『蘭』だ。もう旧《ふる》い黴だらけの話忘れようや」

「堕天使」に縋《すが》つたまま唇を噛んでゐた雄飛が突然潸潸《さんさん》と涙を流しながら絶叫した。

「わかつた。みんな穢《きたな》い、父さんは間違つて後を追つたんだ。何食はぬ顔でこの絵を隠して、露木炬と朝倉雄図と、ぼくの二人の父を貴方が殺した。ぼくの目も潰した！」

雄飛は血の気の無い手を檀上の方角へ突出すと、床に坐つて声を放つて哭《な》いた。見えぬ目から落ちる涙が床を濡らし、檀上は面をそむけ紅子は肩を顫《ふる》はせた。

星策は雄飛の身体を抱きよせて、嬰児《えいじ》をあやすやうにしづかにその背を撫《な》で下した。星策の心の中の淵に次次と壮年の男達が墜ちて行つた。父の鬱金の姿もその中に混り、その遊冶郎《いうやらう》めいた美貌が最も深く底無しに沈んで行く。

「あつ、神巣のお爺様が大変、あんなに血を喀《は》いて！　世界の終りが来たんだわ。パパ早く」

香也子の、この期《ご》に及んでも芝居がかつた科白《せりふ》に、皆慌てふためいて神巣に駆寄つた。寝台が無気味な音を立てて軋《きし》みシーツに溜つた鮮紅の血がぬらりと床にこぼれた。老人は麻の掛蒲団を両手で鷲摑みにして虫の息、檀上博士の威厳をとりもどしたそのかみの殺人者は、腕まくり上げて注射器を目の高さに翳《かざ》し、紅子は唇嚙んだまま洗面所へ走り、不遊子は一人悠然と三枚の絵を片附始めた。

ふらふらと立上る雄飛を支へて星策はこれに従ひ、処置の済むまでと二階へ導いた。香也子が階段の下で華やかに笑つた。

「いよいよ終幕《まくぎれ》ね。結構な姦通劇観せてもらつた。いづれ私も貴方がたの仲割いて、どちらかに死んでいただかう。さうよ、そのために毒蕈の研究してるんだもの。男を男に奪はれるなんて屈辱に、私は甘んじてやしないわ」

暗紅のメッシュのハイ・ヒールを突つかけて香也子は出て行つた。湿つた青葉のにほひが玄関から流れこみ、それは背後の血のにほひに紛れた。星策が雄飛の肩を抱きしめたまま再び覗込んだ病室は、白白と灯がきらめき、瀕死の神巣序章を央に、檀上博士と紅子がむかひあつてゐた。落雷のあとのやうに凄然とした、焦げくさい空気が二人の間にたちこめ、医王寺看護婦と不遊子がこれを遠巻きにして待つてゐた。

消し忘れた厨《くりや》のラヂオから七月十四日《カトルズ・ジユイエ》前夜のシャンソンが洩れひびき、フレールが歌つてゐる。潰れ果てて濁つた声で「あの人はどこに?」を。昏《く》れ果てた冥府からの誘ひの声であつた。

Où est-il donc?

連弾

緩徐調

二時間がかりの練習が済むと涼子《りやうこ》は大仰な溜息《ためいき》をつきながらピアノを離れた。そそくさと楽譜をポートフォリオに挟み、大人びた身振で手頸《てくび》から二の腕を揉みほぐし、さてといつた風情で師の高梨憧憬《たかなししようけい》とそのかたへの調律師の方へ七分三分に目礼する。顳顬《こめかみ》に蒼い血脈を奔《はし》らせた高梨が、懶《ものう》げにこれに応へるのを横目に、涼子は高校二年とは信じかねるしなやかな四肢を弾ませて稽古場を飛出した。

玄関への昏《くら》い廊下をバレーの足捌《あしさば》きですいすいと通り抜け、行きずりにふと客間を覗くと、高梨の母のうてながむづかしい気色《けしき》で一人坐《すわ》つてゐる。声をかけようかと硝《ガラ》子《ス》障子の引手に指を触れた刹那、うてなは目ざとく振向き、

「あら灰塚さん、今終つたの。お茶でも飲んでいらつしやいな。私もこれからいただかうと思つてたところ。疲れたでせう。一箇月お稽古休みのあとですものねえ」

とにこやかに誘ひかける。相も変らぬぎよつとするやうな派手好みで、今日は藤紫の乱れ雲が浮出したタフタのホームドレス、つくり笑ひの唇の皺《しわ》に口紅が縒《よ》れてはゐるが、五十一には見えぬ花やかな顔だち、テーブルの脇の緞子《どんす》の座蒲団を左手で引寄せ、目顔で涼子を招いた。では御免遊ばせと斜《しや》に構へた挨拶で戯《おどけ》てみせると、涼子はその

ままさつと滑り込みの姿勢で座蒲団に脚を投出し、また深深と溜息をつき直した。

「今日は本当にくたくた。モシェレスの練習曲一番から二十四番まで総浚《そうざら》ひでせう。八番のオクターヴのスラーがまづいつて十何回やり直し。あそこで手の力抜かないと腱鞘炎《けんせうえん》になるんですつて。先生の二の舞は嫌だから仰《おほせ》に従つて力を抜くと音が冴《さ》えないと来るのよ。でもそれはそれで練習だからいいの。中級のモシェレス、マスターしてゐない私が悪いんです。疲れたのは別の理由。だつてあの調律の笹倉さんねえ、今日はべつたり先生の側《そば》にゐて私の練習見てるのよ。ミス・タッチがあるときらつと目を光らせたりして。高校生だと思つて莫迦《ばか》にしてるんだわ。あの人一体どれくらゐ弾けるのかしら。ああ癪《しやく》だ。二倍は疲れちやつた」

憎体《にくてい》に言ひつのりはするものの十六歳は十六歳、科白《せりふ》とうらはらに愛くるしい面差《おもざし》の、下瞼《したまぶた》が仄《ほの》かに紅潮し歪《ゆが》めて見せる受唇《うけぐち》もあどけない。しかしその言葉の端端は不意に剃刀《かみそり》のやうにうてなの心を削ぐ。

「それにねえ小母様、今日の先生つたら一昨日《をととひ》新婚旅行から帰つて来たつて顔ぢやないわ。以前より暗い目つき。どうせ私が鈍いから癇《かん》にさはりもするんでせうけど」

涼子の僻《ひが》みを打消すやうに、うてなは顔の前で手を振り振り声をひそめる。

「あなたのせゐぢやないのよ。私が夙《と》うから案じてゐたやうに未絵《みゑ》さんて人もとんだかまとと。何せ縁談《はなし》があつてから結婚式まで三月足らずでせう。肝腎の憧憬だつてお会ひしたのはほんの三、四回、私なんか横顔や後姿ちらちらつと見たつきり。静かで古典的なお嬢様なんてお仲人の月旦《げつたん》、その限りでは鵜呑《うのみ》にするしか仕様がないぢやない。静かといふのが陰険で古典的といふのが古臭いことだとわかつた時は六日の菖蒲《あやめ》よ。さうさうその五月六日のあの式の後、披露宴が果てて新婚旅行に出発といふ間際に、あの人控室へ入つて来て何をしたとお思ひになる。いいえねえ、灰塚さんだから心安だてにこんなことまで聞いていただくのよ」

華燭《くわしよく》のあと十日も経《た》ってはゐない花嫁の悪口を、いくら特別扱ひの弟子とはいへ、小娘相手に聞かせようとするうてなもうてななら、老女の気を唆《そそ》るやうに半身ことさらに乗出し、仔細《しさい》くさく小首傾けて見せる涼子も涼子。注いだ玉露が口もつけぬままに冷え、到来ものの銘菓石動《いするぎ》の薄氷の桐箱の蓋も開けぬままに、部屋は晩春のどんよりとしたあたたかさで、汗つかきのうてなは生えぎはをじつとり濡らしてゐた。

十日前の控室でのいざこざは、しかしながらもううてなが至極口まめにあちこちへ触《ふ》れ廻つてゐて、涼子も小耳に挟んではゐる。

ただ、ゆゑあつて仲人役を辞退した両親に、微に入り細を穿《うが》つた報告を齎《もたら》すのも一興と、彼女なりの才覚で聴耳を敧《た》てるのだ。

皐月《さつき》六日は友引で小雨模様、「恋敵の涙雨」などと祝辞の始めに月並な愛想をまぜる友人代表もゐて、三十一と二十五の新郎新婦は、いささか薹《たう》は立ちかけてはゐるもののの、それぞれ泣いて諦めた手合の三、四人はゐさうな冱冱《さえざえ》とした一対、殊《こと》に花嫁の臈《らふ》たけた姿は十二単に着せかへたいくらゐであつた。

内輪に内輪にと言ひながら結局五十人を超えた親族、友人、来賓も、さすが元ピアニストと老鋪《しにせ》の楽器商の一人娘の縁組だけに、スピーチにシャルドンヌの『祝婚歌《エピタラム》』の一節を引く者、あるひは雅歌冒頭の一章を一越調《いちこつてう》で口遊《くちずさ》む者、総じて多分に高踏《かうたふ》的で気障《きざ》な顔触、憧憬の木で鼻括《くく》つたやうな訥弁《とつべん》の挨拶が、いつそ爽やかであつた。

引出物のパラフィン紙包みの花束に紫と黄のイリスを揃へたのも、即《つ》きすぎながら何やら不祝儀めいて面白く、披露宴も半ばの退《ひ》けぎは、エスコート役を承つて蹤《つ》いてくる幹事長の親友清宮《すがみや》に、憧憬は「何もかもあとの祭さ」と囁《ささや》いた。

憧憬は知らぬことながら、その一言を耳敏《みみざと》くとらへて、仲人の荒蒔《あらまき》夫人の影から冷やかな流し目で振返つた花嫁に、清宮は刹那気圧《けおさ》れて息を呑んだ。やがて新郎の着がへが済めばそのまま旅行に発つ段取、控室に引取つた未絵は、着崩れせぬやうにと畳の上に置いたストゥールを邪慳《じやけん》に押しのけ、さつと裾をさばいて静坐《せいざ》した。父一人娘一人の無人《ぶにん》の家庭を慮《おもんぱか》つて、高梨家から差向けた老女中の万亀《まき》が、そそくさと汲《く》んで出す昆布茶など見むきもせず、持つた黒骨の銀扇を口のあたりに構へて窓の彼方の雨あしを見つめてゐる。膝からやや下に極彩の檜扇《ひあふぎ》を散らした青海波《せいがいは》模様のさめ小紋が、素肌に着流したやうにしつとりと身につき、これから茶の湯の点前《てまへ》か仕舞の一《ひと》さしでもといつた見事な佇《たたず》ひである。

その未絵の目差《まなざし》がおもむろに部屋の隅の乱籠《みだれかご》をとらへた。一時間ばかり前は身につけてゐた婚礼衣裳が一襲《ひとかさね》、ざつとした袖畳みで嵩高《かさだか》に積まれ、小型の煽風機《せんぷうき》の微風をうけてゐる。彼女は無言で立上るとその前に坐り直し、上にある羽二重《はぶたへ》の長襦袢《ながじゆばん》からぴしぴしと本畳みにしはじめた。

「あら若奥様、それは私が後で」

と走り寄る万亀に、未絵は平手打を食はせるやうに言ひ放つた。

「こんなぞんざいな畳み方で晴着を放つておくの私十分間でも嫌。一寸《ちよつと》そこ退《ど》いて下さらない。自分のものは自分で始末します」

さすがに万亀も腹に据ゑかねたか、顔色を変へて未絵を睨《にら》んだ。

「花婿は今お着替の最中、済んだ頃あちらへ持つてまゐつて御一緒に畳むつもりでをりましたの。第一どこの世界に花嫁が自分で婚礼衣裳畳むなんて妙なしきたりがございませう。貸衣裳屋がそこへ催促に出向いてゐるわけぢやございますまいし」

わざとらしい鄭重《ていちよう》な言廻しながら毒をしたたかに含み、何を小娘がといふひびきがあとをひく。

「しきたりが無きや私がつくります。貸衣裳屋は花婿の控室の方へ行つてるんぢやないかしら。ここが終つたら私が畳みに伺ふわ。仙台平《せんだいひら》の畳み方あなた御存じ？」

声音だけは清《すが》やかな切口上《きりこうじやう》の斬返し、しかも万亀が逆上して頬をひきつらせてゐるのにひきかへ、未絵は唇の端に仄かな笑みを湛《たた》へて駘蕩《たいたう》としたものである。

万亀は憤然として肩をそびやかせると、未絵に精一杯の棄台詞《すてぜりふ》を浴せた。

「六十年も生きてをりますとねえ若奥様、それくらゐは莫迦でも覚えるものでございますよ。花婿の紋服を花嫁がお手づからとはまた結構な御趣向、いつそ披露宴で実演あそばせばよろしうございましたのに。ともかく大きにお邪魔をば。お一人で気の済むやうになさいませ」

女中とは言ひながら高梨家に入つてかれこれ三十三年、そのかみは乳の出ないうてなに代つて憧憬をはぐくみ、ここ十年は家政までとりしきつてゐた利者《きけもの》、未絵の輿入《こしいれ》など甘つたれた娘が一人増えるくらゐに高を括つてゐた。顴骨《くわんこつ》の高い目の吊上つた狐《きつね》面《づら》、半白の髪を癇症《かんしやう》にひつつめ、瞬《まばた》きもせず人を見すゑる三白眼が、いかにもお目附役といつた気位の高さで、未絵は一目見た時からことごとく気に食はなかつた。

それにしても、先刻神前でつつましやかに盃に唇触れてゐた花嫁にしては見事な豹変ぶり、ことによつては姑よりうるさからう家附《いへつき》の老女中に喧嘩を売るとは、いささかならず常軌を逸した沙汰であつた。

万亀が足音あららげて控室を飛出すと、未絵は何事も無かつたやうな涼しい顔で、やをら漆黒の式服を両手に戴《いただ》き、さつと畳の上に拡《ひろ》げて一しきり眺め入つた。
背筋中心に首差交《さしかは》す白孔雀左右に一羽づつ、花やかに打開く尾羽根の、一羽は群青の地に朱金の渦、一羽は白群の地に緑金の渦、渦の目は金糸、冠毛は銀糸の繡《ぬひ》をおき、五つの女紋が白抜の立沢瀉《たちおもだか》、七年も前に他界した未絵の母さやかが思ひ立つてことさらに誂《あつら》へた逸品である。一たびは松竹梅に鶴の古代模様と決めながら、父の好みを容れて雄孔雀二羽相寄るさまに変へたといふ曰く因縁も、未絵ははつきりと記憶してゐる。死期を覚《さと》つてもの狂ひしたやうに娘の衣裳に凝りはじめた母のうるさい愛情よりも、父が意匠にしのばせた微妙な悪意が、当時の未絵にはむしろ快く、結婚などとせせら笑ひながら仕立上つた留袖を不承不承羽織つて立ち、その窈窕《えうてう》とした姿にさやかは声を殺して哭《な》いた。

「あの時ばかりは私も泣きたかつたわ。血相変へて飛込んで来た万亀が、だしぬけに若旦那様の式服一切若奥様に始末していただくとか、今日限りお暇を頂戴《ちやうだい》して末息子の所へ帰るとか、畳叩いて私に詰寄るんですからねえ。十年ばかり前主人が交通事故で斃《たふ》れた時さへ、おろおろする私を叱りつけて、病院に葬儀屋、葬式親類《さうしきしんるゐ》、轢《ひ》いた車の持主まで緊急電話で呼んだり駆けつけたり、顔色一つ変へずにてきぱきと事を運んでくれた、あの聢《しつか》り者の万亀がですよ。よくよく業を煮やしたんでせう、無理も無い。

ところがあなた、その修羅場へ張本人の未絵さんがすらつとした顔で入つて来て、万亀を尻目に憧憬の紋服悠悠と畳みだすぢやありませんか。惘《あき》れた」

うてなはここまで一瀉千里《いつしやせんり》の仕方噺《しかたばなし》、口を尖《とが》らせ両手こもごもに打振り、あちこちで繰返すうちに語り口にも磨きがかかり、涼子ならずとも引込まれて掌に汗握る熱演。乾上《ひあが》つた咽喉《のど》を冷《さ》めた玉露でうるほすと、思ひ出したやうに銘菓薄氷を一片涼子にすすめ、さてと坐り直してまた一頻《ひとしきり》後日譚に移らうとする。

仙台平の袴《はかま》は弥左衛門裁《た》ちの刳襠《くりまち》の仕立加減までさつと目で改め、手つきあざやかに衣摺《きぬずれ》の音と共にたちまち畳み終り、紐《ひも》は見とれるほどの早業できりりと亀甲目正しく結び上げると、止《とど》め刺すやうに上からぽんと一叩き、

「では出掛けませうか。私プラットフォームで曝者《さらしもの》になるの真平ですから、お見送りはここの玄関限りにして戴くわ。あなた幹事の方にさう仰《おつしや》つてね。あら、そんな貧弱な花束持つのおよしになつて」

未絵は傍で棒立《ばうだち》になつてゐる憧憬の秀麗な横顔振仰いで口早に催促しながら、スーツケースを左手にさつさと先に立つた。

「未絵さん一寸その前に」

追ひすがつて何やら愁歎場《しうたんば》を演じさうなうてなには、出鼻挫《くじ》くやうにただ一言、

「帰つて参じましたらうちのことは一切私にお任せ下さいまし」

小腰かがめての見事な退《ひ》けぎは、うてなも万亀もその一、二枚は上手《うはて》の役者ぶりに気を呑まれて啞然と立ちつくすのみであつた。

遅《おく》れ馳《ば》せに控室へ迎へに入つて来た荒蒔夫妻に未絵の父壱岐《いき》遼太《れうた》、全く宵宮《よみや》も知らぬ後の祭の何となく異様な雰囲気に、互《かたみ》に眴《めまぜ》しながらとりあへずは新郎新婦を両側から囲んで玄関まで従ひ、千切《ちぎ》つて投げるやうな誰彼の歓送の辞を浴び肩すくませて車に乗込む二人を見送つた。車が出るか出ぬにうてなは来賓への挨拶も忘れて荒蒔夫妻をつかまへ、堰《せき》を切つたうらみつらみの大棚卸《おほたなおろし》、事情はつまびらかにせぬがそれはあとでと話を端折《はしよ》り、客がすつかり引取るまでその場は繕《つくろ》つたが、聴耳欹《た》てて感づいた人も四、五人はゐたらう。

万亀はあたりに散らばるイリスの花束をぎりぎりと蹂躙《ふみにじ》り、

「さあ奥様、控室へ皆様お集り願つて白黒つけていただきませう。このままお暇乞《いとまごひ》など死んでも死にきれません」

とうてなの袖をとらへて身を揉む素振、この辺でやつと聾桟敷《つんぼさじき》にゐた遼太にも薄薄は事の次第がわかりはじめ、未絵の大芝居の序幕かと内心舌打する思ひであつた。その舌打に応へるやうに向うのホールではモーニング姿の笹倉橙司《たうじ》が、イリスの花束で大理石の円柱を滅多《めつた》打《う》ちにして立ちつくし、御用納めをした幹事長の清宮八朔《はつさく》がやや離れて、その花束を足蹴《あしげ》にしながら鬱鬱と徘徊《もとほ》つてゐた。

花やかな野辺の送りめいた華燭の宴から五日目、一週間の予定を切上げた二人がにこりともせずに旅行から帰つて来た。帰るなり憧憬は稽古場へ逃込むやうに引取つて、ピアノの小手調べ、うてなが肥えた耳で聞くともなく注意してゐると曲はリストの『二つの伝説』、アシジのフランシスが小鳥に語りかけるのか、不犯《ふぼん》の聖者が憧憬に囁くのか惻惻《そくそく》と心に沁《し》む前奏の、世が世なら晴の舞台に響きわたらう鮮やかなタッチも、宿痾《しゆくあ》の腱鞘炎が禍《わざはひ》して五分とは続かず、やがてばたりとピアノに蓋する音がしてあとは寂莫《せきばく》とした黄昏《たそがれ》であつた。

なだめすかして引留めておいた万亀に、今日こそ未絵から一言詫《わ》びを入れささうと、在処《ありど》もとめて台所まで来てみれば、早くも二人は冷やかに睨み合つてゐる。うてなは煮え返る胸をおさへ強《し》ひて下手《したで》に声をかけた。

「ねえ未絵さん、この間は気が立つてゐたからああいふ事になつたんだらうけど、この家では何と言つたつてあなたの方が新参、一言だけは万亀にお謝りなさいな。永年尽してくれた大事な人なんだから」

未絵はまだ着替もせぬ夕虹《ゆふにじ》格子の上田紬《つむぎ》の袖に、食入るやうに襷《たすき》をかけながらことさらににつこりと振返つて、

「まあお姑様《かあさま》、私が何を謝るんでせう。その節もお願ひしたやうに、今日からは家事万端私がとりしきらせていただきます。万亀さんは随意に手伝つて下さればいいの。

邪魔にならないのが最高のお手伝つていふこともありますけど。永らくお尽しになつたからこそ私が少しは楽をさせてあげようと心を砕いてをりますのよ。人の気も知らないで強《こは》い顔なすつて。他の人ならいざ知らず、私には効目などありませんわ。さ、そこに仁王立ちになつてゐないで夕御飯の糠味噌《ぬかみそ》でも出していただかうかしら」

と二の句つがさぬ立板《たていた》に水のはぐらかし、その糠味噌も高梨家では毎日漬物屋で買つてゐると聞くと、三十年台所を預つてゐて大した心ばへ、水つぽい店曝《たなざら》しの香の物でよく辛抱出来ると針を含んだ愛想づかし、私が即席のはりはりでも作らうと、俎《まないた》で大根千六本に刻み刻み、糠味噌の下地拵《こしら》へる秘訣の立講釈、ぐうの音《ね》も出ぬ口惜しさに万亀はまた逆上して足袋《たび》はだしで外へ飛出し、うてなが息せききつて後逐《お》ふていたらく。

口うるさいだけのことはあつて、未絵は小競合《こぜりあひ》に手間を取られながらも、小一時間で素人離れした夕餉《ゆふげ》の膳を整へた。

勝手も知らぬ台所のどこをどう掻廻《かきまは》したのやら、棚の奥で埃《ほこり》をかぶつてゐた缶詰で芙蓉蟹《ふようはい》もどきの巻繊巻《けんちんまき》、野菜籠で芽を吹いてゐた自然薯《じねんじよ》でとろろ汁、ひからびた若布《わかめ》を丁寧にもどした三杯酢、使ひさしの檸檬《レモン》を薄く削いで柚子《ゆず》代りにし、流し元で根を腐らせてゐた野蜀葵《みつば》も微かな二番芽を刻んで薬味に、先刻のはりはり漬に、うてなさへ忘れ果ててゐた床下の窖《あなぐら》から鷹の爪を探し出して添へてある心の配りやう。いづれもうてなや憧憬の好みを知悉《ちしつ》したやうな味加減で、皿小鉢の選び方も盛附も、気取らず下卑《げび》ず趣があり、永年万亀の田舎臭い宛行扶持《あてがひぶち》に馴らされて来た二人は、気がさしながらも久久に舌鼓《したつづみ》を打つた。

万亀は裏口から招き入れて一応因果を含め、かねての打合せ通り、憧憬に先立つて嫁を持ち丁度ここ一週間のうちには父となるはずの次男青旗《せいき》のところへ、家事手伝かたがた差向けた。出てゆく後姿に呼びかけて未絵はわざとらしく夕食をすすめたが、万亀は顔を強ばらせたまま依怙地《いこぢ》に頭《かぶり》を振りとほした。

未絵は翌日里帰り、帰る前に米屋に届けさせた粉糠《こぬか》を焙烙《はうろく》で煎《い》り、ありあはせの樽に塩で練り平《なら》して糠味噌の下地を作り、筍の木の芽和《あ》へに鰊《にしん》の昆布巻と一両日の惣菜神業のやうな手早さで準備して、恭《うやうや》しくうてなと憧憬に三つ指を突き虫も殺さぬ優雅な面持で出掛けた。うてなはいい加減奔弄された揚句の果てとてへたへたと坐り込み、憧憬は煙たいやうな表情でまた教室へ閉ぢ籠《こも》つた。今日は里の壱岐家から父親遼太に連れられて戻るはず、うてなは何やら胸さわぎして落着かぬと言ふ。

「お察しするわ小母様、とんだ海千山千の花嫁御寮お迎へになつたものねえ。でも大した度胸、私なんか逆立したつてそんな真似出来やしない。お話伺つてるだけでこはいやら羨《うらやま》しいやらで胸がどきどきするわ。

それはそれとしてあの時の未絵さん溜息が出るほど綺麗だつた。お色直しで小紋の訪問着に替へて先生の隣へすうつとお坐りになつたでせう。きらきら光る目を私たちの方へむけて。先月『昭君《せうくん》』でデビューした青銅座の祝園《はうぞの》三千穂《みちほ》にそつくり。先生は神林洪介《かんばやしこうすけ》に生写しだし新婚旅行の先先で人集《ひとだか》りがしたんぢやないかしら。小母様、この次のお稽古の時第一番に私を紹介して下さらない。お友達は私の後よ。約束して頂戴、さあ」

と浮き浮き指切《ゆびきり》の真似する涼子に、結局はスキャンダルめいた内輪《うちわ》揉《も》めなど興味の外、両人をスターに見立てて憧れるただの少女かと、うてなも拍子抜けして、がつくり頬《ほほ》杖《づゑ》をつき出がらしの玉露を口に含んで目を瞑《つむ》つた。

老女と少女の妙にすれちがつた沈黙の底に、折から思ひ出したやうにピアノが鳴る。薄暗がりに光る雨滴さながら冷え冷えと澄むその音色に、ふとわれにかへつた涼子は暫《しばら》くその調べを心の中で逐つてゐたが、はたと膝を打つやうな弾んだ声でうてなに言つた。

「まあ、『鬼火』だわ。グノシエンヌの方よ、あの曲は。小母様、前にお聞きになつたことありませんか」

うてなは目を閉ぢたまま首を横に振つた。

「さあ、知りませんねえ。何です、その『鬼火』つて。気味の悪い」

「映画なの、私中学の頃友達のお姉様の顔で、試写会に連れて行つてもらつたんです。その中に出てくるエリック・サティの初期の作品よ。あとでレコード買つて譜に書取らうとしたこともあつたわ。全然小節線の区切が無くつて不協和音ばかり。単純な曲のくせにとても私の手に負へないから投出しちやつた。だから忘れやしないの」

涼子は喋《しやべ》りながら耳を傾ける。

「何だか送葬曲みたいな感じね」

うてなの穿《うが》つた感想に涼子は相槌《あひづち》を打つ。

「当つたわ。映画は痲薬《まやく》中毒の患者が自殺する直前で終るの。その男の役がモーリス・ロネ。さう言へばその俳優笹倉さんに一寸《ちよつと》肖てる」

ゆるやかな東洋風の旋律が涼子の言葉通り不協和音をまじへて聞えてくる。その美しい吃音《きつおん》めいた響きをうてなは訝《いぶか》しむやうに、

「灰塚さん、あれ連弾ぢやないかしらねえ。どうもひつかかるところがあると思つたら。それにしても音の高低に違ふタッチがあるぢやなし、変な連弾だわ」

と涼子をかへりみた。

「さう言へばさうも聞える。小母様良い耳ねえ。さすがは二代のピアニストのマネージャーだけのことはある。恐入りました」

涼子は大人嬲《なぶ》りのやうな冷かしを言ひながらまた暫く耳を澄ましてゐたが、

「本当に不思議な連弾だわ。どちらがプリモかセコンドだかわかりやしない。ひよつとすると黒鍵と白鍵を別別に受持つて曲弾《きよくび》きなすつてるのよ、きつと」

と呟《つぶや》くやうに言ふ。うてなは苦笑した。

「それぢやあなた、腕が縺《もつ》れてしまふでせうに」

涼子はうてなのその言葉尻をとらへて、

「お二人、夙《と》うから縺れていらつしやるやうな気がするわ」

と言ひ棄てると、すつと立上つてうてなを見下《みおろ》した。ピアノがこの時はたと中断した。先程からのとの曇りの空が錫《すず》色に鈍く光り、庭先の石楠花《しやくなげ》にぽつりと雨が落ちた。

うてなは急に真顔になつて涼子を振仰いだ。

「灰塚さん、それどういふ意味なの」

涼子はその問ひをすりぬけるやうに、傍のポートフォリオをつかみ、義理にお辞儀をすると、うてなの顔を見ずに言つた。

「どういふ意味つて小母様、今日練習中に何となくさう思つただけですわ。さあ本降りにならないうちに走つて帰らなくちや。ありがたうございました。さやうなら」

うてなは曖昧に挨拶を返すと見送りにも立たず、ぼんやりと庭先を眺めた。まだ五時前といふのに植込は夕闇がたちこめたやうに薄暗く、雨は急に強くもならずしづかに杉苔《すぎごけ》を濡らしてゐる。その杉苔の一《ひと》きはみづみづしく茂つたあたりに何やら白いものが顫《ふる》へてゐる気配、うてなは立上つて硝子障子を細目に開き、もたれるやうにして覗《うかが》つた。

パラフィン紙包みのイリスの花束、それもぐちやぐちやに傷つき腐りかけたのが、ゆるい雨風《あまかぜ》に煽《あふ》られてゐた。

かすかに眉をひそめ、うてなは半身外に乗出し、足探りで細かい雨滴のついた庭下駄を穿《は》かうとしながら、ふと思ひ止りぴしやりと障子を締めた。茶器の乱れた席へ戻りしばらく思案してゐたが、やがて手早く卓上を片附け、改めて煎茶の用意をした。鏡を覗いて胸元の小粒の瑪瑙《めなう》のブローチをやや上に留め変へ、暗い微笑を浮べながら彼女は螺鈿《らでん》細工の銘銘盆《めいめいぼん》を捧げて稽古場の方へ足音を殺して歩み出した。

稽古場に使つてゐる三方硝子戸《ガラスど》の洋間も、もうすつかり薄暮時《かはたれどき》、ピアノの白鍵が仄かに光り、そこにゐる男二人の顔もさだかには見えぬ。憧憬は空色の襟の高いカッター・シャツの袖をたくし上げ、腕を拱《こまぬ》いてうなだれてゐる。ピアノに靠《もた》れかかつた笹倉は、はだけた鮮黄のシャツの胸に燻銀《いぶしぎん》の埃及《エジプト》十字架を飾り、ふてぶてと憧憬の額のあたりを見下す。隈のある下瞼がやや荒んだ感じを与へるが、まだ二十七歳、それでも華奢《きやしや》な憧憬の方が年弱に見える。あれから永い沈黙が続いてゐたのか、小卓子の灰皿に火をつけてすぐ揉消《もみけ》した吸殻が七、八本、漂ふ空気もどんよりとほろ苦い。

「それであんた、押掛女房の据膳は忝《かたじけな》く平げたのかい。いい年をしてはきはきしろよ。店曝しの童貞の、それも不具《かたは》のピアニストに、プレミアム附で奇特な買手がついたつていふのに罰があたるぜ。何だよ、その目付きは。ともかくそれ以来の経緯《いきさつ》洗ひざらひ白状させようと思つてやつて来たら、あの幼稚園並の小娘に面当《つらあて》がましく二時間以上もつきつきり。それが終ると連弾のセコンドでおつきあひ、あとがまた飯事《ままごと》じみた曲弾きの相棒勤め、あんたの甘つたれも大概鼻につくよ。もう昔昔おん年二十五歳当時の天才ピアニストとはあんたも世間も違ふんだから。

ま、いいさ。せいぜい未絵さんに鍛へてもらふんだな。来年桜の咲く頃に孫が見られないとうてな刀自《とじ》が大騒ぎするぞ。何なら代りにぼくが造つてやらうか。これは冗談。首尾よく料理が咽喉通つたら、夕篠温泉へでも褒美に連れて行つたげるからな。勿論《もちろん》ぼくと二人つきりさ。あと一台売ると今月のリベート五十万くらゐになるんだ。あんたの弟子のがその中の半分。恩に着るぜ」

いけぞんざいな長広舌《ちやうくわうぜつ》を、しかし憧憬はむしろ恍惚《くわうこつ》と聴いてゐた。一米《メートル》八十糎《センチ》の赤銅色の四肢は昨日まで何処《どこ》かの漁村で網でも干してゐたやうな荒荒しさ、そこへ涼子の言ふモーリス・ロネ風の、倦怠《けんたい》に煙つた頭が載ると、一種抗しがたい魅力が溢れて、月にピアノ十台売るといふのもうなづける。二言目には甘つたれと憧憬を罵《ののし》り、罵りながら機嫌をとるサディスティックな父《とつ》ちやん小僧に、ここ二、三年引摺廻《ひきずりまは》されて来たのだが、今日の毒舌は度が過ぎたと言へよう。恍惚の裏側で搔《か》きむしられた生傷が血を噴き、憧憬は羞恥にゐたたまらず、ふらふらと立上つた。

その肩をつかんで笹倉は背後に廻ると耳の裏に鼻をよせ、

「ふん、まだ童貞のにほひがする」

と囁き一瞬憧憬を羽交締《はがひじ》めにした。

途端にぱつと電灯がついて、部屋は隈なく白白と照らし出され、二人の眩《くら》む視線の外にうてながゆつたりとほほゑんでゐた。

「何のにほひがするんですつて、笹倉さん」

笹倉は弾かれたやうに離れると、胸のボタンをさりげなく掛けてゐずまひを正した。

「これは大奥様、その節は。今先生に唐手《からて》の基本お教へしてゐたところで。なあに近寄るとウビガンの『五月一日《ブルミエ・メー》』の匂ひがすると申上げたんです。むせかへるやうな新婚の匂ひが」

とつてつけた笹倉の遁辞《とんじ》をうてなは鼻の先であしらつた。

「まあ、未絵さんの使ふ香水の銘柄までよく御存じだこと。もつとも旅行に発つ時は私の贈つたカルダンの『第十六組曲《シュイット・セーズ》』をつけてゐたはずよ。そんなことどうだつて結構ですけど調律の方は？　随分お手数を煩《わづら》はしたやうね。幾らお払ひすればいいのかしら」

笹倉はいかにも恐縮したといつた大袈裟《おほげさ》な身振でうてなに頭を下げた。

「手厳しいことを仰《おつしや》る。伺つたら丁度灰塚のお嬢様がお稽古中、他に廻るところも無いので、お願ひして隅で小さくなつて待たせていただいた次第で、調律の何のつて別にピアノ線が揃つて一粍《ミリ》延びたわけぢやありませんし、ほんの十分位で済みましたから、どうかお心遣ひなく。いやあその後先生のお土産話など後学のために拝聴してゐたら、つい話に身が入つて。大変長居いたしました。これで失礼いたします」

よくもこれだけいけ洒洒《しやあしやあ》と猫つかぶりが出来るもの。態度ががらりと変り慇懃《いんぎん》を通り越していつそ道化じみる。傍で聞いてゐる憧憬の方が照れて面を背けた。

うてなは相変らず素気無く聞き流して憧憬の方を見た。

「あんたは一体どうしたの。花道から出て来た紙治《かみぢ》みたいな顔して。ひどく疲れてるやうね。もうすぐ未絵さんが帰つて来ますよ。さ、お茶でも召上れ。

それはさうとさつき初耳の曲を聞かせてもらつたわ。鬼火か人魂か知らないけど、気の滅入るやうなの。無理な弾き方すると手頸《てくび》が曲つてしまひますよ。あんたが癈人《はいじん》になつて私が代稽古なんてあまりぞつとしませんからね。気をつけてほしいわ」

憧憬はたちまち度を失つて面を赧《あか》らめ、救ひを求めるやうに笹倉の目を見た。間《かん》、髪《はつ》を容れず笹倉が引取り、

「大奥様、あれは私が無理に教へていただいてたんです。申訳ありません。調律師《チユーナー》も

コンペティターが多くつて、調音叉一つ持つてりや能事足れりつてわけにも行かないんです。調律が終つたピアノに向つてお愛嬌に軽い曲の試し弾きつてな猿芝居をしてみたり。いや厳しい世の中で」

と見えすいたやうな口から出まかせの陳弁、うてなはせうことなく苦笑ひして、とどめを刺すやうに言つた。

「御冗談ばかり。そんなことなさらなくとも掃いて棄てるほど口がかかるつて聞いてますよ。ピアノどころか持主の心まで調律がお出来になるんでせう。憧憬なんかピアノが狂つてもゐないのにわざわざ来ていただいたりしてるんぢやないかしら」

さすがの笹倉もいささか鼻白み、

「かなはないなあ。これ以上とつちめられないうちに退散いたしませう」

と七つ道具入のケースを提《さ》げ、広い肩をゆするやうにして扉の方へ歩み出した。思ひ出した風に振返つて一礼すると、うてなは厄介払ひした顔つきで顎をしやくり、憧憬は潤んだ目を伏せた。

折から玄関のチャイムが清《すず》やかにひびいて来た。

「未絵さんだわ。お父様も御一緒のはずよ。憧憬もいらつしやい、早く」

うてなは急に花やいだ表情になり、笹倉の脇をすりぬけてあたふたと迎ひに出る。

べつとりと濡れた濃緑色の洋傘を提げて壱岐遼太が立ち、その後で玉虫色の雨ゴートを脱ぎながら未絵が楚楚《そそ》と一揖《いちいふ》した。

「まあ、ようこそ。お待ち申上げてをりましたの。さ、お上《あが》りになつて。未絵さんもね」

うてなは玄関に下りると甲斐甲斐しく遼太の傘を畳み、手を取るやうにして招じ上げる。

大柄な遼太の燦《きらめ》く白髪と血色のよい童顔を好《この》もし気《げ》に見上げ、

「雨の中を大変でございましたねえ。あら、こんなに濡れて」

と遼太の肩先を手早くハンカチで拭《ぬぐ》ひ、ついでに小鬢《こびん》をおさへてやるとんだ世話女房ぶり。披露宴の後の悶着のほとぼりも冷めてゐないこととて遼太は面映ゆく、うてなの振撒く愛嬌をもてあまし気味にゆつたりと式台に上つた。遼太の意中を敏感に読みとると、うてなはさつと離れ、沓脱《くつぬぎ》に屈《かが》んで履物を揃へてゐる未絵にやつと気づいたやうに声をかけた。

「あ、さうだ。未絵さん、お父様を客間へお通しして。私は一寸あちらでお茶の仕度を。紅茶しか召上らなかつたわね、たしか」

うてなの姿が台所へ消えるか消えぬに笹倉がぬつと顔を出した。

「若奥様、今お帰りですか。お留守中に推参してをりました。また改めて」

と言葉は構へた他人行儀をよそほひながら、目は未絵の仄白い頸のあたりを這《は》ひ、

「あら、お珍しい。その節は」

と曖昧に応へて父に従はうとする彼女の後手《うしろで》をひそかにとらへてゐた。その咄嗟《とつさ》のすれちがひに笹倉は微かに呟いた。

「ああ、これが『第十六組曲《シュイット・セーズ》』、鬼婆あの貢物か」

遼太は背後の気配を知つてか知らずにか客間へ鷹揚《おうやう》に歩み入りながらおもむろに振向いた。笹倉の煙つたやうな眼がそれを迎へ、遼太は無言で苦い微笑を浮べた。二人の縺《もつ》れる目差《まなざし》に、廊下の彼方から覗ふ憧憬の冷やかな視線が絡み、一瞬の間に散り散りになつて三方に別れた。

とり残された未絵は玄関に下りる笹倉と、近づかうともせぬ夫を四分六に見ながら、いづれへともなく一礼して客間に消えた。

もう振返りもせず、手荒く玄関の扉を開けて笹倉が出て行くと、憧憬はくるりと稽古場へ踵《きびす》を返した。まだ蓋もしてゐなかつたピアノにむかひ、両手を鍵においてしばらく目を瞑つてうなだれてゐたが、やがて長い十指が蘇つたやうに鍵の上を躍りだす。

「ジムノペディ」、『鬼火』の消えのこりの一曲、〈ゆるやかにいたましく〉の指定が無くとも憧憬はそのやうに弾いたらう。四分の三拍子の、「グノシエンヌ」よりも憂鬱な調べが、夜の雨に包まれた高梨家にひびきわたる。その微熱を帯びたやうに冱え

た音色に、客間では折から紅茶を用意して入つて来たうてなと、煙草に火をつけた遼太と、所在なく指を組んだ未絵が、三人三様にはたと息を呑んで目を見合せた。

快速調

茶房の薄明りに壁龕《へきがん》代りの一鉢が置かれてゐるとあえかな感じのアンスリウムも、雛段式の棚に二十鉢づつ計百鉢ばかり、一勢に例のエナメル紅の花をそよがせてゐると、見馴れた目にも魔宴《サバト》の飾灯めいて一瞬げつとなることがある。

清宮八朔は一鉢一鉢に鳥首如露《じよろ》で丁寧に灌水《くわんすい》して廻り、温室の天蓋にとりつけた蛇《じや》腹《ばら》式の日覆《ひおほひ》をやや絞つて直射日光を遮《さへぎ》ると、次のカラジウムの棚にゆつくりと歩を移した。

入口の猩猩団扇椰子《しやうじやううちはやし》の向うで口早に誰かが話合ふ気配、手を翳《かざ》して透して見ると牧師の布引召命《ぬのびきせうめい》が、園丁兼マネージャーの末広に案内されて入つて来るところである。

もう午後一時過、日曜の礼拝と説教が済み午餐《ごさん》の後の逍遥《せうえう》の途次であらう。布引の宰領する教会と清宮園芸店は目と鼻の先、従つて気儘《きまま》に往来《ゆきき》し合つて久しいが、日曜の午後は言はば定例訪問、清宮も待つともなく待つてはゐた。牧師といふ先入観は抜きにしても、三十の半ばを超えた布引の鬚面《ひげづら》は何となく神韻縹緲《しんゐんへうべう》として、深い目差が人の告白を唆《そそ》るやうに温い。プロテスタントに強ひられた戒律ではないが未だに独身、青臭い神父の栄養不良めいた不犯《ふぼん》とはやや趣を異にして、この精悍な牧師には意外に若い信者が多く、大胆不敵な説教で時には土地のボス連に睨まれることもある。清宮も三十越えてから急に交を深めてもう五年、他聞を憚《はばか》るやうな事も平気で言ひ合ふ一種の喧嘩友達に言葉敵《ことばがたき》。先週ゆゑあつて来訪が絶えただけに、今日はことさら懐しく、しかし清宮はわざと仏頂面で傍の石榻《せきたふ》を顎で指しながら水栓を締めに行つた。

「八朔さん、安息日に労働すると罰《ばち》があたるよ。こんな暇があつたら礼拝に顔出してくれりやいいのに」

　踵返して近づいて来る清宮を見上げながら布引が強面《こはもて》で聞き飽いた叱言《こごと》の挨拶代り。清宮も溜つてゐた話の出鼻挫《くじ》かれてうるさ気にやり返す。

「ぢやあこの憐れな植物どもは見殺しにして、朝つぱらからキリスト馬鹿の婆あたちと一緒に〽いかなる傷をも主《しゅ》は医《いや》したまはむ、などと声張上げるのかい。口が酸つぱくなるほど申上げてるやうに、うちは先祖代代日蓮宗でね。そこまで仰るなら次の安息日には罷出《まかりで》てもいいよ。何ならあんたの代りに壇上で説教してあげる。召命師の独身即ち毒身の秘密公開、実はこのぼくといふ愛人がゐるゆゑになんて絶叫するんだ。これは受けるね。きつと。その時オルガンの音静かに湧き、これがスメタナの『売られた花嫁』の序曲」

布引も慣れたものでさも楽しげに破顔一笑する。

「道具立《どうぐだて》はさすがだけれども、あんたが今妙な節《ふし》で唸《うな》つたのは残念ながら夕べの祈用の讃美歌でね。その声ぢや太棹《ふとざを》の伴奏頼んだ方が無難だらうよ。花嫁と言へば、高梨、壱岐両家の御祝儀はどうだつた。実はそれを聞いてから今日は先方へ遅《おく》れ馳《ば》せながらお祝ひに伺はうと思つてね」

布引に水を向けられて清宮もいよいよ本論に入つたかと脚組み直し、舌でぺろりと唇を湿《しめ》した。

武者絵から抜出したかに剛快な眉目だが、首から指まで豊かな肉置《ししおき》、栄養隈もなく行きわたつた風体のゆゑか一目で楽天家と思ひ込まれることも多い。事実惚《の》れた相手には地獄の底までといつた気概を示し、頼むと手を合されると温室経営そつち退けにして、身銭切つての東奔西走も辞さぬ心意気だが、その反面神経はいたつて優雅繊細、選《え》り好みが激しく飽きつぽく、世襲の観葉植物栽培卸業も愚直忠実な右腕末広のお陰で保《も》つてゐるやうなもの。夕方の温室は蜘蛛《くも》がこはくて未だに一人で入れぬといふのもお笑ひ草だが、一米《メートル》足らずの夫婦梯子《めをとばしご》の上へ立つても目が眩《くら》む高所恐怖症、背の高い植物は手入も出来かねるといふにいたつては悲劇に近い。

それはそれとして憧憬の華燭に友人代表の幹事つとめる破目になつたのも、地獄の底までの気概と身銭切る心ばへの合算。身銭と言へば例のイリスの花束など、仲間の剪花《きりばな》商からとりよせたものの、当日になつて紅の入らぬのが厭味だ、黄は不吉だとうてなが文句つけるのを小耳に挟み、卸値にしても二万円余り代金は受取らぬことに話を決めた。

もともと裏に裏ありそれが迷宮に続きさうな胡散《うさん》臭い縁組で、最初は両家に出入する調律師の笹倉の欲と二人連のとりもちといふ噂が流れ、次に当の笹倉が未絵の愛人だとか、憧憬は女嫌ひだとかいふ陰口が囁かれだすと、仲人を頼まれた灰塚夫妻も二の足を踏み、急に思ひ立つて香港旅行のヴィザを申請、下りるとそれを口実に断り、次次と物色した揚句とどの詰り口八丁のうてなが、夫の友人の端くれで自分も一時期指導を受けた老ピアニスト荒蒔平安を口説き落し、痛風のところを枉《ま》げて出馬願つたといふ楽屋話もある。

曰く因縁つきの祝儀の楽屋裏もさることながら、故事来歴の筆頭は憧憬と八朔の結びつき、この辺に話が及ぶと憧憬は勿論清宮も妙に照れて多くを語らない。

世襲の園芸店とは言つても先代、先先代続いて植木職、祖父の代は造園の流行で素封家、成金の十軒も得意先に持てば食ふに困らず弟子も五、六人、松の根に生《なま》の章魚《たこ》を埋めて肥料にしたといふ逸話もある。父の葉月も中年までは花より団子の世知辛い明暮《あけくれ》、やつと建築ブームの波が押寄せて庭木が飛ぶやうに売れる頃はただつ広い植樹園に皐月《さつき》五、六本だけ。その敷地が国道用に買上になるのを機に隣接地へ巨大な温室を建て、熱帯、亜熱帯植物専門に切換へた葉月の才覚は抜群で、田舎の喫茶店までゴムの鉢植置く時世到来、一時は育つ間が待てぬくらゐ繁昌した。おくれをとるのが嫌ひな性分で、他人がモンステラを仕入れる頃はアロカシアに手を出し、アナナスが流《は》行《や》れば海盤車葛《ひとでかづら》を先物買する実利弁《わきま》へた珍しもの好き、その辺の公立植物園から見学の申込状が舞込むくらゐ奇種が揃ひ名も売れ、一人息子の八朔は名にあやかつて果樹の熱帯ものでも扱はせようと目論んでゐた。

　中学の頃から鬚が生え、餓鬼大将の熱血漢で至極頼もしく見えた八朔が、意外にロマンティストの甘つたれで、高校二年の秋来朝したサンソン・フランソワのショパンを聴いてことごとく感激、ひそかに意を決して音楽学校を志望した。息子の大学は農学部と一人決めしてゐた父の葉月は、これを知つて一時は蒼白になつたが期するところあるのかにやにや笑つて許し、万一の為に農学部受験の準備もしておけと忠告するに止《とど》めた。音楽学校受験に先立つて、教授のそれも高名なピアニスト、椹木葵境《さはらぎききやう》が個人的に面接してくれるといふ父の朗報に、喜び勇んで自宅へ赴くと丁寧な口頭試問、続いて音感テストにピアノの試弾、次は簡単な譜面を読む発声練習と、至極当然の手順、八朔にとつてはきりきり舞させるための責道具で、紅葉も散り果てる季節といふのに下着を絞るほどの大汗をかきしゆんとなつてうなだれた。頃合見計つた椹木教授は、その太く短い指は失礼ながらピアノを弾くやうには出来てゐない。半分の四オクターヴに変へても無理であらう。第一練習を始めるには既に十年以上後《おく》れをとつた。父君音感は決して悪くはない。聴いて楽しみ、最高の鑑賞家になれば至福であらう。父君の後を継いで園芸家になれと噛んで含める訓戒実は愛想づかし。父の葉月が昔馴染《なじみ》の壱岐遼太に泣きついて教授に袖の下を渡してもらひ、世にも稀な事前落第の宣告を頼むといふ工作のあつたことなど本人はつゆ知らず、最高の鑑賞家なる美辞を心の中で反芻《はんすう》してゐた。

折から個人教授のそれも特別扱ひの高弟の来訪とかで、八朔が腰を浮かしかけると、教授は哀れと思つたか後学のために聴いて帰れ、あれが天才ピアニスト高梨憧憬と指す方を見ると、うつむきがちに入つて来たのは中学生、とんと童話劇で四柱寝台に眠る王子か、羅馬《ローマ》神話で花に変へられる少年といつた風情、これが伝説的なクラヴサン奏者でランドフスカ夫人の愛弟子、滞米中の高梨六儀《りくぎ》の息子かと轟《とどろ》く胸をおさへ部屋の一隅に畏《かしこま》つた。

椹木教授は誇らし気に、これから弾くのがショパンのバラードでト短調、大人の指でもよほど長くないと無理なのに、高梨君はそれをカヴァーする技術を持つてゐる。私はもう教へることが無いくらゐ。君が感動したとか聞くフランソワにも決して劣るものではないと、最高級の前触《まへぶれ》。さう言へばつい先頃中学生の身でリサイタルを開き、評判になつたのを何かで読んだことがあると八朔は固唾《かたづ》を嚥《の》んだ。

憧憬の弾奏は八朔の素人耳にも水際立つてゐた。暗譜の憧憬には不要な譜面を榿木教授からそつと渡され、八朔はそれを膝の上に涙のあふれるやうな感動に顫《ふる》へてゐた。最初のラールゴの序奏八小節から、テンポを微妙に外し、いかにも教授と八朔に語りかけてゐるやうなやはらかい律調、今日の音の冱えはまた格別らしく、教授も頬を紅潮させて不知不識《しらずしらず》に宙で拍子をとる仕科《しぐさ》、八朔の身体もまたじつとりと汗ばんでゐた。

帰りは途中まで同じ方角のはず、一緒に帰れとの教授の命令、嬉嬉として肩を並べて街中まで来ると憧憬が咽喉の渇きを訴へ、気を利かしたつもりで横町に看板の見える「嬉遊曲」なる茶房へ連れて入ると、これが真昼間も黄昏《たそがれ》のアヴェック専門、メヌエットどころかアーサ・キッドが前戯の嬌声めいた鼻声で「セ・シ・ボン」歌つてゐるといふ雰囲気、無関心をよそほひながら二人の方へ目を向ける連中の真中で、八朔もそぞろ衆道《しゆだう》めいたときめきを覚えて慌てて打消し、間違へて注文したレモン・スカッシュを呷《あふ》るやうに流し込み丸ごと噍んだ桜桃が咽喉にひつかかつた。

日頃は母と女中の盲愛で荒い風にも当てられず目が覚めると練習に続く練習、指が傷《いた》むといふのでスポーツは厳禁、学校でも自然貴重品扱ひで心を許す友達も無く、自閉症の人間嫌ひになつてゐた憧憬は、優しい野獣めいた八朔の無垢な善意を敏感に嗅ぎとり、目を生生《いきいき》と輝かせてクリーム・ソーダを三杯もお代りし、問はず語りに練習の辛さ、母の厳しさにうるささ、友達のゐぬ寂しさを縷縷《るる》訥訥《とつとつ》と訴へた。いぢらしさに思はず擁《だ》きしめてやりたくなるのを怺《こら》へて、今日から自分が兄貴になつてやるなどと言つて胸を張つて見せ、八朔は事のついでに憧憬を家へ連れて帰つた。両親に鼻高高と天才ピアニストを紹介するつもりで玄関の前へ立つと、温室の方から園丁見習で十九歳の末広多希夫《たけを》が、息弾ませて駆け寄り、お坊ちやま御無事でと憧憬をかばひ、八朔を睨むやうな顔つき、ついで出て来た父に聞けば、憧憬の帰りが三十分遅いと言つて母のうてなが榧木教授に電話するとかくかくしかじか、多希夫は高梨家の女中万亀の長男といふ念の入つた偶然でうてなも愁眉《しうび》をひらいたが、ともかく一日を三十分刻みに克明に組んだスケデュールが狂つてしまふと大騒ぎする始末に、とんだ飛ばつちりで多希夫もおろおろしてゐたと言ふ。早速電話で父の葉月が陳弁にこれ力《つと》めたが、うてなは誘拐に等しい、他家なら訴へて出るところだが当家の万亀の縁に免じて水に流す、早速車ででも多希夫に送らせと大変な剣幕、温室に入つてアルカディアへ旅したやうに大喜びしてゐた憧憬は忽《たちま》ちべそをかき、帰るのは嫌だと哭《な》き出した。泣きじやくる憧憬の背をさすつてやりながら、八朔は義憤を覚え、生涯楯になつてやらうと心に誓ひ、甘酸つぱい昂奮に頰を染めた。憧憬が八朔の胸に顔を埋めて泣いた事件はその後三度ある。

憧憬二十一歳の春久久《ひさびさ》に六儀が帰朝した。その神技とも言ふべきクラヴサン演奏会が処処で催された。あれから七年、憧憬はフランスのロン＝ティボーを始め数数のコンクールで優勝入選を重ね、年四回のリサイタルは前売で切符が全部捌《は》ける唯一の人気ピアニストになつてゐた。父六儀の名声と相俟《あひま》つて高梨家は連日ざわざわと人が出入し、うてなのソプラノの笑声が響きわたつた。わが世の春と言ひたげな表情が六儀には暑苦しく、一月もしたらアメリカへ舞戻るつもりで目を瞑つてはゐたが、この声と顔に二六時中つきあつて来た憧憬が不憫《ふびん》でならず、うてなの企劃で始めは鼻白んでゐた父子並んでのリサイタルも、息子に花を持たせて慰めようと承諾した。早速さる新聞社に売込んでうてなは得意の鼻うごめかせ、六儀に久久のピアノ弾奏ゆゑと連日稽古を強《し》ひ出した。

　二十五歳の八朔は父の期待通り熱帯果樹を専攻して曲りなりにも学位をとり、インドネシアやセレベスあたりへ二、三回は渡りもした。日本を留守にする時期は憧憬が演奏旅行で渡欧渡米する時期と不思議に一致したが、これは二人が無意識に合せて寂しさを紛《まぎら》はせたのだらう。渡航手続やトゥーリスト・ビューローとの交渉其他《そのた》は、必ず八朔が憧憬の分も一切運んでやり、あやふく随行しかねぬ世話の焼きやう、うてなまで旅行前の雑用を心安げに八朔に押付け、憧憬はそれを不快げに、しかし恐る恐る窘《たしな》めるのだが、うてなは喜んでやつてくれるのだからなどと一向にとりあはず、八朔は磊落《らいらく》に笑つて骨身を惜まなかつた。

六儀のピアノも旬日を出ずに憧憬とぴたりと呼吸が合ふやうになり、演奏会の曲目はすべて二台のピアノのための名作ばかり。金縁のアート紙に藍でホイッスラーの挿画を借りて浮上らせた、贅沢なプログラムを八朔は今もまざまざと思ひ出す。

サン゠サーンス：ベートーヴェンの主題による変奏曲
シャブリエ：三つのヴァルス・ロマンティク
ミヨー：組曲スカラムッシュ
プーランク：ソナタ
フォーレ：ドリー
ドゥビュッシー：小組曲

フォーレとドゥビュッシーは連弾曲、ここで父の六儀が息子憧憬のセコンドをつとめるため、席を立つてステージを横切り、客席に一揖《いちいふ》して息子に寄添つた時の、凄じい拍手が耳の底で潮騒のやうにひびいてくる。おそらくは父子の最も輝かしく幸福な時であつたらう。番組の構成もこの時ばかりはうてなの差出口を封じて、六儀と憧憬がためつすがめつして楽しみながら作り上げた。ただシャブリエの三つのヴァルスだけは、六儀の痛烈な諷刺がこめられてゐるのに気がつかず、最後まで憧憬がこだはつたが、三部作のそれぞれが女の性格を象徴してゐるにしても、女などこの世の外の生物くらゐに考へてゐる彼のことゆゑ無理も無かつた。

　七曲いづれ劣らぬ名曲の、それも折紙附《をりがみつき》の名演奏であつたことは論をまたないが、なかんづくミヨーのスカラムッシュの複雑なリズムとむせぶやうな肉感的なメロディーは、聴衆を完全に魅了し、舞台の袖に控へてゐた八朔は緞帳《どんちやう》を握りしめてあやふく昏倒《こんたう》しさうになる自分を支へねばならなかつた。弾き終つた時の父と子の薔薇色に紅潮した貌《かほ》も十六世紀のどこかの宮廷から脱け出したやうな妖しい美しさ、外人タレントの舞台以外にはアンコールもせぬのが通例の客席が、この時は総立ちになつて湧きかへり、最後にブラームスのハンガリア舞曲の五番を加へたがそれでもをさまらず、六儀が自分のピアノに帰つてモーツァルトのニ長調ソナタの第三楽章アレグロ・モルトを、憧憬とかたみに微笑をかはしながら弾き、軽快なロンドのひびく中に幕とした。

　演奏会が終ると記念パーティー、紙の桜が白白と咲き満ちたホールでうてなは顎を天に向けるやうにして游《およ》ぎ廻り、記者会見では夫と息子の前へ立ちふさがつて手柄話を吹聴した。あとは旧友知己ばかり十二、三人の内輪の祝宴といふことで、予約済のレストランに向はうといふ時、その一行にまでつきまとひたさうなうてなを、いかにも堪りかねた六儀が激しい口調で追ひ返した。八朔は胸の空《す》く思ひで、これも同じく溜飲《りういん》を下げた表情の憧憬の肩を軽く叩いた。うてなは俄《には》かに険悪な面構《つらがまへ》に豹変、何やら短い棄台詞《すてぜりふ》を六儀に投げつけ、蘇枋《すはう》色サテンのカクテル・ドレスの裾不様《ぶざま》にひるがへして後も見ずに姿を消した。

微醺《びくん》の六儀が珍しくデュパルクの『旅への誘《いざな》ひ』を高唱したり、かういふ席ではいつも唖《おし》同様の憧憬が八朔の助太刀で、マーラーの『さすらふ若人の歌』を健気に終りまで歌つてみせたり、絶えて久しい交歓に二、三時間は夢の間、父子を送つて高梨家へ着くと、夜半のこととてうてなも万亀も寝室へ引取つたか真暗、何となく不吉な胸さわぎがして八朔は先に立ち、突当りの書斎の前で止つて六儀を目顔で迎へ扉に手をかけた途端中からぱつと灯がともつた。不意討に目が眩み三人三様に目翳《まかげ》して覗《うかが》ふと、昼間のドレス着たままのうてなが別れた時の棘棘《とげとげ》しい形相を変へずに待伏《まちぶ》せてゐた。他の二人は目に入らぬかに六儀を睨《ね》めつけ、乾いた声で叫んだ。

「あなた、ニューヨークで女と同棲していらつしやるのね。三年間見事に私を騙し通して。マネージャー一人ゐるだけで、さつぱりした独身生活だなんてよく洒洒《しやあしやあ》と仰れたものだわ」

何かと思へば妄想で捏《でつ》ちあげた月並な嫉妬かと六儀は失笑する思ひで応へた。

「マネージャー一人つてのは嘘ぢやないがね。変な絡み方せずにもうあつちへ行つてくれよ。来月はまたむかうへ帰るんだ、何なら確かめに蹤《つ》いて来ればいい」

すかさずうてながやりかへす。

「行かなくともわかつてをります。第一来月もう渡米などとさう御自由にはまゐりませんよ。この分ぢや行つたつきりにするつもりでせうが、今日まで苦労して盛りたてて来たあなたを、誰がむざむざ目の色の違ふ女に引渡すものですか。少くともこちらに三年はゐていただきますからね」

「女なんかゐやしないつたら」

うるさ気に眉を顰《ひそ》める六儀の目の前へ、

「ではこれは一体何でせうね」

とうてなは白い角封筒を物影からとり出し、薄笑ひを浮べながらひらひらと振つて見せた。見れば六儀が一昨夜認《したた》めてそのまま投函の機を失つてゐたニューヨークのマネージャー、ニノ・ロビンス宛の手紙である。しかしその時六儀の顔が一瞬さつと赧《あか》くなり忽《たちま》ち蒼白になつた。その虚を衝《つ》かれた表情へ叩きつけるやうにうてなが声を張上げた。

「無断で中身は拝見しました。なるほど宛名はマネージャーの男名前、アドレスはあなたのアパートになつてをりますがね、中身は熱烈な恋文ぢやございませんか。下手なお芝居はおよしあそばせ。手紙はニノどころかニナかリナが繊《ほそ》い手で受取る仕組になつてゐるんでせう。見えすいたことを。私だつて曲りなりにも英語はマスターしてをります。何ですの、この恥知らずな謳《うた》ひ文句。お前の熱い唇を思ふと身体に火柱が立つんですつて。私を見ると氷柱《つらら》でも下るんでせうに。これを読んで脂下《やにさが》るんでせうから女とも相当な仲ね。あちらにいらつしやつた間の契約金やギャラはその女狐の首飾りやドレスに化けたんですか。忘れた頃にお涙金程度の送金で頬冠《ほほかぶ》りなさらうたつて、さうは問屋が卸しませんよ。さ、何か仰ることがございますか」

眼は蒼味を帯びてぎらぎらと光り、唇の端に泡を溜めて巻舌の告発、清宮は慄然として面を背け憧憬は脅えてその後に隠れた。

六儀は唇を噛んでその止め刺すばかりの悪罵に堪へてゐたが、うてなが喋りやむのを待つて矢庭《やには》に手紙を奪ひとり、目の前でずたずたに引裂くと無言で部屋から出て行つた。

立往生する清宮と憧憬に衝き当りながら六儀の後を追つたうてなは、玄関の扉をぴしやつと締める六儀になほ喚《わめ》き立てた。

「申上げておきますけど離婚なんか絶対承知しませんからね。第一来週から地方公演に廻つていただくやうに契約も進んでるんですよ。ニナかリナか存じませんが明日はその女に宛てて私の目の前で絶縁状お書きあそばせ」

廊下で踏鞴《たたら》を踏むうてなの後を擦抜け、二人は台所へ避難した。それと摩違《すれちが》ひに万亀が顔を出し、女主人を抱へるやうにして寝室へ連れ去つた。腹の底から絞り出すやうな号泣がその方角から聞え、それに呼応するかに六儀愛用のフォルクスワーゲンが、深夜の町へ出てゆくのか歯軋《はぎし》りに似た音を残して消え去つた。

六儀が交通事故で瀕死の重傷、目下病院で昏睡《こんすい》状態といふ寝耳に水の電話が、壱岐遼太の圧《お》し殺《ころ》したやうなふるへ声で架《かか》つて来たのはその払暁《ふつげう》のことである。

受話器を放り出し、昨夜の羅刹女《らせつによ》さながらの威力はどこへやら、へたへたと坐り込んで喘《あへ》ぐうてなを片手で助け起し、万亀は残る片手でダイヤルを廻して車を呼び、憧憬に戸締りして即刻後に続くやう言ひ残すと、後も見ずに病院へ奔《はし》つた。

憧憬は戸締りより先に八朔に電話して急を告げると、当方から車を廻すからそのまま待てと頼もしい八朔の声、涙も出ぬ腫れぼつたい目で表の暗闇を見つめてうなだれてゐた。

病院の手術室の前には万亀に支へられたうてなと牧師の布引召命が立ち、その緊迫した空気を破るやうに扉がさつと細目に開き、布引が目顔で招き入れられた。その扉に手をかけ後へ続かうとするうてなを、年嵩《としかさ》の看護婦が縁無《ふちなし》の近眼鏡ぎらつと光らせて

「今昏睡からお覚めになつて、お側の壱岐様に牧師様を呼んでほしいと仰いました。壱岐様が奥様がお出でになつてゐることをお伝へになりましたが、あとにしてくれとはつきり申されたんですよ」

と冷酷に宣言してぴしやりと扉を閉ぢた。

「まあ、どうして現在の妻の私が夫の死目に会つちやいけないの。遺言でもするんだつたら聞いておくことが沢山あるのに。どこまで私を踏《ふみ》つけにすれば気が済むんでせう」

再び狂乱するうてなの浅間しい姿に憧憬も八朔も嘔気を催す思ひ、万亀は赤子を賺《すか》すやうに
「奥様、まだお亡くなりになると決つたわけではございません。縁起でも無いことを仰いますな。あとでゆつくりお人払ひでも願つてお会になればようござんす。どこで誰が皪《ひ》いたかもちやんとお訊きあそばせ」

とこれはまた横で聞いてゐる二人がむかむかするやうな悪落着き、しかし次に呼ばれたのは憧憬と八朔だけだつた。

六儀は愕然とするくらゐ面変りして、はかなく瞠《みひら》いた目はもう何も見てゐなかつた。坊ちやんですよと耳もとで囁く壱岐の声に、たまゆらその眸は憧憬をとらへ、ひしと握る憧憬の手にかすかな手応へはあつたものの、次の瞬間かくりと顎を落して唇の端をひきつらせた。辛うじて聞きとれる弱弱しいその声は、しかしたしかに
「ニノ！」

と憧憬の耳にはひびいた。

「御臨終です」

傍で脈をとつてゐた医師が呟くやうに告げたその時、血相変へたうてなが万亀に手を引かれて転《ころが》り込み、一同を睨みすゑながら六儀の屍体にとりすがつた。慚愧《ざんき》の涙か無念の涙かコロラチュラ・ソプラノからアルトまでまじへた派手な泣声が暫時《ざんじ》ひびきわたり、突然ぴたりと熄《や》むと改めて座に連《つらな》る一人一人を憎憎し気に見渡して叫んだ。

「何の恨みがあつてこの私をシャット・アウトなすつたんでせう。天にも地にもただ一人の最愛の夫が死ぬのに、扉一枚向うに隔てられて、すれば出来た訣《わか》れの挨拶も出来なかつた、いいえさせなかつたといふのは、そもそもどういふ料簡なんです。一体あなた方の誰にさういふ権利がお有りなのよ。ああ駆けつけたあの時構はずに飛込めばよかつた」

院長も看護婦も、壱岐も布引も互に顔を見合せ、もてあまし気味にうてなを見守つた。浅間しい愁嘆場、何が白白しい最愛の夫かと八朔は殴りつけたい思ひで、首振りたてるうてなの脂ののつた背中を睨んでゐた。憤《いきどほ》ろしい対立に耐へかねて誰かがわつと叫びさうになつた刹那、自らの任と悟つたか院長がうてなにむかつて口を開いた。

「奥さん、お言葉が過ぎるやうですな。私には何の権利もありません。しかし最後まではつきりしてゐた御病人の意志を尊重する義務がありました。仰るまでもなくあなたが廊下でお待ちのことも壱岐さんが度度《たびたび》お知らせになりましたが、御主人は絶対会はぬと断言されて、それ以上はお奨《すす》めしかねる状態だつたのです。色色と御事情はおありだつたのでせうが、それは私どもには関りのないこと、伺ひたいとも思ひません。ただはつきり申上げておきますが、御主人が会見を拒まれたことを、枕頭《ちんとう》に侍《はべ》つてゐたものの差金《さしがね》のやうに仰るのは、失礼ながら逆恨みといふものでせう」

理を尽しつつもさすがに語気に憤《いきどほ》りを含んだ托宣《たくせん》に、うてなは返す言葉が無くさらに憎悪を内攻させた模様で、一同に会釈一つせず万亀を引連れて席を蹴つた。

死者も帰宅は喜ぶまいと、院長の許しを得てそのまま通夜、四人はベッドの裾に団欒《まどゐ》するかたちに集り、六儀が奇禍の直前立寄つた壱岐の鬱鬱とした問はず語りに耳傾けるのであつた。

たまたま入荷したピアノの搬入に手間どつて深夜過ぎまで煌煌《くわうくわう》と灯をともしてゐた壱岐楽器店に、見覚えのあるフォルクスワーゲンがすうつと横づけになり、その昼の舞台とは似ても似つかぬ憔悴《せうすい》した六儀の顔が覗いた時は、壱岐も一瞬と胸を衝かれて挨拶の言葉も出なかつたと言ふ。通りは人影も見えず時刻は午前一時過、家を飛出して直行したものと覚しい。深更に推参した詫《わび》を言ひ言ひ寂しさうな微笑を浮べる六儀を招じ入れると、車の中からメースン・ハムリンの有名なピアノのカタログ、特別調製でクリストフォリ頃からの歴史が腐蝕亜鉛版画の精緻な図版で現された豪奢《がうしや》な一冊を取出し、一昨年夏祇園祭の絵葉書を貰《もら》つた時追伸にこのカタログのことが書いてあつたから、手を尽して探しておいたとさり気ない。そんな気紛れな希望まで忘れずにゐてくれたかと何やら涙ぐましく、応接室でありあはせのへネシーをすすめながらそれとなく来意を探つたが、早早にニューヨークへ行つてしまひたい、もう日本には戻りたくないと呟くばかり。もつとも高梨家とは深いつきあひも無い壱岐ゆゑ、例のいざこざ打明けても詮の無いことと諦めてゐたのであらう。いつもはほんの二、三杯、目もとが仄紅《ほのあか》くなる程度で、それ以上は決して過さなかつた酒を、壱岐が危ぶむほどぐいぐいと呷《あふ》り、もともと三分の二くらゐになつてゐた罎《びん》を空にするのに一時間はからなかつたらう。それでも顔は浅く紅を刷《は》いた趣、それも底の方が蒼く冱《さ》え芯からは酔へぬ様子、壱岐のとりとめもない四方山話《よもやまばなし》に不承不承合槌《あひづち》打つばかりで話の接穂《つぎほ》もなかつた。ふと思ひ出してこれは以前六儀から依頼を受けてゐた江戸末期の紋帳、さる所で手に入れておいたのを抽出《ひきだし》の奥から取出して見せると、一瞬ほのぼのとなごやかな目つきになり、膝の上にひろげて楽しむ風情であつた。

「ぼくのマネージャー兼秘書は意匠研究家でね。日本の紋章や花骨牌《はながるた》が大好きなんだ。大分前からせがまれてゐて、そのうちになどと待たせてあつたんだが、これを見たら奴喜ぶだらうなあ」

六儀は満面に笑みを湛《たた》へて悦に入つたが次の瞬間くしやつと顔が歪《ゆが》み、潸然《さんぜん》と涙を流した。やがて堪へきれず両手で顔を覆つて歔欷《きよき》数分、ややあつて壱岐が前にゐることを思ひ出したやうに涙を払ひ、不覚な取乱しやうを愧《は》ぢて言葉尠《すくな》に詫びまた顔を背けて昏《くら》く笑ふのだつた。それからまた数刻アメリカのピアニストの月旦やランドフスカ夫人の消息など、聞かれるままに気乗りのせぬ口ぶりで語つてゐたが急に夜が明けてしまふから帰るといふ。泊つて行けと袖をつかむ壱岐の手を振切つて表へ出ようとする足許も蹉跎《さだ》として覚束ない。

見れば表通りは警察病院と理容学校軒並べての柵沿ひに、ユッカ数十株盛りの蒼白い花房高高とかかげていつの間にか昧爽《まいさう》に近かつた。何事かあつて飛出して来たその家へこれから帰つてどうする気であらうとは思つたが、心まかせにする他はあるまいと、車に乗込みエンジンをかける六儀にくどいほど道中の用心念押して見送つた。ハンドルに手をかけようとしてその手を小さく振り、たまゆらきつと見つめた哀しい目が今も幻に蘇り、思へばそれが今生の訣《わか》れであつた。

警察から出頭の依頼があつたのはその三十分後、件《くだん》の紋帳を入れて表に小さく高梨六儀様と記した店用の封筒が唯一つの手がかりになつた由である。

事故の現場は国道へ出て百　米《メートル》崖沿ひに左へ急カーヴの難所、ゴルフ場へ急ぐ男三人のサンダーバードと摩違《すれちが》ひざま、何と勘違ひしたか咄嗟《とつさ》にハンドルを切過ぎてセンターラインを越え、相手の車体後部に小当りした上に柵を曲げて下に転落、骨折と打撲症で虫の息であつたとか。サンダーバードは奇蹟的にオーヴァー・フェンダーとステッカーが素つ飛んだだけで済んだし、明らかに六儀の重大なミスではあつたが、男等はゴルフ行を断念して六儀を救出、病院にかつぎこみ警察に届けたとのこと。万亀も振上げた手を下して黙つた。翌日喪主とその家族、関係者四、五人だけでとりあへず密葬、わだかまりを嚥込《のみこ》んだ白白しい顔つきで互に忙しさに取紛れ、諍《いさか》ひをむしかへす機も無く六儀はさらさらとした骨になつた。三日後に、教会で告別式、高梨家は代代のクリスチャンといふことにはなつてゐるが、四、五年前牧師になつた布引も数度会つただけで格別昵懇《じつこん》になつた六儀を除いては、憧憬は顔見知り程度、うてなにいたつては陸陸《ろくろく》挨拶交した覚えも無かつた。

底抜けに晴れわたつた当日、この悲運の天才クラヴサン奏者の、四日前の晴姿を瞼の裏に列席した人人に、うてなは劇中人物のやうに巧みな空涙を振舞つて見せた。妙にカトリック風を衒《てら》つて黒のレースの面紗《めんしや》で厚化粧の顔を半ば覆ひ、さつき涙にかきくれてゐたはずの横顔は次にはなまめいた笑みを浮べ、親しかつた故人のためにも心ある数人は眉を顰めるのであつた。

ただ異例のことに引退したピアニスト椹木葵境が讃美歌のオルガン伴奏役を買つて出て、コリント前書からの『ああ逝きぬ』とテサロニケ前書からの『荒野の旅』のためにみづから心をこめた演奏を試みたのが、わづかな救ひであり会葬者の心を搏《う》つた。

式果てて人が散つた後見送りを終つた憧憬は昏《くら》い祭壇のそのオルガンに向つて、自分でも『荒野の旅』を弾いてみるのだつた。結果的には母が殺した父のために奏でるオルガンの音はくぐもり涙が頰を伝つた。案じて後から来た八朔の方へくるりと向きなほると、彼はその胸に顔を埋めて始めて泣き嘘《じやく》つた。一しきり泣くと八朔の面をふり仰いで彼は言つた。

「ね、壱岐さんに預かつた紋帳が家にあるんだ。ニューヨークへ送つてやらうよ。手紙はぼくが書く。あんた発送してくれるかい」

以来数年表向きには壱岐も布引も高梨家との交際は無い。忌明、周忌の行事をクリスチャンゆゑに省いたのか、ことさらに招《よ》ぶのを避けたのかその委曲さへ知らぬ。うてなも一段落してわれにかへれば、悉《ことごと》く自分に非がありとんだ恥さらしであつたことに気づき、合す顔が無くて彼女に似ぬ悪びれやうで日が経ち、改つて陳謝する機もないまま疎縁となつたのであらう。ただ憧憬と八朔の交情はいよいよ濃くなり、母の手前壱岐とも布引とも往来を憚《はばか》る憧憬は用があれば八朔を通じて運んだ。八朔にしろ布引牧師と現在の友誼《いうぎ》を交すのはその五年後、憧憬が病を得てピアノを捨てねばならなくなつた頃からである。

十年前の修羅場が今度は主役交替で再び華やかに繰展《くりひろ》げられたといふ高梨家へ、布引は何食はぬ顔で祝辞捧げに罷出《まかりで》る様子。嫁の家が宗旨違ひで教会は遠慮したとうてなは人に言つてゐるが、銀の十字架が怖ろしいのは吸血鬼ばかりぢやないやうだなどと毒毒しい科白《せりふ》を残して、大股に歩み去る布引を、清宮八朔はカラジウムの千紫《せんし》万紅《ばんこう》入乱れてなびく葉交《はがひ》から、にやりとして見送つた。温室の天蓋からの日射が急に弱くなつた模様である。

乱麻調

教会の周りの生垣に鉄線花《てつせん》が濃紫の花を綴りだすと五月が終る。街区もこのあたりまで来ると図書館に公会堂、家庭裁判所に医師会館、店鋪《てんぽ》も古書店に釣道具屋などが廂《ひさし》を並べ、雨の午後などはなまじつかな屋敷町よりひつそりした別天地の感がある。その間に挟まれてこの界隈には珍しい茶房が一軒、名を「かれんだゑ」と高野切《こうやぎれ》から選り出して来たやうな流麗な書体で黒檀の地に白漆書きの看板、カレンダヱとは月の朔《ついたち》の意味とかで、毎月この日の午後一時から一時間に限つて無料、無料と言つてもこの店は珈琲と水以外一切註文《ちゆうもん》に応じず、その珈琲もブルーマウンテン一点張、勿論真夏もアイス・コーヒーなど絶対つくらない。磨き抜いた欅《けやき》厚板の十米《メートル》ばかりの卓が三列に並び、坐りのよいストゥールに藁編《わらあみ》の円座を置いたのが五、六十、四季とりどりの花を挿した甕《かめ》がふんだんに卓上にばらまかれて、いかにもからつとした親しい雰囲気、日曜の午前《ひるまへ》教会帰りの人人でほぼ満員になるだけで、平素はいつも五、六人の客、それも図書館から借出した書物をひらいてノートする青年や、リーダーらしい婦人を囲んで古典の輪読でもやつてゐるのか、眸のきらきら光る少女数名のグループ、互に侵しあふことも馴れあふこともない利用の仕方で、時によつてはここで小半日《こはんにち》過す客も尠《すくな》くはない。

勿論布引召命はカレンダヱが店開きした五年前の七月朔日からの常連の一人、清宮八朔、高梨憧憬の一対も後れて常連に加はつた。店主は隣の古書店の主人の弟とかで、兄の痩身の頭痛持めいたポーカー・フェースと正反対の、年中陽気な色白の肥満体、一時間置きにテーブルを拭《ぬぐ》ひ、三十分刻みで灰皿を洗ひ、十分毎《ごと》に水を注いで廻るまめな性分。例の安息日の満員御礼の時間に限り、布引の配慮で信者の青年が二、三人無料承知のウェーターを勤めてくれる習慣、にも拘《かかは》らずマスターが礼拝に行く姿を見たものもなく、人に言はれるとここも教会の延長、朝の最初の珈琲は神に献じてゐるなどと布引の口調を真似て笑はせ、事実牧師には決して珈琲代を払はせなかつた。

結婚式から丁度半月、縺れ絡んだ序幕が序幕、続いての新婚生活第一歩も暗雲低迷して悲喜劇の気運が濃く漂ひ、憧憬は賢《さか》しらな女二人の鎬《しのぎ》を削る家の中では息が詰り、日曜になるのを待兼ねて礼拝に赴き、帰りは先に打合せのカレンダヱで清宮と会つた。恒例の満員札止《ふだどめ》の刻で隅に席を見つけて珈琲を啜《すす》り、それ以来の憧憬をつくづく見れば、何やら屈托《くつたく》あり気に冱《さ》えぬ顔色、八朔もここでは込入つた話は出来ぬと促してカ

レンダヱを出て、ふと教会の方を見ると布引が笑ひながら手を挙げてゐる。近づくと憧憬に目顔で会釈しながら八朔の肩叩いて、

「積る話もあるんだらう。親友同士だ、神の御前で心ゆくばかり交驩《かうくわん》したまへ。私はカレンダヱで珈琲二、三杯ひつかけてマスターと駄弁《だべ》つて来るよ」

と渡りに舟の好意、二人は肩並べて会堂に入つた。説教が終つた後も礼拝だけに来る人がちらほらとゐて、教会は表扉を締めず、ひつそりした昏がりのそここにうなだれてゐる人影があつた。

前の椅子席の背に両手をおいて鍵を叩くやうに指顫《ふる》はせながらおし黙つてゐる憧憬の肩を、ぐいと摑んで自分の方へ向きなほらせ、逸らさうとする目を強引に覗き込みながら八朔は訊いた。

「おい、何とかやつて行けさうかい。うちの末広にお万亀婆さんから一部始終知らせて来るんで、大体の察しはついてゐるんだ。だがな、女同士の睨みあひはどうだつていい。君自身これから先ごまかしきれるのか。噂なんか信じやしないが、笹倉つていふ男に君はすつかり牛耳られてゐるらしいな。一体いつからあんな奴が君にくつつきはじめたんだ」

逸らしかけた目が刹那きらと光つて八朔をとらへた。

「あんたが結婚した時からさ」

憧憬には珍しくきつぱりとした、しかしやや捨鉢《すてばち》な口調であつた。

「ぼくが結婚した時から？」

八朔の啞然とした鸚鵡《あうむ》返しを、憧憬は居直つたやうに受けとめた。

「ぼくが入院するとすぐ、あんたは婚約指環を嵌《は》めて毎日髭を剃つて日本晴みたい顔してたぢやないか。お揃ひで見舞に来てくれたね。幸福さうだつたな、あの頃は」

それと調律師笹倉の介入とどこでどう関《かか》はりあふのか、武骨な八朔にもうすうす想像はつかぬでもなかつた。ただそれは光の衰へた走馬灯の、影さだかならぬ男らの追ひつ逐はれつ、腥《なまぐさ》い息づかひの中の一人に自分もまじつてゐるのを渋渋認めるやうな、いらだたしい恥かしさをも伴ふものではあつた。

それはもう五年も前のことであつた。そして二人にとつてはいつも生生しい昨日の出来事でもある。

憧憬の右手頸《てくび》が劇烈な疼痛《とうつう》のためにつひに動かなくなり、一夜にして天才ピアニストの座から顚落《てんらく》したのは、その五年前の秋の国際音楽フェスティヴァル、脚光きらめく舞台の上での椿事《ちんじ》であつた。

既にその前年から間歇《かんけつ》的に鈍い痛みや痺《しび》れは自覚してゐた。特にたとへばリストの超絶技巧練習曲など復習《さら》つたあとは、錐《きり》を揉込むやうな鋭い痛みが手の甲から上膊部《じやうはく》へ奔《はし》るのを人にも言はず耐へてゐた。不吉な予感がその痛みと共に憧憬の心を掠《かす》め去る。盲目の画家、聾《ろう》の作曲家、それよりもみじめな手を喪《うしな》つたピアニスト、その禍禍《まがまが》しい幻影を振払ふかに、彼はフェスティヴァルの中の大役、ディヌ・リパッティ没後二十年追悼を謳《うた》つて、生前のレパートリー総浚《そうざら》ひ二時間なるプログラムを引受けてしまつたのだ。

春になると海彼《かいひ》からの賓客もほぼ決定し、その中にはショパン国際ピアノ・コンクールで彼が優勝した時、憧憬の演奏の、あるひは当時十九歳の容姿のたぐひ稀な美しさに感動して、破格の夕餐招待、熱烈な接吻《せつぷん》の後再会を約した某国皇太子も名を連ねてゐた。続いてブカレストに健在のリパッティの父が、ジュネーヴに安置保存してあつた遺愛のピアノを、憧憬のために日本へ運ばせるといふ美談めいた挿話も加はり、他のプログラムはすつかり霞《かす》んだかたち、憧憬は英国コロンビアから出てゐたリパッティ全集の堆《うづたか》いレコードに耳を澄まし、聴き終ると憑《つ》きものがしたやうな激しい練習に入つた。朝二時間夜二時間、脇目もふらず家から一歩も出ず、春が過ぎて教会の垣の鉄線の花が咲き揃ふ頃は、その窶《やつ》れやうに八朔が先《ま》づ心を痛め、練習を一時休むことを真剣に忠告したくらゐであつた。うてなはフェスティヴァルの話題を憧憬一人が浚つて、その後株の上りに上つたところでレコード会社からの申込降るやうなのを気随気儘に選りどりする妄想に、早手廻《はやてまはし》の大満悦で八朔の忠告も要らざる邪魔だてと一笑に附してしまつた。

売薬の鎮痛用軟膏《なんかう》をひそかに塗布しても、手頸は次第に鈍痛を滞らせ、その不安はもはやうてなに告げることもならず、唯一の庇護を恃《たの》むべき八朔は忌避に触れてゐる。

さうかうするうちに黴雨《ばいう》に入り、三日降つて二日霽《は》れ、蒸蒸《むしむし》と四、五日曇り続きの鬱陶しい空模様、冬の終りに調律したピアノがもう狂つたやうな気がして、それが憧憬の亢《たかぶ》つた神経にはこたへ、いつもの伝で壱岐に電話すると、専属の調律師が旅行中ゆゑ新人を廻すと言ふ。顔馴染でないのはどうもと危ぶむと腕は抜群ピアノも相当こなすから試しにやらしてみてくれとの事、翌朝ぬつと姿を現したのが当時二十二歳の笹倉橙司、学生で専攻はピアノ、別にピアニストになる気はないが酒場で慰みに弾くのも楽しいからと欲の無い口吻《くちぶり》、調律は学費稼ぎの種にマスターして、そのへんの玄人《くろうと》に負けぬと嘯《うそぶ》く。ウェルター級のレスラーと自己紹介してもそのまま通るやうな面構へで、年に似合はぬとろりとした淫蕩《いんたう》な目つき。その目の端で憧憬を舐め廻し鼻歌まじりに調律、驚くべき勘のよさ手つきの鮮かさ、狂ひ所のせゐもあらうが以前小一時間がかりだつたのが此《こ》の度《たび》は三十分足らずで仕上り、勧めもせぬのに海獣さながらの四肢ふてぶてとソファに投出して煙草をくゆらし始めた。憧憬は頻《しき》りに落着かず、そはそはとピアノに向つてショパンの『雨滴《あまだれ》』など気軽に試弾し始めると、はてなと小首傾《かし》げる振りをして起上り、ストゥール引寄せてべつたり憧憬の隣に坐つた。自分で試してみる気かとやや身体をずらしたが、汗ばんだ笹倉の身体からは焦げ臭い革のやうな匂ひが立ちのぼり、憧憬はくらくらと眩暈《めまひ》がした。その眩暈の中で笹倉は憧憬おしのけるやうに乱暴なタッチでアルベニスの二調のタンゴを弾き出した。荒荒しく鍵を叩弾を強ひる素振、憧憬がまだぼんやりしてゐるとぐいと右手を摑み、目顔で連かせた。鋭い痛みが湧き憧憬がさつと手を引込めると、さすがに慌てて中断し肩を抱くやうにして不審さうに顔を覗き、大仰に眉を顰めて、痛みを訴へる右手をぐつと腋《わき》に抱へ込んだ。憧憬は張りつめてゐた心が弛《ゆる》みこの数箇月の不安な症状を打明けると、仔細くさく医師気取で華奢《きやしや》な手頸から上膊を触診の真似ごと、これは紛れもなく腱鞘炎、案ずることはない赤外線が一番と、その脚で最寄の電器店に奔り、てきぱきと親身の介抱を始めた。極秘にしてくれと頼むといたづらつぽくウィンクして見せ、その秋波めいた情の籠《こも》つた目つきに憧憬はずるずると心を宥《ゆる》した。

うてなに内証で就寝前三十分、血紅色の灯に手頸を翳《かざ》してゐると、心なしか痛みもやはらぐやうで、夏に入るとピアノの音もわれながら冱える思ひ、あと二箇月で晴の舞台と気もそぞろに再び猛練習を強行した。

一方八朔も行けば頻りに苦患《くげん》を訴へる憧憬の心細い風情は気にかかりながら、練習の邪魔しに来たと言はぬばかりのうてなの冷《つめた》い視線を思つただけで鳥肌がたち、本意《ほい》なく訪れるのを控へ、この春までは安息日の礼拝の帰りの刻に電話して来て、カレンダヱで会つてゐた習慣も絶えてゐた。時々は見計つて茶房に陣取つては見るのだが、つひに姿を見せぬ憧憬に電話するのも何となくためらはれ、むつとして出てゆくところをマスターに慰められることもあつた。

その名にちなみかつはあやかつて八月一日は御馳走でもしようと、かねてから冗談まじりに言つてゐたマスターの真顔の招きで、当日は約束の夕七時暇潰しがてらにとカレンダヱに足を運んだ。裏へ廻ると凌霄花《のうぜんかづら》のさかりの朱が残照に映え、呼鈴で出て来たマスターは空色のポロシャツでいつもながらの明るい顔、喫茶室はテーブルを片附けて中央に円卓を置き、黄瀬戸の花甕に土耳古《トルコ》桔梗《ききやう》がこぼれ出るほど活《い》けてあつた。程なく憧憬が顔を見せ、続いて布引牧師が大股に入つて来て一同席に着くと、冷肉ばかり瑞典《スウエーデン》料理風に揃へた祝餐、さして深いつきあひでもないマスターの心尽しに八朔はふと涙ぐむ思ひで、シャンパンの杯高高と捧げて感謝した。布引はボローニヤ・ソーセージにフォーク突刺さうと伸ばす八朔の腕を引止めて、ピリピ書からの誕生日の祝歌、「いざためらはで奮ひ立たむ」と異教徒向に前後省略して一節、よく響くバリトンで唱ひ、縁あつて集ふこの四人の仔羊《こひつじ》を護らせ給へなどと禱り、一同永い親交でもあつたかのなごましい雰囲気になつた。

デザートの八朔オレンジの皮を剝《む》きかけると、共食ひだとまぜつかへす憧憬の明るい顔も久久のこと。聞けばこの頃は痛みもやや薄らいで練習も大詰に近いと、長いしなやかな指で卓上を叩いて見せる。その燥《はしや》ぎやうが無理に煽《あふ》られた蠟燭《らふそく》の最後の光であるとは八朔も思ひ及ばず、酔ひに紛れて肉の削げたその肩を抱きしめた。

やがて靄靄《あいあい》とした空気でうたげも終りに近づき、お手のものの珈琲を配りながら、マスターが、それはさうと清宮さん意中の人はお有りですかと水を向けて来た。突然の質問にぎよつとしたが何のことはない縁談、語るところに拠《よ》れば古書を商ふ兄の華客《とくい》に、黄表紙蒐集《きべうししうしふ》では一部に聞えたさる青果問屋の主人がゐて、候補者はそこの末娘、父親は去年の夏清宮の温室へ八朔が試験栽培中のマンゴーやキーウィを見学に来たこともある由、その砌《みぎり》は母校の講師連も四、五人、業者も他に二、三人混つてのグループだつた関係で、さてと言はれても記憶は朧《おぼろ》、当の娘比露子とやらも、それとはなく八朔を見知つてゐるといふ。ともかく一度お会ひになつては如何《いかが》、いざといふ時の仲人は別に立ててなどと一人で呑込んだ恰好《かつかう》。どうやら先方が一方的に惚れて運動中と覚しく、いやあ当分女房などと苦笑してはみたものの八朔ももう而立《じりふ》、憧憬はもの言ひたげな八朔の目差《まなざし》をついと逸らせ、練習の時間を口実に不機嫌に席を立つた。いささか白けた座をマスターが陽気な話術で取繕ひはしたが後の祭、真意が那辺にあつたやら後味の悪い祝餐で、八朔も厚く謝意は表しながらふつ切れぬ思ひで辞し去つた。

音楽フェスティヴァルもあと旬日に迫り、十月十五日から三日間の催しの第一日はギレー弦楽四重奏団とミカエル聖歌隊、第二日が憧憬のピアノ・ソロにエミリオ・ジユリーニとS・D・M交響楽団によるヴァイオリン協奏曲、第三日がヴァレンシア舞踊団の新作『トレドの真珠』と鶴巻賛七の新内に哥沢《うたざわ》銀や宮薗秋江の古曲、盛沢山の超一流目を奪ふ中に、やはり憧憬のソロは話題の中心、誕生祝餐以来ゆつくり会つてもゐないが調子はどうであらうかと、数箇月ぶりに高梨家を訪れると、客間は報道関係、音楽雑誌関係の記者連が四、五人、座の中心にうてなが横坐りして例の立板《たていた》に水の息子自慢、煙に巻かれて下向する顔見知《かほみしり》の一人に憧憬の様子を聞くと、部屋に閉籠《とぢこも》つて体調調整中と妙な薄笑ひ、勝手知つた廊下を突切つて扉を開けようとすると中から男が出て来てあやふく鉢合せするところ。じろりと八朔を見るふてぶてしい美貌にいはれのない反感を覚えて会釈もせず、部屋に入ると憧憬がうるんだ目で立つてゐた。

見れば右手頸は湿布を巻いてだらりと垂れたまま。その手を取つて上から撫《な》でてやりながら、調子はどうか、大丈夫かと尋ねると、首を横に振るばかり。今扉口で突当りさうになつた男は誰かと訊けば調律師と答へうるささうに目を伏せる。さ、元気を出せと肩を叩けば反射的に寄せて来た憧憬の頭の、その漆黒に乱れる髪の中から苦い煙草のにほひが漂ひ、八朔は顔を逆撫《さかな》でされた思ひにさつと身体を離した。

「いよいよお見合だつてね。おめでたう。『トレドの真珠』肩並べて見るなんて、あんたにしちや大出来。成功を祈つてるよ」

憧憬は吐出すやうにさう言ひすてると、右手の湿布を剝ぎ落してピアノにむかひ、マズルカ三十二番を叩きつけるやうに弾き出した。当日の第一曲、恐らく聴衆は耳を澄まして酔ふであらうその情熱的な調べを背中に聴きながら、言葉も無く部屋を出た。

他人事《ひとごと》のやうに思つて忘れてゐたが憧憬のいふ通り見合の日取まで決つてゐるらしい。末広親子の相互連絡で情報は早早に憧憬の耳にも入つたのだらう。結婚などするものか、安心しろと心の中で呟きながら、八朔はまた先刻の髪にこもつたウェストミンスターのにほひを思ひ出し、庭先に群る花茗荷《はなめうが》を左手で薙《な》ぎながら、うてなに挨拶もせず高梨家を飛出した。


マズルカ嬰《えい》ハ短調は予想通りの冱えた演奏であつた。憧憬の蒼白の額に髪は靡《なび》き、タキシードに包んだ鞭《むち》のやうな身体は自らが生み出す楽音の嵐にしなやかに撓《たわ》んだ。

二階正面桟敷の皇太子が、ショパンより美しいと長歎息したのは、勿論その音楽のみを指すものではなかつた。咳《しはぶき》の漣《さざなみ》が収まる間の短い休憩の後ワルツに移つて最初がこれも嬰ハ短調、ショパン晩年の魂の苦悩を謳ひつつ憧憬の眉間は縦に皺を刻み、白い前歯が唇を噛んだ。劇烈な疼痛が突如右手頸を、続いて今日まで無事であつた左の拇指《おやゆび》のつけ根に襲ひかかつた。銀盤の上に緑玉の乱れ散るやうな音色が俄《には》かにとぎれ、鍵盤の上の指はわなわなと顫へた。額から瞼《まぶた》へ紫色のヴェールがかかるやうに目が眩《くら》み、全身に冷い脂汗が噴き出した。錆びた錐《きり》を数十本突き刺されるより酷い疼《うづ》きに、憧憬は息を詰まらせがばとピアノに突伏した。あの世に響く秋雷のやうな濁つた和音が憧憬の耳の底に谺《こだま》してたちまち歇《や》み、幕を幕をと騒ぐ人声がさらに遥かに聞えてゐた。

楽屋に担ぎ込まれた時のうてなのけたたましい悲鳴も、関係者が愁《うれ》ひ顔にざわざわと往来する気配も遠い世界の出来事であつた。八朔の太い両腕に抱へられて車に乗り、新聞社の手配した整形外科医院の個室に落ちつくまでも夢うつつ、とりあへず鎮痛剤と催眠剤を注射され、泥のやうな眠りに落ちて行つたが、その両手はあはれに組んだ胸のあたりで鍵を叩くふりを繰返し、ただ一人枕頭に傅《かしづ》く八朔は暗然と声を呑んだ。

憧憬は泥沼の底から浮び上るやうに目を覚ました。窓の外の碧瑠璃《へきるり》の空が厚いカーテンの隙間に見え、階下のどこからかピアノの音が聞え、はたと熄《や》み、潮騒のやうな拍手が湧いた。音楽祭のテレヴィ中継、鉛の詰まつたやうな憧憬の頭の中に再び音楽が響きわたり、まさしくピアノ・コンツェルト、モーツァルトの『戴冠式』、桂冠を剝ぎとられ、限りもなく転落してゆく自分の悲惨な立場が、その時始めて現実感をもつて蘇つて来た。そのまま窓際へ走り寄つて真逆様に身を投げたいくらゐの屈辱であつた。涙がどつと溢れその涙の膜の彼方から八朔のうるんだ目が覗いてゐた。何かに縋《すが》らうと差伸べる憧憬の手が宙に游《およ》ぎ、屈《かが》み寄る八朔の肩をとらへ、ためらひがちに抱きすくめる八朔の胸の下で憧憬が声を殺して哭《な》いてゐる。音楽の神に遣《やら》はれた堕天使の身も世もない悲痛な呻《うめ》きをこれ以上聞くに堪へず、そのわななく唇を八朔はみづからの唇で塞いだ。憧憬の指が背の肉に食入り、やがて蒼白の頬に血の色がさす。ただこのうつつを忘れたい、苦患《くげん》から一刻でも脱《のが》れたいといふ必死の希《ねが》ひがつひに八朔の理性をかき乱した。それが憧憬とのつひの絆ならば、それで憧憬が慰むならばと心の中で叫びながら、八朔は荒荒しく胸の釦《ボタン》を捲りとつた。

翌日は朝から早春のやうな冷い雨、八朔は髭も剃らずにいかにも引据ゑられたといふ恰好で、青果商の娘と肩並べて西班牙《スペイン》舞踊見物。四角な身体を無理矢理猖《しやう》猖緋《じやうひ》の椅子席に押込み、カスタネットが鳴り響かうが、かぶりつきの頭の上でヒターナの裳《も》裾《すそ》が翻らうが全く上の空。その様子がまた好もしく映るのか比露子は利発な目をくりくりさせてほほゑんでゐた。劇場内のレストランでの昼餐の席、双方の父母にカレンダヱのマスターとその兄、俄《には》か仲人のさる高校教師の夫妻、事のついでに呼ばれた布引牧師がずらりと連《つらな》る中でも、八朔は依然仏頂面をきめこみ、しかし脂の爆《は》ぜ散るテンダーロイン・ステーキは瞬く間に平げて、あとはにこりともせずあらぬ方を見つめるばかり。比露子はそれでも微笑を消すことなく一座の話に控へ目な合槌《あひづち》を打ち、きりつと引緊《ひきしま》つた顔も美少年めいて清清《すがすが》しかつた。話題がいつの間にか昨日の事件に及ぶと八朔は発言者の顔を睨《ね》めつけてぷいと席を立ち、布引の耳打ではたと気づいた面面が慌ててさしさはりのない園芸苦心譚に水を向け、葉月得意の一くさりが始まるまで帰つて来なかつた。

それぞれ車を呼んで劇場の前で別れたが、迎へに来た末広多希夫が一同乗込むのを待つやうにして、日に灼《や》けた顔をくるりと八朔に向け、他意もなく言つた。

「あのお嬢さんが若旦那の。へえさやうですか。高梨の坊ちやまにそつくりですね。妹さんと言はれても信じますぜ、口もとなんか全く生写《いきうつ》し」

一瞬八朔は息を呑んだ。

「馬鹿あ言ふな多希、まるで六儀先生に御落胤《ごらくいん》でもあつたみたいぢやないか。人聞きの悪い。奥様の耳に入つてみろ、また騒動だぞ」

葉月が呵呵《かか》大笑《たいせう》して母も末広も連笑《つれわら》ひ、何のことはない車中の無駄口に紛れたが、八朔の胸は不覚にも早鐘を打ち俄かに咽喉がひりついた。その夜の母のそれとない返事の催促に彼は任せると一言言ひすてて自分の部屋に引揚げた。

憧憬の腱鞘炎はこじれにこじれた慢性疾患、どのやうな手当も対症療法の域を出ず、根治は絶望といふ診断が下つたのはその一箇月あとのこと、聾桟敷《つんぼさじき》においたらなほ憧憬を傷つけるだらうと、医師の意見はそのまま本人に伝へられた。諦めてゐたのか憧憬はさして動揺もせず、早速ピアノ個人教授の看板註文に走り、生徒募集に策を練るうてなの忙《せは》し気《げ》な後姿を眺めて苦笑ひしてゐるといふ。万亀を通じての噂話に八朔も心を決め、比露子を伴つて退院間近い憧憬を見舞つた。悪びれて隠しだてするよりは、あへて羞恥に耐へようといふ苦衷があれ以来翳《かげ》を深めた八朔の眉目に読みとれ、憧憬もきつぱりした態度で挨拶を返した。

病院の回転扉の前まで来ると先にくるりと舞込んで突当りさうになつたのが、また皮肉なことに笹倉橙司、相変らずのふてぶてしい笑顔で二人を見上げ見下し、物も言はずに二階へ駆上つて行つた。摩違《すれちが》ふ時刹那匂つた笹倉の銜《くは》へ煙草のウェストミンスターが、ふたたび遠い憎しみを蘇らせ、八朔はむつとして顔を背けた。

八朔と比露子の華燭《くわしよく》は師走も押詰つた二十二日の冬至の真昼、霙《みぞれ》模様の空は昏《くら》かつたが、商売柄青果市場や肥料問屋の威勢の良い哥兄《あにい》連まで末席に連《つらな》つて、披露宴には鳴物まで入る大盤振舞《おほばんぶるまひ》、潔く観念の臍《ほぞ》を決めた八朔は持前の剛快さに戻つて黒田節の一《ひと》さしも舞ひ納め、新婚旅行から帰ると花嫁はもう舅姑《きうこ》を友達扱ひにして明るい冗談を交し、清宮家には笑声が絶えなかつた。ただふと目をつむると来賓のさざめきに隠れて、一人黙然と姿勢を正してゐた憧憬の姿と、カフスからややはみ出したサポーターがありありと浮び、食事中でもはたと箸を置いて比露子を不審がらせた。

あれから五年足らず、今ではピアノ教師として一応は立直つたかに見える憧憬の、心の中の地獄を八朔もまんざら知らぬではない。ただ、未絵と結婚するに到つた経緯については、彼にすら率直に話さうとはせず、今にわかる時もあらう、黙つて見逃してくれ、何もかも手遅れと捨鉢《すてばち》な笑ひを見せるだけだつた。末広の連絡による高梨家の内状も思つたほど苦しくはないのだが、野心家のうてなはこれを機に壱岐と懇《ねんご》ろにしてピアノの斡旋《あつせん》でもし、昔の派手な生活に還らうと盛んに奔《はし》り廻つてゐる様子、笹倉の辣腕《らつわん》を既に商売敵として忌み嫌つてゐるのも当然と言へた。

腰掛の縁に片肘《かたひぢ》つき八朔を仰ぐやうにして憧憬は呟《つぶや》いた。

「ぼくが生きてゐたのは、あの音楽祭の前日までさ。いや、その後でもう一度あんたが蘇らせてくれた。あれが最初の最後だつたのかなあ。それから後の五年は無間地獄《むげんぢごく》の亡霊、死に切れずに恥を曝《さら》して、毎日嬲《なぶ》り殺《ごろ》しにされてゐるやうなものだ。な、もう一度生きかへらせてくれよ」

誘ひかけるやうに目が輝き、唇が紅く濡れてゐた。差伸べる手を軽く払つて身を退《ひ》くと、憧憬の身体がぐらりと傾いて八朔の胸に崩れかかつた。撓《たわ》む上半身を両手で支へてやり、その熱い目差を拒んで八朔はかぶりを振つた。あの真昼の病室で、孤立無援、満身創痍《まんしんさうい》の親友にふりそそいだ激情はもう蘇らぬ。炎《も》え上つた刹那の眩しい記憶は心の底に沈んだ。自らの設《しつら》へた罠の中で喘ぐ憧憬のどろりと甘い苦悶は既に八朔の理解を超え、その意味あり気な暗示はむしろうとましかつた。祈禱台の脇の燭架《しよつか》の蠟がじりじりと燃え尽き、あたりが一瞬明るんだ。

その時突然背後に人の気配がして、振向く暇も無く野太い声がひびいた。

「いよう、これは御両人、所もあらうに神の御前とは結構な趣向ですな。かういふ隠れ家があるとは知らなかつた。不覚、不覚、おおい、あんたもこつちへ来いよ。おれ達もお仲間に入れてもらはうぜ。まともな組合せも神様に御覧願はなくつちや」

昏がりを透かして見るとぬつと立ちはだかつてゐるのは笹倉橙司、揉上《もみあげ》の濃い横顔を見せて手招きする彼方入口の扉の前には、いつ来たのやら濃化粧の未絵が、苧環《をだまき》の花散らした白大島の裾を外からの微風にひらめかせながら涼やかに立つてゐた。

かつとなつた八朔が立つより早く、笹倉の前へ憧憬が転《まろ》び出た。

「違ふんだ。誤解しないでくれよ。幹事を勧めてもらつた御礼もそれ以来すつかり御無沙汰してまだ言つてなかつたんだ。カレンダヱが満員でね、牧師さんのお許しでこつちへ移つて」

皆まで聞かず笹倉がせせら笑つた。

「何も誤解なんかしちやゐないぜ、坊ちやん。それにいちいち逢引《あひびき》の説明までしていただかなくつてもいいんだ。別にぼくが嫉《や》きやあしまいし。むしろそのお百姓と縒《よ》り戻してくれた方がこちらも好都合なんだ。あんたに三日にあげず呼びつけられてあの方《はう》の調律までせがまれてちや割に合はないからな。自惚《うぬぼ》れちやいけないや。お宅へ伺ふのは若奥様を口説き直してゆるゆる料理するのが目当なんだから。何しろ壱岐老人つてのは小うるさいからなあ。ともかく先生、いや坊ちやん、もういい加減に諦めた方が身のためだぜ。ぼくのことなんか思ひつめてちゃ今に気が狂《ふ》れるからさ。ああ、さうおろおろすることはないぜ。未絵さんなら何もかも先刻御承知、今更愛想尽かすほど初心《うぶ》ぢやないんだ」

言ひ募りながら迫つてくる笹倉に憧憬はじりじり後退《あとじさ》りした。

「嘘だ。君はあの時」

絶句して唇を噛む憧憬をなほ笹倉は苛《さい》なんだ。

「あの時か。あれはあんたが結婚は厭だ、こはいこはいつて泣き喚くから、やむを得ず、方法論序説口で講釈するよりもと、懇ろに実地指導してあげただけの話さ。全然役に立たなかつたらしいけどそりやあ生徒のあんたのせゐだよな。愛の何のつて気障《きざ》な台詞《せりふ》も、覚えといてそのまま未絵さんに囁くやうにと、口うつしに教へたつもりなんだがなあ。それこそ誤解してもらつちや困るよ」

止めを刺す暴露に色を喪ひ、それでも憧憬は諦めきれぬのか、いきなり笹倉の足もとに跪《ひざまづ》いて上着の裾を握りしめた。

うるさいと言はぬばかりに笹倉はその手を振払ひ、まだ足りぬと思つたか靴でその胸を突きのけた。

八朔の顔が怒りに紅潮した。畜生つと叫びながら振上げた鉄拳は見事に笹倉の顎に炸裂《さくれつ》した。笹倉はやや眉を歪めただけでそれを無感動に受け流した。

「何でえ、念者ぶりやがつて。それならそれで大事な若衆が浮気しないやうにしつかりお守《もり》するこつたな。ぼくはあんたなんかと喧嘩しないぜ。坊ちゃんは熨斗《のし》つけてお返しするから、真綿ででもくるんでさつさと連れて帰つてくれよ」

赤く腫れはじめた顎をしやくつて嵩《かさ》にかかつた揶揄口調、歯嚙みしながらもう一度摑みかからうとする八朔の腕の下を、ひらりと横合からくぐり抜けて、未絵は牀《ゆか》にくづほれたままの憧憬を抱き起した。

「私が連れて帰ります。大事な旦那様ですもの。かうなつたらもう他人《ひと》に指一本触れさしやしない」

呆気《あつけ》にとられた笹倉が未絵の腕をぐいと引寄せ、不敵な笑みを浮べてわざと囁くやうに言つた。

「一寸未絵さん、そりや可笑《をか》しいぜ。今更貞女面《づら》したつて誰が信用しますかねえ。結納の前からこつち随分と際どいこともさせていただいたが、お忘れなら身体に訊いてみようかな。この辺にまだ末摘花《すゑつむはな》が散つてゐるはず」

八《や》つ口《くち》から胸へ差入れようとする毛深い手をぴしやつと平手打して未絵は冷やかに笹倉を見下した。見たこともない妖気の漂ふ目であつた。

「ふん、あれくらゐのことで情夫《マクロ》気取しないでよ。図図しい。あんたの台詞ぢやないけど自惚れてもらつちや困るわ。こちらの都合で適当にあしらつてあげてたけど、あんたみたいな人虫唾《むしづ》が走るほど嫌ひ。私は十年も前から憧憬に恋ひ焦《こが》れてたの。お気の毒様、すつかり計算が狂つたでせう。かうして濡鼠《ぬれねずみ》みたいくしやくしやになつた憧憬、見てゐるだけでもぞくぞくする。うまくお膳立してくれたのよ、あんたが。いい加減に私のことは諦めるなり匙《さじ》投げるなりするのね。調律師なんか掃いて捨てるほどゐるんだから今後一切出入しないで。お互に利用価値も無くなつたことだし、人間退《ひ》け際《ぎは》が大切つてことよ。あんたに似合はぬ貧乏籤《くじ》引いてしまつたわね、とどの詰り。でも世間には馬鹿な女もうようよしてるから、あと五年や十年食ひつぱぐれやしないでせう。ああさつぱりした。お万亀婆さんは最初に退治したし、残るのは姑の気違婆あだけ」

息もつかずに言ひ終ると、衣紋《えもん》を繕つて婉然《ゑんぜん》と笑つた。

「気違婆あで大きに悪うござんしたね。未絵さん」

いつ入つて来たのやら等身大の三叉燭台の影から、うてなの甲高い声が響いた。

「あなたこそ毒婦ぢやありませんか。二人の男手玉にとつて。うちの身代も乗取らうつて魂胆でせうけど、私の目の黒いうちはさうはさせませんよ」

未絵の眼がぎらりと光つた。

「毒婦ですつて？　その肩書もそのままお返ししませうよ。さうぢやございません？

お姑様。十年前には夫を殺し、五年前には息子を癈人にしておいて。何が目の黒いうちでせう。緑内障《あをぞこひ》にでも罹《かか》つて目が潰れりやいいんだわ。地下で六儀先生が手を叩いてお喜びになるから。それにしても度胸の無い毒婦、あれ以来お万亀をスパイ代りに、ずうつと尾行させたりして。訊きたいことがあつたら面と向つてお訊きあそばせ」

血の気の失せたうてなの顔がひきつつた。三叉燭台の残つてゐた一本がじじつと音立てて燃え尽き、幽鬼さながらの半顔が縹《はなだ》に翳つた。

「まあ怖ろしい。現在の姑を夫殺しなどと。もう我慢できない、この足ですぐお父様にあなたの言つたこと逐一お伝へしに行きます。何さ、着物畳みと料理造りだけしか出来やしないくせに口幅つたいことを。ピアノの一つも叩いてから言ひたいこと仰《おつしや》い」

うてなの精一杯の逆襲にも未絵は冷笑で応へた。

「見くびつていただいちや困るわ。私は幼稚園でバイエルもツェルニーも上げちまつたピアノ専門の楽器店の一人娘ですよ、曲りなりにも。ピアノ、ピアノつて事事しく言ふのは田舎者ですわ。何ならこれから弾いてお聴かせしませうか。『鬼火』でも送葬曲でも。それから父には何を仰つたつて無駄。六儀先生の祥月命日にはあなたの人形《ひとかた》に五寸釘打つて呪つてたんですから。御存じなかつたの、二人は血を啜り合つた義兄弟の仲だつたのを。お聞きになりたけりやもつと言つて差上げるけど、父はあなたの息の根止めるために私を嫁に出したのよ。さ、いつ死んで下さるの」

未絵の言葉が終らぬうちにうてなは息を弾ませて躍りかかつた。

「この女狐、悪魔！」

蚕のやうにぶよぶよした身体を未絵は軽く押し返した。うてなはよろよろと後へ足を縺《もつ》らせ、燭台に突当つてどうと倒れ、咄嗟《とつさ》に摑んだその長柄が木と鉄の接目《つぎめ》からぽきつと折れた。われ知らずうてなはその黒光りする三叉の釘の柄《え》を逆手に握り、未絵の胸目がけて突上げた。

「あんたが先に死んでおしまひ」

素早く身をかはした未絵の目の前へ燭台は釘上むけて転《ころが》り、勢《いきおひ》余つたうてなはがばつとその上に倒れた。

ぎやあつと言ふ獣めいた悲鳴と共にうてなは牀を掻きむしり、次の瞬間暗紅色の血がのろのろと流れ出した。

扉の陰から様子を覗《うかが》つてゐた万亀がけたたましい叫び声をあげて外へ奔つた。棒立ちになつてゐた男三人もこの時始めてわれに還り弾《はじ》かれたやうにうてなに駆寄つた。

「みんな御覧になつたでせう。危ふく私が殺されるところだつたのよ。さ、あなた、あとはお医者に任せて家へ帰りませうよ。釘はきつと目と心臓に突刺さつてるから助りやしないわ。早くいらつしやい。手が血みどろよ。汚らしい」

しかし、この未絵の誘ひを憧憬は聞いてゐなかつた。血塗《ちまみ》れの手をうてなの脇に差入れて目はうつろに瞠《みひら》いてゐた。八朔も笹倉も恐れと蔑みの入りまじつた目で刺すやうに未絵を見つめるだけであつた。

未絵は唇を歪めてさつと踵《きびす》を返し出口に向つた。開けつ放しの扉の外には午過《ひるすぎ》の陽に白白と照りかへる市街があつた。あたかも天秤棒《てんびんぼう》担いだ苗売が畚《もつこ》に溢れるばかりの都忘れを盛つて横切り、逆光に立つ未絵の黒い影は日向に消えて行つた。

カレンダヱで騒ぎを聞きつけて奔つて来た布引は、石階の途中で擦違ふ未絵に引止められて、その微笑にわが目を疑つた。振仰ぐ布引の頭の上で、未絵は涼しい声で言つた。

「まあ布引先生、少しばかり遅うございましたね。でも今ならまだ、串刺しのマリアをイエスが抱上げる見事な逆縁のピエタが見られますわ。お急ぎあそばせ。人を待たせてをりますので私はこれで失礼を」

青海波

扇は一本なり君二人なり
裂《さ》かうや裂かうや半《なか》らほど裂かうや
さくにさかれぬ扇の君の深いに
君に参《まゐ》せう京絵画いたる扇を
田植草紙　昼哥二番

雨戸を一枚繰ると月光が濡縁《ぬれえん》に雲母《きら》を刷《は》いてゐた。立秋を過ぎてから四、五日雨が続き、霽《は》れると冷やかな風が吹き出し、昨日今日明方近くなると薄い毛布でも引掛けたいやうな膚《はだ》寒さを覚える。

嚆矢《かうし》は机の上に拡《ひろ》げたケント紙の消しゴムの滓《かす》を庭へ払ひ落して傍に置くと、そのまま寝莫蓙《ねござ》の上へごろりと横になつた。

紙一面に雪洞《ぼんぼり》風の電気スタンドや龕灯《がんどう》造の壁灯、十数段の階《きざはし》を持つ違ひ棚、向日葵《ひまはり》様《やう》の飾縁のある円座附ストゥール、あるひは牆壁《しやうへき》擬《もど》きに仕立てた千羽鶴模様の衝立《ついたて》の、エッチングと見紛ふ精密なデッサンが散らばつてゐる。よく見ればそれらは互に微妙なバランスを保ち合ひ、細い線描の和室の見取図の中にひつそりと納まつてゐた。隅に小さく「蚊沼家別棟客間調度の一部」と注が入り、日附は八月十五日、さう言へばもう今日は旧暦の七夕、うつくしい星合《ほしあひ》になるだらう。

廊下にひたひたとスリッパーの音がしてアトリエの扉が細目に開いた。

「あらまだお仕事中だつたの。もう二時よ。私はあと二、三時間眠つて明方から始めるつもり。悪いけど兄さんベッドへ引取る前に例の花札一揃《ひとそろひ》廊下へ出しといて下さらない。参考に一寸《ちよつと》見ておきたいから。そのまま寝込んぢや風邪引くわよ。おやすみなさい」

派手なネグリジェ姿を憚《はばか》つてかきりつとした横顔を扉の隙間に覗《のぞ》かせたまま立去らうとする妹に、噫矢は半身を起して呼びかけた。

「海樹子《みきこ》、昨日の午過《ひるすぎ》に安食《あじき》先生から電話があつてね、明日、と言ふと今日なんだが、何か珍しいものを届けてやるつてことだつたぜ。何だらう。ああ、それから花札なら今持つて行けよ。押入の小簞笥《こだんす》にあるから出してやる。ついでにうんすん骨牌《かるた》もどうだい」

言ひながら睡気《ねむけ》のさす目がとろりと潤んでゐる。バミューダ・ショーツ一枚の半裸の四肢の隈隈が灯明りの加減で生生しい翳《かげ》を見せ、海樹子はことさらに目を逸《そ》らすと開け直した扉をふたたび細目にして応へた。

「さあ、あの方のことだからきつと乞巧奠《きかうでん》用に古渡《こわたり》の針と絹糸でもいただけるのか知ら。ぢやなかつたら函入の松阪肉を彩糸ででも紮《から》げて届けて下さるんでせうよ。何れ《いづ》にせよ曰く因縁つきに決つてるからあとあとうるさいわね。花札はあとでいいの。うんすんはもう先使《せん》ひました。ぢや行くわよ」

　ぴたりと扉が締まり足音が遠離《とほざか》る。嶹矢はアトリエの一隅のサッシュ・ドアを開け、ベッドから一枚マットレスを引抜いて床に展《の》べるとその上に腹這《はらば》ひ、不精たらしく頬杖《づゑ》を突いてまた一《ひと》しきりデッサンをためつすがめつしてゐたが、五分とたたぬうちに枕に顔を埋めて睡りに落ちて行つた。

　眠りの底まで照らし出されるやうな眩《まぶ》しさにふと目をあけると、枕許《もと》には朝日が氾濫してデッサンのケント紙が反りかへつてゐる。暁に通り雨でもあつたのか庭の百日紅《さるすべり》の花群が雫《しづく》を垂らし、さわさわと風が吹くと汗ばんだ胸がひやりとする。誰かが名を呼ぶ気配に目翳《まかげ》しながら裏門のあたりを見ると、ここ暫《しばら》く顔を見せなかつた麦《むぎ》谷未完《たにみくわん》が、遠目には逆さにした草箒《くさばうき》か熊手《くまで》のやうな嵩《かさ》高い荷物を捧げるやうにして入つてくるところである。

　逆光にもありありと眉間に皺《しわ》をよせて中《ちゆう》つ腹《ぱら》のおももち、孔雀《くじやく》革命の長髪族にあへて異を称《とな》へたかにさつぱりと刈上げた項《うなじ》も凛凛《りり》しく、黛《まゆずみ》色のスラックスの半身をたゆげに揺りながらぶつきらばうに嶹矢に呼びかけた。

「寝坊だなあ、露崎《つゆざき》さん。もう七時前ですよ。ぼくなんか今日は五時起きさ。何しろ早朝にこれを届けてくれつて安食先生に頼まれたもんだから。藥六《しべろく》の店へ行つたのが六時前、自転車に乗らうと思つてこれを荷台に括《くく》りかけたら、あの頑固親爺め形が崩れるの何のとうるさいことを言ふんで小三十分の道のりを恐る恐る抱いて来たんです。早く受取つて下さいよ。渡しちまへば崩れようが枯れようがこつちの知つたことぢやないんだ。ああ肩が凝つた。飛脚賃《ひきやく》もう千円余計に貰《もら》へばよかつた。咽喉《のど》がからから。水一杯飲まして下さい。変な荷物とそれからお添物の状箱ここへ置きますからね」

道道ぷりぷりしてゐたのであらう、思ひつきり吐出すと荷物を乱暴に濡縁へ投出さうとするのを押止《おしとど》め、噫矢は大急ぎで立上つた。

「おいおい、そんなところに放り出して傷みでもしたら事だぜ。飛脚賃のプレミアムくらゐおれが出すからさう怒りなさんな。水でもウィスキーでも飲ませる。それ持つたままで表の客間の方へ廻つてくれよ」

ひよいと肩をすくめて不承不承飛石《とびいし》伝ひに表へ廻る未完の後姿をしばらく目に追つてゐた噫矢は、アトリエにとつてかへすと造り附けの洋服簞笥から萌黄《もえぎ》のタオルシャツを選《よ》つて羽織り、大きな欠伸《あくび》をしながら洗面所に消えた。迸《ほとばし》る水の音に騒がしい含嗽《うがひ》の音が交つて響き渡り、表の方からは海樹子の一オクターヴ高い笑ひ声が風に乗つて涼しく聞えてきた。

顔を拭《ふ》きながら噫矢が客間へ来てみると、硝子戸《ガラスど》が開け放たれ、縁先の籐《とう》の寝椅子の上に件《くだん》の賜物《たまもの》が横たはつてゐた。

改めて見直せば草箒と思つたのは秋草を丈長に剪《き》りととのへて等身大の指扇《さしあふぎ》に組合せた花束であつた。根もとからゆつたりと檀紙で包み紅白の水引《みづひき》がかけてある。隣の籐の小卓には銀蒔絵《ぎんまきゑ》の文筥《ふばこ》、朝顔が籬《まがき》に絡み天は銀砂子《ぎんすなご》を散らして言ふまでもなく七夕の後朝《きぬぎぬ》を意味した図柄であらう。これにもものものしく銀糸の組紐《くみひも》がかかつてゐる。

「一体これは何の咒《まじな》ひなんだ。松阪肉なんて空頼み言つてたからがつかりするぢやないか海樹子、どうれこの文筥の中に来歴でも書いて入れてるのかな」

嚆矢が呟《つぶや》きながら手を伸すと海樹子は素早くその手を押へて言つた。

「一寸待つて頂戴《ちやうだい》兄さん、これは花扇《はなあふぎ》よ。たしか七月七日に近衛家から宮中に献上するつて故事があつたはず。さうだわ、私絵詞《ゑことば》か何かで見たことがあるの。文筥を持つた女房の後から雑色《ざふしき》が傘をさしかけ、もう一人の随身《ずいじん》が花扇を抱へて従ふといふ図だつた」

傍で腕を拱《こまぬ》いてゐた未完がまた顔を顰《しか》めて怒鳴るやうに言つた。

「何《なあん》だ。ぢやぼくは女の身代り勤めたつてことか、詰《つま》んねえの。それなら先生もこんな役、薬六の水苗《みなへ》さんにでも頼めばいいのにさ。君でなくつちや困るなんて真顔で言ふんだから人が悪いや。ぼくもう帰らせてもらひますよ。十時から洋弓《アーチエリー》の練習があるし、夕方はバート・バカラックの公演だし、忙しいんだ」

腕を曲げて力瘤《ちからこぶ》をつくつてみせる未完の、その盛上つた肩を軽く叩いて海樹子は声をひそめた。

「まあまあ慌てないでよ、ポパイの与一君。この花扇は今時《いまどき》かうして冱冱《さえざえ》とした秋の七草を揃へる心ばへを見よといふ先生の御教訓ぢやないか知ら。兄さんだつて松阪肉のことだけ覚えてるのははしたないわ。私乞巧奠《きかうでん》にゆかりのものとも言つたでせう。蓮針糸に梶の葉など添へたら女の私一人に宛てたことになつてしまふ。花扇は此処《ここ》にゐる三人にそれとなく贈つて下さつたものよ。

私目を洗はれるやうな気がする。どうでせう、この白萩の綺麗なこと。桔梗《ききやう》も古代紫の大輪だしそれに葛の花なんて今頃どこの山に残つてるんでせう。揃ふか揃はないかできつと藥六の維兵衛爺さま先生と賭でもしたんでせうよ。意地からでも揃へてみせるわ、あの爺さまなら。まあ藤袴《ふぢばかま》も尾花の陰に添へてあるし、それにその隣が女郎《をみな》花《へし》、あらでもこれは」

女郎花ではなかつた。形は同じでも色は潤んだ白のまぎれもない男郎花《をとこへし》、一人はしやいで花扇を胸に抱へるやうにして賞玩してゐた海樹子は、急に口を噤《つぐ》むとそれを下におろし、嚆矢をさしおいて文筥の紐をほどき始めた。

尺牘《せきとく》は墨流しの杉原半紙にいつもながらの見惚れるやうな本阿弥《ほんあみ》流、青墨を心もち淡くしてわざと挨拶は省いた走り書であつた。

「花扇のことは夙《つと》に御承知と存《ぞんじさうらふ》候　秋の七草も葛に藤袴あたりはいささか無理と思《おもひ》居《をりしさうらふ》候ところ六車維兵衛殿が任せて置けと胸叩いての承引難《ありがたきこと》有事と早速注文如《かくのごとし》斯に御座《ござ》候

花扇などと言葉のみにて肯《うなづ》き居るも儚《はかな》きかぎり敢《あへ》て此度《このたび》故事の絵解自らの為にもと試みたる次第に候　お二方の御参考にもならば幸甚　但《ただ》しこの花扇には些《いささ》か趣向有之《これあり》心は言はぬが花の朝のつゆ咲きて凋《か》るる間の一興　炯眼《けいがん》のお両人には見え透いたる未完の星合《ほしあひ》譚に候はむ　いづれまた一度ゆるりと御来駕《らいが》待入《まちいり》候　文月七日晨　藥六にて青象《せいしやう》」

恐らく藥六の主人は息子のそれも四十男の火兄《ひのえ》を連れて、露の干《ひ》ぬ間にと払暁《ふつげふ》に遥かな鵙《もず》の山か金春平《こんぱるだひら》へ車を走らせたのだらう。藥六はもともと茶花《ちやばな》専門の老鋪《しにせ》ゆゑかういふ酔狂な注文にも備へるところがあつたのだらうが、それにしてもと海樹子はほとほと感に堪へず改めて花扇を兄の手に渡してほつと息をついた。

「海樹子、お前その手紙がすらすらつと読み下せるのかい。おれなんか半分もむづかしいや。それで何だつてのさ」

展《ひろ》げたままの巻紙に目をやりながら尋ねる嚆矢に、

「私達の仕事の参考にしろと仰《おつしや》つてるのよ。未完君もよく見ておきなさいつて」

海樹子はわざと文面の終りは切捨ててさり気なく伝へた。未完は花扇から脱け落ちた尾花一本矢にたぐへて引絞つた弓につがへる振をし、二、三歩退《ひ》いて嚆矢の胸のあたり扇の要の水引を狙つた。

「渋過ぎるなあ。ぼくは秋ならダリアか雁来紅《はげいとう》わあつと炎《も》え上るやうに束ねたのを貰つた方が感じが出るんだ。どうでもいいや。さあ帰らうつと」

言ひざまに投げた尾花は発止と嚆矢の唇に当つた。

「何だい下手つくそ。そんな腕前でこの次の世界選手権大会になんてすさまじいや。玉虫の前どころか毛虫御前も射落せるものか。こら待て、偽与一《よいち》」

逃げる振をして庭へ飛出す未完を追ひ、花扇を投出しシャツを脱ぎ捨てた嚆矢が奔《はし》る。

芝生の柵に逐《お》ひつめて羽交締《はがひじ》めにし、利腕を捻《ね》ぢ上げると忽《たちま》ち未完は悲鳴を上げた。二十七歳の嚆矢の、去年までは母校のレスリング部のOBで活躍した背の僧帽筋《しやく》が赤銅《どう》色に照り映え、息を弾ませる未完をいつかな許さうとせぬ。

「およしなさいよ、二人とも。さ、朝御飯にしませう。未完君もいらつしやい。食べずに帰したらあとで波麻《はま》小母様に気が利かない娘《こ》つて叱られるわ。さうさう私ポタージュをつくりかけてゐたところだつたの。お薬缶が煮えくりかへつてるわよ、きつと。大変だあ」

汗を噴く若者二人の半裸の絡みあひから面背《おもてそむ》けるやうにして、海樹子は食堂の方へ小走りに立去つた。折からの朝風に文筥からはみ出した巻紙の端がはたはたと煽《あふ》られ、花扇の尾花が逆しまに靡《なび》く。嚆矢と未完は照れたやうに肩を並べ、撒水用のホースから迸《ほとばし》る水で互ひに汚れた足を洗ひ合つてゐた。

未完の母波麻の微塵も隙のないたたずまひと、所用で訪ねる折節《をりふし》の心利いた茶菓のもてなしから推して、たとへその息子の暢気《のんき》坊主にでも、いい加減なものをあてがつては、どこでどう嗤《わら》はれぬとも限らぬと、海樹子はやや慎重になり、ポタージュの味《あじ》附《つけ》にも味醂《みりん》一滴などと気を使つた。トーストと紅茶の他にもありあはせの材料で牡蠣《かき》のベーコン巻に蟹入りの野菜サラダを手早く作つて添へ、果物もとつておきのパパイアと、日頃にない奢《おご》つた朝餐《てうさん》であつた。こんな美味い朝飯生れて始めてなどと舌舐《したな》めずりする未完を見ると、海樹子もほのぼのとした心地になり、飛脚賃のプレミアム代りに到来もののオーストラリア産蜂蜜一罎《びん》函入のまま土産に持たせた。帰る道道舐めるんだと函開けかかる未完の手をぴしりと叩いて窘《たしな》めてゐると、二つ違ひの二十五歳の自分が急に姉様女房めいて哀れになり、二人を尻目に水音荒く食器を洗ひ始めた。

夕刻のバカラックは一緒に行かうと約束して嚆矢は花扇の使者を送り出し、やや遅れて九時前に友人と共同経営するインテリア・デザインのオフィスへ出かけた。

海樹子も兄の専門とは即《つ》かず離れずのアクセサリー・デザイナー、二、三の専門店のコンサルタントを兼ね、自分でも創作品を売込んで、特に和装用の卓抜なアイディアでは知られてゐる。早朝から壁飾用の扇の意匠に没頭してゐたのがとんだ一幕でだれてしまひ、ままよと客間に引返して花扇に霧を吹き直した。葛の花はもうぐつたりと黒ずみ、桔梗も白白と花裏を見せてうなだれてゐる。どうせ星合の刻まで保《も》たぬなら丈夫な花だけ甕《かめ》に漬けようかと男郎花を抜きかけ、ふと思ひ直して花扇のまま北側の日陰に安置し、もう一度安食青象《せいしやう》の手紙を目にたどつてみた。

　考へてみればお花扇の使者の女房は、その日一日「匂」といふ名を与へられ、もしお気に召すなら今宵限りは禁裡《きんり》でみこころのまにまにとの手紙を齎《もたら》すていのいい一夜妻、安食青象博士の趣向とは使者が未完ゆゑ花も男郎花に変へただけのことではあるまい。さりとて、一夜妻にかけて一夜夫《づま》、あの未完と契れと言ふのならそれはあまりにも酔狂に過ぎよう。標野《しめの》月日《つきひ》とのここ三年越しの恋愛にしろ、ゆゑあつて人目を忍んではゐるが安食博士にだけは打明けてあることだし、その姉のオールドミスの教師さやぎの頑《かたくな》な態度も折を見てはときほぐさうと心を配つてくれてゐる本人が、まかり間違つても僂い姦通の暗示などで唆《そその》かすはずはあるまいと、手紙は固く巻き直して文筥に納め違ひ棚に置いた。

　卓子や椅子を片寄せてこぼれ花を拾はうと身を屈《かが》めると、電気スタンドの台座に踏まれて尾花が一茎、あの時兄の唇を射た矢が鋭い切口を見せて萎《しほ》れてゐた。矢と言へば嚆矢はかぶら矢、未完のいたづらで場面が逆転したものの、扇の的を捧げてわれとわが身に矢を射られようと近づくその一刻の、未完は夢にも与《あづか》り知らぬときめきに、安食博士の趣向は賭けられてゐたのではなからうか。

花扇を見て咄嗟《とつさ》に兄の名を思ひ出さなかつた不覚さと、その使者が他ならぬ兄への御供を意味してゐた羞《はづ》かしさに、海樹子は今更唇を噛む思ひであつた。

客間をそそくさと整へ終ると部屋へ引籠《ひきこも》る前に藥六へ電話をかけた。海樹子のことさらに造つた晴れやかな声が、隈もなく陽のさしこむ露崎の無人のアトリエにもひびき渡つた。

「あら水苗さん、こちらに便のある時で結構ですから、女郎花を三十本ばかり届けていただけないか知ら。ええ、女郎花ばかり。七夕は女の祭ですもの、甕一杯に飾らうと思ふの。まあ直《す》ぐに序《つい》でがあるんですつて？　嬉しいわ。貴方も何なら夕方にでも遊びにいらつしやいな。乞巧奠でも御一緒に修したいから。お父様によろしく、今朝ほどは御苦労様でしたつて。さやうなら」

わざと掻き乱したブロンドが野分《のわき》のあとの白茅《ちがや》のやうに縺《もつ》れあひ、トレード・マークの運動靴の白と半袖丸首シャツの黒の照応もわざと造つた野暮さ粗野さ、かうまで手が込むといつそ気障《きざ》だと内心舌打しながらも嚆矢自身結構昂奮して、ブラボーなどと叫び、傍の未完に腋《わき》を突かれてさつと赧《あか》くなつた。

首にひつかけたタオルで頬の汗を拭《ぬぐ》ひながらバート・バカラックの一揖《いちいふ》、立去る際に客席から悲鳴を交へた歓声が湧き上り、ややはにかんで立往生のしぐさも十二分に計算の上のポーズであらう。第二部の終りである。

「遥かなる影」ではエンディングのピアノとストリングスがたとへやうもない鋭さで絡み、「家は家庭ぢやない」では彼自身がハスキーなバリトンで、たつぷり男のエロティシズムを振り撒《ま》いたあととて、客席の熱狂ぶりもすさまじい。ただあのクラシックのパロディやヴァリエーションのこまやかな情感、ほろ苦い憂鬱の醍醐味《だいごみ》に惚れぬいてゐる嶹矢には、この濃厚なサーヴィス振《ぶり》がこころもち煩《わづらは》しく、何ならこのまま帰らうかと未完を顧みた。

「ねえ露崎さん、バカラックがコスチューム着てシーザーとかロビンフッド演《や》つたらきつと似合ふね。ローマの貴族や十字軍の騎士によくある顔だ。一緒に連れて来てゐるフィル・ラモーンつて親友の録音技師も惚惚《ほれぼれ》するやうな渋い顔してるよ。ぼく楽屋の前でちらつと見たんだ」

未完は頬を紅潮させて上機嫌、この分では中座などしさうにもないと嶹矢は腰を落着けた。

「そのコスチュームとやらに弓きりきりと引絞らせて、群がる敵を鏖《みなごろし》つて寸法かい。」

さう言へばアーチェリーの成績はどうだつた。群がるライヴァル総舐めにして凱旋《がいせん》したんだらうな。お母さんにねだつて買つてもらつた『シェークスピア』の銘柄にも義理を立てなくつちやね。あの標的《ターゲット》には女が立つてゐないから気楽だらう」

未完が思ひ出したやうに二の腕を揉みながら口を尖《とが》らせる。

「ひどいや、露崎さん。大事な練習前にぼくの利腕《ききうでね》捻ぢ上げたりするんだもん。今日なんか三十六射で二百八十八点、一射平均八点といふ未曽有の惨状だつたんですよ。三百点割つたことなどここ一年絶えて無かつたのに。女の子以下だつてキャプテンに嗤《わら》はれちやつた。とにかく三百三十点以上になるまで猛練習しなくつちや日本選手権も危くなるからなあ。今夜はこの腕に湿布して寝ようかな。それからね、ぼくの『シエークスピア』はちやんと自分で稼いで買つたんです。おふくろにねだつたりするものか。『ペン・ピアソン』だつて『ファスコ』だつて一通りみな使つて見たいけど、ねだるのが嫌だから我慢してるんです。何でえ、人の気も知らないで。露崎さんはどうしてさうぼくばかり苛《いぢ》めるのかなあ。もう今度から安食先生に何を頼まれたつてお使ひなどしてやらないぞ」

本気で怒つてゐるやうな目の据ゑ方も却《かへ》つて清清《すがすが》しく、言葉尻には心を許した甘えが後を曳《ひ》き、嚆矢は今朝苛んだ未完の腕を抱き込んでしづかに揉みほぐしてやりながら、三百三十点以上になつたらいつそ自分が『ペン・ピアソン』を買つてやらうかと思ふのだ。

『シェークスピア』などといふ文学趣味は、たとへ商標にしろ未完にはふさはしくないと嚆矢にも似ぬ配慮を、若《も》し安食青象が知つたなら、ことが弓術だけに「矢数《やかず》かぞふる念者《ねんじや》ぶり」の候のと揶揄《からかひ》の種にもしようが、嚆矢にはそれを先読みする才覚はない。

光琳波《くわうりんなみ》に紅葉散り敷く総刺繡の緞帳《どんちやう》が静かに捲上《まきあが》つて、場内がふたたび暗転した。仄暗《ほのぐら》く翳つてゆく未完の顔がふとこちらを向き小声で問ひかける。

「今朝の花扇のこと、帰つてからおふくろに話したらね、一人でにやにや笑つてやがるんです。『先生つて味なこと遊ばす。この次は地紙《ぢがみ》売りにでも仕立てて自衛隊なんかへお遣《や》りになるんぢやないか知ら』なんて呟いてたつけ。地紙売りつて何のことでせう。自衛隊へ檄文《げきぶん》の用紙売りに行くつて謎なら一寸《ちよつと》面白いんだがなあ」

嚆矢は舞台に気を取られて上の空だつた。

「さあ、たしか扇か団扇《うちは》に貼る紙の行商人だらう。道楽息子の身すぎ世すぎだつたらしいから、きつと親不孝を皮肉つてるんだらうぜ。厳しいねそいつは」

地紙売りは放蕩《はうたう》の果ての零落もさることながら、色若衆《いろわかしゆ》の風体で扇用の糊地を売り歩く特殊なあきなひ、紙はおそへもので中間《ちゆうげん》、陸尺《ろくしやく》、足軽《あしがる》に身を売るのが本業であつたとか、それを知つての上で波麻は諷したのだらうか。それなら男郎花の花扇の趣向も会得してゐようし、それよりもなほ腥《なまぐさ》い。

さう言へばさらに未完は母に隠してゐるがアルバイトの主たるものは辞書事典類のセールス、それもエンサイクロペディア・ブリタニカや蒼玄閣《さうげんかく》の百科大事典などといふ超一流などではさらさらなく、プティ・ラルースの海賊版や大言海の模造縮冊版に、プチ・ラブールとか大語湖とか胡散《うさん》臭い名をつけて、もぐりの本屋が密売する組織のフリーの手先、いざとなれば版権其《その》他で一騒動持上るのは承知しすぎるくらゐしてゐる海千山千が、販売手段にずぶの素人を使つてゐるに過ぎない。保証金はとらぬ代りに盗人猛猛《たけだけ》しく保証人を要求し、嚆矢は泣きつかれて二年前から片棒担いでゐる。訪問先は精密なリストが完備してゐて滅多《めつた》なところへは遣らぬ仕組、紹介また紹介ですべて隠密な一種の共犯関係、うしろめたくはあつても中味は歴とした代物で市価の半値だから得意先は鼠算《ねずみざん》式に増えてゆく。旧《ふる》い客にはこれも密輸のポルノグラフィを優先的に届けて御機嫌を取結び、未完もその使ひを一再ならずやらされてゐる。この春もさる仏文の助教授のところへ伝ジュネの猛烈な短篇十三入つたテキストを届けに行き、頼みもせぬ逐語訳こつてり聞かされ、チップまで握らされたが、明日もう一度来いと言はれたのはそのままけろりと忘れてしまつた。代金は三万円たしかに受取つたから用事はないはずと未完は別に気にもせず、第一ジュネにしても、たとへば「ディヴィーヌ」などといふ源氏名を一時間がかりで講釈したところでぴんとくる未完ではない。

嚆矢もその伝で文学は未だにロマン・ローランにヘルマン・ヘッセどまり、ヘンリー・ミラーにロブグリエとなると頭痛のする方だからこれまた縁なき健康な衆生《しゆじやう》のたぐひであつた。

再びバカラックが舞台に現れ優雅爽快な楽音が場内に満ち溢れる。嚆矢は昨夜からの疲れでしきりに睡気を催し、いつの間にか未完の肩に頰をよせて目を瞑《つむ》つてゐた。「雨に濡れても」の聞きなれたメロディを未完はひそかにハミングで和してゐる。重い瞼《まぶた》をこぢあけて舞台を見ると、バカラックは天井に顎をむけ目を閉ぢてゆらゆらと身体を游《およ》がせてゐる。ああユリウス・カエサルいやロビンフッド。コック・ロビンを殺したのは誰、私だわと雀が言つた。私の弓と矢でコック・ロビンを殺したの。喪主は誰にしよう。私だわと鳩が言つた。あれは何の台詞《せりふ》だつたらう。嚆矢はまたずるずると睡《ねむ》りに落ちる。

「バカラックは雨が大嫌ひなんですつて、露崎さん。雨が降るとホテルから一歩も出ず、日課の散歩もやめるさうです。意外に繊細なんだなあ」

未完の尾花の矢であの時おれは殺されたのだらうか。矢傷の痕のこの唇の痺《しび》れやうは。生きてゐるのなら、花扇を未完に捧げさせ、おれが全身かぶら矢になつて突き刺さつてやらうか。アーチェリーの矢は腕の長さ、四十封度《ポンド》の弓なら三十米《メートル》離れてゐても、一粍《ミリ》の鉄板を射貫くだらう。未完の腕を引きよせて嚆矢はもう怺《こら》へ性もなく昏《こん》昏《こん》と眠りの深みに引摺《ひきず》り込まれて行つた。

六時になつても橙紅色の夕映は褪《あ》せず、星の出るのはもう一時間もしてからにならうと、海樹子は客間の北の濡縁に女郎花の甕を置き、その手前に時代ものの経机を二つ並べた。俄《には》か思ひつきながら一つの木皿には水葱屋《みなぎや》頼母《たのも》の銘菓『天の川』を三切、一つには炒銀杏《いりぎんなん》と蓮の実、今一つには奉書に胡椒《こせう》の一つまみ砂糖の一匙《さぢ》を別別に包んで置いてみた。机の一つを供菓で飾り終ると一方には縹《はなだ》色の袱紗《ふくさ》を拡げ、唐針の絹と紬《つむぎ》と木綿のえりしめを畳紙《たたう》のまま一包づつ、傍に刺繡用の釜糸の紅白それぞれ一把を添へた。違ひ棚の文筥《ふばこ》は小抽出に納《しま》ひ代りに堆朱《つゐしゆ》の香盒《かうがふ》、中には久しく沈香《ちんかう》の二、三片が入つたままである。九《く》谷《たに》の鳥首花瓶が空のままであるのにふと気づき、昼間女郎花と一緒に藥六の配達人が届けてくれた半夏《はんげ》を一茎挿すと、どうやら恰好《かつかう》がつきほつと一息入れたところへ水苗からの電話、日頃贔屓《ひいき》になつてゐる宗偏流の宗匠が、季節外れながら七夕に因《ちな》んで夜咄《よばなし》の茶会を催すからとの急な招き、そちらにも半夏をもつてこれから奔らねばならぬので少少参上の刻が遅れる。菓子《くわし》茶《ちや》ゆゑ八時過ぎには下向《げかう》出来ようと早口のことわりであつた。夜咄は寒中が常識なのに何をまた今頃と客を奪はれた口惜しさに海樹子は一人腹を立ててみたが、女の祭の何のとことさらに構へて女二人逢ふのも考へてみれば異例のこと、兄が帰つた頃やつて来たら三人でお茶でも飲めばよいと自室に帰つて朝からの続きの扇絵の駄目押しを始めた。海樹子の仕事はさる素封家の娘の部屋の装飾に使ふ扇である。車椅子の厄介になつてゐる病身の娘だから見た目に花やかで時には実用に供しても差支へぬものをといふ注文、考へあぐねた末花骨牌の猪鹿蝶《ゐのしかてふ》を狩野派風に描き散らしたら、四季眺められようと心に決めて扇面地紙の雛型にざつと白描《はくべう》を試みた。勿論制作となれば扇は専門の標野月日が下職《したしよく》に命じ、絵の方は懇意な画家や絵師が注文通りに誂《あつら》へ仕上げてくれる段取である。扇の型は志野流の聞香記録扇《ぶんかうきろくあふぎ》に倣《なら》つて親骨は彫透《すか》しの黒、骨数十二本の表胡粉《ごふん》引き裏黄色引きで既に仕事にかかつてゐるはず、今日明日にも進み具合を標野が電話して来るだらうと心待ちにしてゐるのだが、仕事離れての華やいだときめきに海樹子はうつとりと目を宙に据ゑ、はつと我にかへると表で人の訪《おとな》ふ声がした。

迎へに出てみると波麻が笑顔を造つてたたずんでゐる。顔を合はすなり機先を制するやうに小腰を屈め、今朝ほどは未完が山海の珍味を御馳走になつた上初物《はつもの》のお土産までいただいたと、行届きすぎて逆に鼻白むばかり鄭重なお礼の言上。小さな樽を上《あが》り框《かまち》に置きこれは弟子筋からの頂きもののお裾分け、落鮎《おちあゆ》で味は下卑《げび》るがお兄様の御《ご》酒《しゆ》の肴《さかな》にでもとことわり、海樹子が一言も喋《しやべ》らぬうちに深く叩頭《こうとう》して立去らうとする。

慌てて袖をとらへるやうに引とめ、恰度《ちやうど》心なぐさに一人で七夕祭をしようと思つてゐたところ、言葉敵《ことばがたき》に十分《じつぷん》でもと招じると、暫《しばら》くためらつてゐたが普断着のままで失礼するとしとやかに客間に入つた。普断着どころか蒼みがかつた雪晒《ゆきさら》しの縮《ちぢ》みを玄人《くろうと》臭くならぬ程度の抜衣紋に着て帯は藍紫に銀糸入りの献上、髪は昔の夜会巻風にきりつと梳上《すきあ》げて珊瑚《さんご》で留め、歩いたあとには白檀の空薫《そらだき》でもしたやうな残り香がする。

三代続いた哥沢《うたざわ》の名門、波麻は数数の新作の他に隆達小唄《りゆうたつこうた》などを新たに創唱して芝派からも寅派からも異端視され、居直つていつそ笹丸にあやからうと別に笹派を名告《なの》つたほどの利け者、細面のはかな気な美貌は清方《きよかた》ゑがくといつた風情で、どこにそのやうな烈《はげ》しい性根がひそんでゐるのかと疑ひたくなるばかり。枯れに枯れた三味《しやみ》の腕といひ、並ぶもののない微妙繊細な声音に節廻しといひ、シャンソン歌手の大立物ロジーヌ・ロンサールが日本に来た時一曲聴いて歎声を洩《も》らし、録音テープを宝物のやうに持帰つたといふ逸話もある極附《きはめつき》のもの。いはゆる音曲界《おんぎよく》では嫉妬半分の村八分の傾向もあるが、古典学者や音楽家に熱心なファンが数多《あまた》ゐて安食青象はその最右翼の一人、奉加帳《ほうがちやう》でも廻《ま》れば筆頭に名を連ねる。

作法通り先づ下座《しもざ》に直つて斜に庭先を眺め、濡縁の方へにじりよるものごしにも、茶や舞ひの一方ならぬ造詣がにじみ、動作の一つ一つが流れるやうにうつくしい。

「これはまた御奇特な。よくは存じませんが乞巧奠《きかうでん》のお供へでございませうか。お若いのに床《ゆか》しいお心尽しを。久久に七夕らしい七夕にめぐりあはせていただきました。お棚のお花もお見事な。私どもは今朝貝母《ばいも》を挿しましたが、なるほど半夏の方が夜になると一入《ひとしほ》寂びて面白うございますこと。縁の女郎花とのうつりがなまめかしいくらゐ。今朝のことなども未完が舌つ足らずに伝へるのを聞いてをりましても、底知れぬやうな御蘊蓄《うんちく》、お作品の評判になるのももつともと蔭ながらおよろこび申してをりますのよ。二十三にもなつて未だに貴女《あなた》のことを海樹姉さんなどと口癖にしたり、甘つたれなのには愛想が尽きますわ。どうかお目だるいところはお兄様共共ぴしぴしお叱り下さいますやうに」

哥沢節が地になつたやうな涼しい声でかう到れり尽せりの挨拶が流れ出ると、海樹子も擽《くすぐ》つたくなつて自然に心に構へが生れてくる。一つ間違つたら薄刃で刺すやうな言葉が同じ唇から飛び出さう。未完の扱ひ方にも今後は気をつけなくてはと自らに言ひ聞かせて茶の支度に立つた。

八時をやや過ぎるとまた水苗から電話で、茶会は間もなく終るがこちらも花屋の娘の身分、後仕舞を手伝つて炉の火が落ちてからでなくては帰れまいと思ふから、今夜は諦めることにすると身を細らせるやうな詫《わ》び言葉が続く。身代りか何か知らないが波麻さんがお越しだと告げると、水苗は声をひそめて、あの方だけは御用心なさい、うつかり気を許すと後で地団駄《ぢだんだ》踏むことになると身に覚えのあるらしい忠言だてであつた。安心して頂戴、伊達《だて》に二十五の年増になつたんぢやないからとあられもない後の台詞は口の中で消して電話を切つた。

切つたところへまた玄関に人の気配、誰が来たつて驚くものかと出て見ると、安食青象が蚊絣《かがすり》姿で笑つてゐた。

「まあ先生今朝ほどは。まだ兄は帰つてをりませんが、珍しいお客様が先刻お見えになつて」

海樹子の言葉も終らぬうちに沓脱《くつぬ》ぎの華奢《きやしや》な駒下駄をちらりと見て、青象は吃《ども》るやうに呟いた。

「笹派の師匠のお成りかね。鼻緒の伊勢小紋ですぐわかつた。才女賢女の静かな決闘の幕間《まくあひ》つてところだらう。いいところへ来たよ」

穿《うが》つた御推測さすが恩師と心の中で膝を打ち、青銅色に引緊《ひきしま》つてアレック・ギネスが化けたやうな青象の横顔を覗《うかが》つた。

挨拶の終る頃を見計つて銘菓『天の川』に玉露を添へ恭《うやうや》しく二人にすすめると、青象はこの頃求肥《ぎうひ》の皮が変に甘つたるくなつた、一度水葱屋の若主人に文句を言つてやらねばと顔を顰《しか》める。七夕ですもの少少の甘さはお見遁《みのが》しにならねばと打つて変つた砕けやうで波麻が口もとに手をあて花やいだ笑ひ声を上げる。七夕にゆかりの端唄《はうた》はああで琴唄にはこれがあるとかたみに打興《うちきよう》じ、銚子《てうし》の一本も出さねば野暮扱ひされさうな雰囲気、海樹子は下座に畏《かしこま》つてとんだ邪魔者めき、どれがヴェガかアルタイルか糸杉の葉交《はがひ》に遮《さへぎ》られてさだかならぬ北の夜空を眺めてゐた。

ひよつとするとこの二人はひそかに示し合せてここで逢ふ約束でもしてゐたのではあるまいか。何食はぬ顔で露崎家の客間を出会茶屋に見たてて愉《たの》しんでゐるのなら、こちらもそのつもりでと双方を等分に見較べてから供菓を下げて茶を入れかへに食堂へ出た。

やや熱加減《あつかげん》の煎茶を啜《すす》りながら青象は急に気がついたやうな表情で海樹子に訊いた。

「今朝の花扇はどこへやつたの。棄てたのかい。もつとも十二時間経《た》てば見るかげもないだらうが」

海樹子はすかさず応へた。

「とんでもございません。ちやんと一時間置きに霧を吹いて兄のアトリエに安置してをります。あれは兄への引出物でせうから」

青象がぎよつとしたやうに海樹子を顧みた。波麻の頬が微かにひきつれるのも海樹子は見遁《みのが》さなかつた。

「これは御挨拶、私はお二人につて申上げといたはずだが」

青象のとぼけた返事に海樹子は食下《くひさが》つた。

「ではどうして女郎花を男郎花にお変へになりましたの、先生」

やや口籠《くちご》るやうな答へやうであつたが、

「そりやあ礼節といふものさ。雲上人《うんじやうびと》のしきたりをわれわれ地下人《ぢげにん》がそつくりそのまま真似るわけにはゆかないからね。せめて七草の中の黄金《こがね》を白銀《しろがね》にと遜《へりくだ》る意味なんだよ。君はまたどうとつたんだい」

と終りは逆襲の語勢、怯《ひる》まずに重ねて、

「あら先生ともあらう方の御趣向がそれつきりでせうか。いいえ兄の名のかぶら矢にかけて花の扇の的をといふ思召《おぼしめし》くらゐ私にだつてわかりますわ」

と海樹子は真顔で言ひ募つた。その時波麻がきらりと目を光らせて軽やかに笑つた。

「ほほほ、嫌ねえ海樹子さん、それは推理小説の読み過ぎでせうよ。『僭正殺人事件』ぢやございますまいし。もつとも安食先生はフィロ・ヴァンスそこのけの智慧者《ちゑ》でいらつしやるから、お疑ひになるのも無理はございませんけれど」

　波麻の加勢で立直つた青象がとどめを刺す。

「趣向と言つたのは花扇に因《ちな》んで歌仙でも巻かうかと誘つたのさ。『言はぬが花の朝の露咲きて凋《か》るる』と書いておいたらう。つゆざきの名まで詠み込んで、これを発句代りに花の定座《ぢやうざ》でとりなしてほしいと思つたのに。君は一体何を勘ぐつてゐるのやら、空恐ろしい。もう少し素直になりたまへ。標野君のためにもな」

　終りの一言が痛かつた。まこと扇屋標野のためにもここで意地を張つてはとんだ仕儀になりかねぬ。有職扇《いうそくせん》も舞扇も注文の多少、有無はこの二人の見識、推輓《すいばん》に左右される。うつむいて秘かに歯嚙みしながらもさすがに海樹子は乱れなかつた。忽《たちま》ち畳一帖分退いて両手をつくとわざと戯《おど》けた口調で二人に呼びかけた。

「平《ひら》に御容赦下さいませ。女だてらに目明《めあか》しめいた謎《なぞと》釈きに打興じてはしたないことでございました。お詫びのしるしに附句《つけく》を不束《ふつつか》ながら」

頭を下げたままの姿勢で違ひ棚の下に膝《ゐざ》行り寄ると、下の段から螺鈿《らでん》の硯箱《すずりばこ》を取出し、胡椒包みの余りの奉書をひろげて淡墨のまま一息に書下した。

悪しきこころを洗ふ浜木綿《はまゆふ》　海樹

青象が手にとつて眺めるのを、波麻が寄添ふやうにして覗き込んだ。一瞬二人の目が合つて離れ、息を呑む気配であつた。

「うまい。かう来なくつちや。さう言へば浜木綿も名残《なごり》の花のうつくしい頃だらう。こんど新築した蚊沼邸には門前に十数株植ゑ並《な》めるらしいよ。蚊沼邸で思ひ出したが嘴矢君はあそこの離れの調度を請負つたんだつてね。この間御主人に会つたら頼もしいデザイナーだと歓んでたよ。さうさう事の序《つい》でに海樹さんには和室居間の壁と欄間に飾扇を考へてほしいさうだ。一度伺ふといい。私が二、三日のうちに電話しといてあげるから。大分夜が更けたやうだ。さ、波麻さん送らうか、そこまで。何なら私の悪しき心を洗つていただかうかな」

上気した頰に手をやりながら波麻が楚楚《そそ》と立上り、青象はその背をかばふかたちに従つた。玄関へ見送りに出た海樹子を見下《みくだ》すやうにして波麻は今宵の礼を縷縷《るる》と述べ、そのうち是非お遊びになどと愛嬌をふりまきながら扉を開けて待つ青象の肩越しに仄白い星月夜の空を仰いだ。

待ちかねた標野月日からの電話がかかつて来たのは翌十六日の午前《ひるまへ》であつた。伺つてもよいが能扇の逸品が二、三手に入つて夕刻蚊沼家へ届けに行かなくてはならぬ、鑑賞がてらにこちらへ来てはどうかと誘はれ、二つ返事で承知した。今日はつい先頃誂《あつら》へた菫《すみれ》色の石下《いしげ》結城《ゆふき》に絽《ろ》刺《ざし》の夏帯でも締めてゆかうかと急に心が浮きたち、昨夜のひりひりするやうな一場面も綺麗に忘れることにした。

嚆矢は昨夜十一時過ぎにしたたか酔つて帰つて来た。どうやら未完を連れてバーやクラブの四、五軒は廻つたらしく、怪しい呂律《ろれつ》でしきりに与一が『たまゆら』のマダムに接吻《せつぷん》されてべそをかいた、どうやらまだ童貞らしいとか、『クレモナ』のシャーベットは身に沁《し》みるやうにうまかつた、あそこでイヴェット・ギルベールの『辻馬車』を聴いたが、波麻小母さんの哥沢そつくりの声だつたとか、うるさく喋つて聞かせるのをいい加減にあしらひ、水一杯あてがつてアトリエへ追込んだが、まだ目を覚ます気配もない。

身仕舞を終へるとアトリエの扉を叩き、野太い声でおうと応へる兄に一寸扇屋さんへ行つて来ますと外から告げ、さて踵《きびす》を返さうとするとまた中から呼戻す声がする。

せうことなく扉を開けてみるとむつとするやうな汗と煙草の臭ひに思はずハンカチを鼻にあてた。

囀矢は体毛の煙る上半身を起してじろりと妹を眺め眠さうな口調で言ふ。

「いよう、すごく綺麗ぢやないか。綺麗ついでに月日さんとの仲も潮時を見て埒《らち》をあけろよ。仕事の上のつきあひなら通り一遍のつきあひ、好きで仕様がないなら思ひ切つて結婚といふ風にさ。さやぎ女史が死ぬのを待つほど気は永くないんだらう。別棟新築したら結婚許すなんて、あの広い家がありながら気違ひ沙汰《ざた》だぜ、全く。何とかかとか難癖つけて結局は弟を他の女に渡したくないのさ。誰かあの女史を口説いて迷はすやうな男が現れりや万事解決だが、あの御面相ぢやさういふ奇特なのも期待するだけ無駄だらうな。それにしても月日さんも月日さんだ。お前を生殺《なまごろ》しにしておいて姉貴には平身低頭、煮え切らないこと夥《おびただ》しいや。こちらがいらいらすらあ」

余程腹に据ゑかねてゐたのか囀矢には珍しい長広舌《ちやうこうぜつ》の愛想づかし。海樹子も身に沁みながらついむらむらとして叫んだ。

「別れりやいいんでせう。ああいふ頼りない人とは。それともさやぎさんに一服盛るの手伝つて下さる？　兄さん」

今更ここで押問答も時間の無駄と背を見せる海樹子に、また囀矢が問ひかける。

「あつさうだ、今思ひ出したが地紙《ぢがみ》売りつて何だつた。扇の地紙を売り歩く商人《あきんど》のことだらう」

海樹子は怪訝《けげん》な顔で振向いた。

「さうよ。もつとも商売といふより一種の風俗で、地紙売るのを表看板に他のものも売り歩く色若衆のことだけど、詳しくは安食先生に聞いて頂戴。でもそれが一体どうしたの」

嶋矢はさつと赧《あか》くなると唖然としたおももちで呟いた。

「へえつ、さうだつたのか。いやなに昨日未完君が帰つてから花扇のことを話したらね、あのお母さん、この次は地紙売りの装束で自衛隊へ伺ふやうな趣向になるだらうと言つて笑つたさうだ。そいつは知らなかつた。食へねえ婆さんだなあ」

海樹子の顔は瞬時に蒼ざめた。歯軋《はぎし》りを怺《こら》へてまじまじと嶋矢の顔を見つめると、吐き出すやうに言つた。

「食へると思つてた？　兄さんは今日まで。おめでたいわねえ。私、昨夜なんかあの人の言葉の刃で一寸刻みにされてたのよ。未完君をだしに操られてるんぢやないか知ら私達。兄さんも警戒した方が身のためと思ふわ」

思ひもかけぬ竹篦《しつぺい》返しに嶋矢は不貞腐《ふてくさ》れてシーツを引被《ひつかぶ》つた。

充血した心を引掻《ひつか》いて互に腥《なまぐさ》くなつたやうな厭《いや》な後味、海樹子は洗面所に入つて薄荷《はつか》水で口を嗽《すす》ぎルージュを引き直すと強《し》ひて姿勢を正し鏡に笑ひかけた。鏡の奥で波麻が冷やかに笑み返すやうな気がした。

表へ出て車を呼びとめ、ぞつとするやうな冷房に思はず襟を合はしながら十六夜《いざよひ》町《ちやう》の交叉点と命ずると、太白高校前がガス管工事中で随分遠廻りするがと押しつけがましい返事、太白高校といへばさやぎ女史の勤務先、厭な辻占《つじうら》だと思ひながら結構ですと目顔で肯《うなづ》くより早く、車はがたぴしと猛烈な振動を交へて奔り出した。

交叉点の手前まで来ると菓子司水葱屋頼母の看板の下に月日のすらりと立つ後姿が見える。車を降りて後をすりぬけ何食はぬ顔でショウ・ケースを覗いてゐるとやがて気づいた月日が肩を叩いた。

「よう海樹子さん、いつの間に。あんたが来る前にと思つて茶菓子を買ひに来たのさ。早かつたね。どうれ『天の川』でも貰はうか。六日《むいか》の菖蒲《あやめ》めくけど一番品《ひん》がいいから」

海樹子は一瞬さつと眦《まなじり》を上げた。

「私『天の川』は厭《いや》、こちらにある『後涼殿《こうらうでん》』にでもして下さらない?」

思はぬ厳しい語調に圧《お》されて月日は即座にそれを注文した。女御《にようご》の住居を象《かたど》つてか長方形に切つた琥珀《こはく》糖に道明寺《だうみやうじ》粉をまぶし、さつと紅《べに》を刷《は》いた貴《あて》やかな銘菓である。

店に向ふ道すがら先刻の強引な注文を愧《は》ぢるやうに海樹子は囁《ささや》いた。

「御免なさいね。命令がましいこと言つたりして。でも『天の川』は最近変に甘つたるくなつて後味が悪いの。安食先生もさう仰つてたわ」

それより何より『天の川』を奉《たてまつ》つた情景を思ひ出したくない、昨夜の経緯の後味が悪いと告げても、月日は却《かへ》つて混乱するだけであらう。

月日は端正な貌《かほ》をこちらに向けた。

「さうさう、安食先生が朝早く見えたよ。能扇を見にね。また飾扇を扱ふんだつて？今度はどういふ図柄になるのか私も楽しみだとにこにこして居られた。今日の意匠もまだ御存じないんだらう。僕も早く見たいよ」

善意のかたまりのやうな月日の言葉がしつとりと海樹子の心を包む。包まれながらその優しさが今日は無闇に憤《いきどほ》ろしく、第一安食教授にしてもそれほどの配慮があるのなら、昨夜あれまで冷酷に不知《しら》を切りとほして波麻に同調せずともよかつたらうにと二重三重に心が騒ぐ。

標野扇店は古風に海松《みる》色の暖簾《のれん》を垂れてひつそりと客を待つてゐた。暖簾は中央に五つ骨の白扇を、左右両端に珍しい花勝見《はながつみ》の定紋を染め抜いて、いつもながら先刻悉《しつ》皆屋《かい》から届いたやうに冴《さ》えてゐる。ちらりと見える店員も盲縞《めくらじま》の縮みに黒小倉《こくら》の角帯《かくおび》姿、店先は畳敷、結界も弁柄の枯れた色でそれゆゑに飾戸棚の扇面も映え、和服姿が八割の客の心を和ませる。扇屋は晩夏が最も寂れた感じの漂ふ時である。夏果つる扇、秋の扇、それでなくとも冷房冷風の行き渡つた今日、真夏さへ実用品としてはほとんど意味を喪《うしな》はうとしてゐる。団扇は勿論のこと屛風に衝立《ついたて》、掛軸と調度品などにも場所を割き、一方巻紙や色紙、短冊の文具類も置いてはゐるが、卸小売を兼ねても値嵩《ねがさ》利幅《りはば》は高の知れたもの、職人や絵師数十人養つてゐたといふ三代前が羨《うらやま》しいと月日は溜息《ためいき》をつく。これで四季を問はぬ有職扇《いうそくせん》や芸事《げいごと》用の扇の注文が絶えたら全く先は暗闇、儀式諸芸の扇子でもつてゐればこそ老熟した下職、画工は貴重なのだが、黙つてゐても見本通りの檜扇《ひあふぎ》一本造りおほせるヴェテランは数へるほどもゐなくなつた。

父の代からの番頭二人、一人は有職学者から各流各派の能楽、茶道、舞に踊の師匠宗匠に昵懇《じつこん》で父親も一目おいた器量人、一人は檜扇の檜板削りから地紙《ぢがみ》の糊置、扇骨の割りやうに到るまで隈なく通暁してゐる職人上りの生字引《いきじびき》、この二人だけが頼りで店員は中啓《ちゆうけい》も末広も扇子も見境のつかぬ廿歳《はたち》前のが三人、正札つけた商品を売ることと使ひ走り、伝票起票に日計表集計が関の山、それも二、三年で使へるやうになつた頃さつさと暇をとる。

危い基盤の上にはかなく揺れてゐるやうな扇屋の三代目、そのかみ京の扇屋にかくまはれてゐたといふ敦盛《あつもり》に肖《に》た優男の月日には、毎日が不安で大番頭の会計報告が怖《おそ》ろしく、せめて創作扇や新趣好の飾扇に心を奪はれてゐる間が生甲斐《いきがひ》といふ有様。夙《とつ》くに扇になど見限りをつけた姉のさやぎは大学を出ると高校の英語教師の職につき、店の事には我不関焉《われかんせず》、内情が火の車であらうが秋の風が吹かうが浅黒い顔を背けてシエークスピアだキーツだと見識ばつてゐるだけである。

その癖三十五の不嫁後家《ゆかずごけ》八白《はつぱく》の寅《とら》で強情無類、月日の私生活には箸の上げ下しまで一一《いちいち》口を出して我意を徹し、女友達が出来ると鋭い嗅覚でその娘の三等親くらゐまで履歴を洗ひたててけちをつける。海樹子の場合も御多分に洩れず、又従兄《またいとこ》の妻の父が戦犯、フィリッピンで死刑にされたと本人さへ知らぬ薄い縁戚の、気の遠くなるやうな旧《ふる》い出来事を唯一の楯に結婚など以ての他と青筋を立ててゐる様子、月日はそれより他に文句の言ひやうがなかつたのは、よくよく完璧だつた逆の証明と笑ふのだが、海樹子はその平静な態度がうとましく、一度姉さんを精神科へ連れて行つたらなどと膠《にべ》もなく言ひ放つのだつた。

月日を追つて急ぎ足に中庭を横切りかけると、いつもは学校へ詰めてゐて滅多に顔も見ぬさやぎがちらりと覗いた。居るなら居るで水葱屋の菓子でも提げて来たのにと、前を行く月日を恨んだが後の祭、海樹子の会釈を鼻の先で受けて、何やら裏木戸のあたりに気をとられてゐる。今一度会釈して通り過ぎようとする後から聞いたことのある低音で若旦那！　と呼ぶ声がする。揃つて振向くと藥六の火兄が山賊じみた髭面に満面の笑みを湛《たた》へて叩頭、両手に抱へた菰《こも》包《づつ》みの花を、渡廊下で待つさやぎの方へ運びながら、顔はこちらに向けて二人に樸訥《ぼくとつ》な挨拶をおくつた。放つておくわけにもゆかず月日はその方へ歩み返し、是非なく海樹子も彼に従つた。

三人の見てゐる前で火兄はいそいそと菰を解いた。溢れ出るやうに花盛りの浜木綿《はまゆう》が六本、それも珍しい紅咲きの丈は三尺余り、葉も六枚添へられてみづみづしく露を含んでゐた。花弁と雄蘂《おしべ》がぴらぴらと微妙に絡みあひ、鼻を刺す甘酸つぱい香がそこらあたりに流れる。火兄は改めて一纏《ひとまと》めに抱へ上げ得意気に無言でさやぎに奉つた。その刹那これがあのさやぎかと目を疑ふばかり活き活きと頬に紅がさし、唇も濡れて光つた。

「見事だわ。花式図通り花びらが六枚、蘂が六本、これこそまさに蘂六ね。いつもいつもすみません。でもよく手に入つたわね」

これまた聞いたこともない甘いアルトの気の利いた台詞である。茫然《ぼうぜん》と立つ月日、海樹子を尻目に、さやぎは火兄をせきたてて
「ぢやあ今日はこれを益子《ましこ》の甕《かめ》に入れませう。東側の納戸にあるの。悪いけど出して下さるわね、六車さん」

と言ひ言ひ連れ去らうとする。従ひつつ火兄はさやぎの背に語りかける。

「蚊沼さんの御注文で浜木綿を産地へ買ひに行きましたらね、白花に混つてこれがたつた六本育つてゐたものですから、これは標野先生にと思つて切花にして今朝持つて帰つて来たんです。喜んでいただけりや本望だ。この次は何にしませう」

海樹子は二人の姿の消えるのを待つて月日の袖を引き小声で言つた。

「一体どうなつてますの、これは。薄気味の悪い。いつもいつもなんてお姉様仰つてたわね。いくら専攻が十六世紀の英文学でも鬚《ひげ》男がしげしげと花束捧げに来るなんて出来過ぎてるぢやありませんか」

月日も苦笑しながら

「全くだね。この夏の始め頃からの異変なんだ。姉の殺風景な部屋に目を剝《む》くやうな緋ダリアが無慮《むりよ》数十本、バケツぢやなかつた馬盥《ばだらひ》風の水盤《すいばん》に刺さつてゐるのを見たのが最初でね。それとなく注意してゐると週に一度あの火兄氏が届けに来る様子で、それもあの吝《けち》な姉が金を払つてとりよせるはずはなし、どうやら思召《おぼしめし》があるらしいのさ。当今僕にも滅切《めつきり》風当りがやはらかくなつてね。一昨日《をととひ》なんか露崎さんどうしていらつしやるのなどと聞くんだ。嚆矢君のことかと思つてぎよつとしたらどうやら君のことらしいんで二度びつくり。それこそ薄気味悪くつて腋《わき》がこそばゆくなつたよ。でもいい傾向ぢやないか。中年の独り者に老嬢、醇樸《じゆんぼく》な花屋と英文学者、きつとあれでロマンチックな情緒に首まで浸つて、まだ指一本触れてゐないんだぜ、御両人共」

さすがに海樹子は赧くなつて月日を目の隅で睨んだ。

「これは失礼、でも僕は指くらゐ遠慮なく触れるよ。先《ま》づこの可愛い唇に」

ピアニストのやうに長い中指がすいと伸びて海樹子の熱つぽい下唇を擽《くすぐ》つた。ひやりと快い感触が全身を貫き、海樹子はよろよろと月日にすがりついた。

月日は海樹子の肩を抱くやうにして書斎に入つた。クーラーが微かに唸《うな》り、空色のレースのカーテンが真昼に近い陽射を漉《こ》してゐる。月日が硝子戸《ガラスど》を開けて桐箱入りの能扇を取出す暇に、海樹子はいささか勝手を知つた台所へ遠慮勝ちに茶を入れに立つた。廊下の突当りがさやぎの居間、通りすがりに圧《お》し殺したやうな彼女の声が洩れて来た。男の忍び笑ふ声がこれにまつはる。

「まあ剛《こは》い鬚、この前よりまた三粍《ミリ》ほど伸びたぢやない。痛いわ」

むつと嘔吐がこみあげて来るやうな思ひに、海樹子は身を翻《ひるがへ》して厨《くりや》に滑り込み暫《しばら》く目を閉ぢた。嘔気が納《おさま》ると焦臭《きなくさ》い笑ひが湧いて来た。咽喉の奥で笑ひを殺しながら湯沸しをガスの火にかけ、『後涼殿』をその辺にあつた銘銘皿に三つ移し、やがて何食はぬ顔でまた足音をひそめて書斎に引返した。

「もう五分くらゐでお湯が沸きますからあとはよろしいやうに。よそ様のお勝手へあまり馴馴《なれなれ》しく出入りすると、また何を言はれるか知れませんものね」

月日は海樹子の顔色を見て一寸《ちよつと》眉をひそめた。

「姉に何か言はれたのかい」

「いいえ、別に。お顔も見なかつたわ。声はしてゐましたけど」

海樹子は先程のぎよつとするやうな台詞を思ひ出して苦笑しながら、辛うじて口を噤《つぐ》んだ。何がロマンチック、何が指一本だらうとせせら笑ひたかつた。浪漫派の臆病者は貴方《あなた》自身よ。清清しく剃り上げた顎の仄かな黛色と、梔子《くちなし》色のポロシャツの胸元の滑らかな皮膚を横目で見ながら海樹子は心の中で呟いてゐた。月日が台所へ立つた隙に携へたアタッシュ・ケースの中から扇の下絵を取出してテーブルに拡げる。能扇の絢爛《けんらん》たる彩りを見た後では、こんな煤《すす》けた白描《はくべう》など悪戯《いたづら》描き同様にうつるだらう。能扇一足先に片附けて、恥かき終つてから目の正月をと、能扇入りの桐箱はそつと後に押しやつた。

「ほほう猪鹿蝶《ゐのしかてふ》か。考へたねえ。成程猪と牡丹と紅葉九葉の下五枚は掠《かす》れ墨の白描のままで、萩が銀と紫、蝶が金に藍、鹿は全身雲母《きら》引きつて寸法かい。花札の図柄も使ひやうで﨟《らふ》たけた感じが出るもんだ。これだけで止めておくのは惜しいな」

月日は茶櫃《ちやびつ》を抱へたままテーブルの上を眺めて感嘆する。

「ええ、実は蚊沼さんの御注文もこの伝でゆくつもりなの。これより豪華になると思つてますわ。でも花札四十八枚のうち八月坊主一枚だけは絶対動かせない色ねえ。漆黒の薄原《すすきのはら》に紅の空、そこへ白い満月、眺めてゐると息が苦しくなるやうな迫力でせう。あれ一枚何か別に、使ひたいとは予予《かねがね》たくらんでるんだけど、みんな絵に位負けして死んでしまひますの。口惜しいわ」

海樹子は溜息をつくやうにして月日を振仰いだ。

「使ふとしたら衝立《ついたて》なんかどうだらう。坊主を天に一枚」

海樹子が目を輝かせて後を続けた。

「そしてあとの四十七枚全部裏向けて下の方へ撒き散らす。いかが」

月日は海樹子の傍に腰を下すと大きく肩を叩いて叫んだ。

「決つた。あんた早速その下絵と指図書造らないか。紙も選つて御覧。一も二もなく蚊沼さんが欲しがるぜ。要らなきや僕が秘蔵しといてもいいんだ。名づけて『良夜』、何なら一応君が引取つて輿入《こしいれ》の時持つて来てくれるつてのはどうだらう。良夜の彼方の初夜」

はずみに口を滑らせて月日は首まで赧くなつた。そのはにかみを海樹子はうつくしいと思つた。照れ隠しに顔の前で指格子を造り、その隙間から目を覗かせて舌を出す月日に、海樹子は小さく莫迦《ばか》！　と囁いて身体ごと倒れかかつて行つた。目の中に紅の空が拡がり、額に月日の髪がさやさやと触れかかる。男の唇は微かな薄荷のにほひがした。

扉を軽くノックする音がして振返るとさやぎが立つてゐた。

「月日、あんたお茶だけ運んでお菓子は忘れて行つたでせう、持つて来てあげたわよ、二人分。私もお裾分いただいていい？　それから浜木綿六本つてのは即《つ》き過ぎるし変な数だから、一本この部屋へ挿しといたらどうか知ら。あら海樹子さん、構はないのよ、席譲つてくれなくても。これで退散しますからね」

勿忘草《わすれなぐさ》でも飾れば似合ひさうな一輪挿しに、水も替へず浜木綿を突込んで立去るさやぎは鼻唄でも飛出しさうな御機嫌、真昼の後朝《きぬぎぬ》も間の抜けたものだが、その煽《あふ》りを食つて鼻白んでゐるのも小咄《こばなし》めき二人は生温い笑ひを噛み殺した。ただ後朝と察してゐるのは自分だけなのか月日も予予《かねがね》知りつつ知らぬ顔で通してゐるのか、一一質《ただ》すわけにもゆかず海樹子は胡乱《うろん》な感じでことごとく興冷めであつた。それはともかくさやぎの日頃が日頃だけに、あらはな浮かれやうも野暮な仕立のブラウスにとつてつけたやうな硝子玉のブローチも、四十島田《しじゆうしまだ》のあはれが漂ひふとさしぐむ思ひながら、何にせよ突如蓼喰《たでく》ふ虫の現れたことは他人事《ひとごと》ながら祝着と、改めて引繰り返りさうな浜木綿を眺めるのだつた。

何となくなまめきそこなつた空気を振払ふやうに月日はすつと立上り、テーブルを片附けて桐箱の中からやをら能扇をとり出した。

一本は黒骨で逆巻く濤間《なみま》の日輪、日輪を覆ふばかりに鏤《ちりば》めた貝尽し、一本は白骨で金地妻紅、文様は蘆《あし》に白鷺三羽、あとの一本は金地に墨絵の波、それぞれに傷まぬまま古びて金箔の寂《さ》びやうも風情があり、骨の艶も燻《いぶ》しがかかつてなまなかの半玄人は気圧《けお》されさうな風格がある。

全く様式化されたきまりの図柄であるにもかかはらず、海樹子が賢《さか》しらに捏《こ》ね上げた意匠を嘲笑するやうなしたたかさである。

「恥づかしいこと。先の私の花骨牌擬きの絵など子供騙し、破りたくなりますわ」

海樹子は真実一晩がかりの工夫も女の浅智慧に過ぎなかつたのかと忸怩《ぢくぢ》たるものがあつた。

「何言つてるんだ。飾扇は飾扇、能扇は能扇それぞれ用途あつてのうつくしさだらう。卑下自慢に聞えるぜ。それよりあんたは専門家に近いんだから、くだくだしい説明は要らないね。大体は察しのつくものばかりだし。ともかく皆おつとりしてしかも気位の高い扇だよね」

月日は淡淡とうけ流してほほゑんだ。

「あら私この方面はさつぱり。お友達に一人宝生《ほうしやう》流の家元の縁戚の方がゐて、もう大分前に一度一通り拝見したことがあるから、その五位鷺《ごゐさぎ》に汀《みぎは》の蘆が『鷺』に使ふ扇だといふことくらゐは察しがつくんですけど。たしか鷺の入るのは家元だけでしたわね。その隣の波に没日は修羅能の扇だつたか知《かし》ら」

海樹子は試問を受ける生徒のやうに小首を傾げて月日の顔を仰いだ。

「よく知つてるぢやないの。さすがに。修羅も負修羅でこれは観世《くわんぜ》流の敦盛扇。残る一本は男扇、それも金剛流だけが『安宅《あたか》』で使ふ安宅扇だよ。僕だつて危つかしい耳学問さ。何しろ五流が五流とも全く別の絵の扇を同一の能狂言に使ひ分けたり、殆ど同じ絵が全く別の能狂言のものだつたり、分類判別表を作つて頭から丸諳記《あんき》でもしなくつちやとても覚えられやしないよ。絢爛目を奪ふってのは葛扇だね。観世流のは唐美人十九人が玄宗、楊妃をとりまいてゐる図なんだ。その一人一人がそれぞれ違ふ花を捧げる花軍《はないくさ》といふ趣向なんだから恐れ入る。親爺《おやぢ》が観世でね、演《や》る方は下手の横好きのたぐひだが、講釈は家元を煙に巻くばかりでたしかに見《み》巧者《がうしや》だつた。ものごころもつかぬ頃からしよつちゆう観能のお伴をさされて欠伸《あくび》を噛殺すのに往生したもんだ。『菊慈童』や『花月』が親爺は一番お気に入りだつたなあ。思へばあれもロマンチスト、三代目はニヒリスト、花月並《なみ》に天狗に攫《さら》はれりや今頃扇売つてることもなかつたらうに、それほどの美少年でもなし」

能扇弄《もてあそ》びながら何やら心は空に彷徨《さすら》つてゐる様子、ロマンチストでもニヒリストでも、何ならマキャベリストでもいい。徹底すれば何によらず潔いものを、自分自身を生殺しにしてのその日暮し、こんな人と結婚したら翌日からいらいらするだらうと、海樹子は肩を摑んでゆすぶりたい衝動に駆られる。

すれすれの中に木賊《とくさ》の花でも咲かす心意気で昂然《かうぜん》と逢ひには来たものの、とんだ情勢変化に腰がくだけおまけにいつものことながら月日はとんと張合のない結構泥棒ぶりで、まだ能扇を開いたり畳んだりしてゐる。

冷水を浴びたり熱湯のしぶきを受けたりでかきまぜれば結局ぬるま湯の中の媾曳《あひびき》、これなら昨日までのやうにさやぎと刺し違へる覚悟でも秘めてゐた方がよほど心にも張りがあると、今となれば栄耀《えいえう》に剝く餅の皮、われながら勝手なものだと思ひつつ、海樹子は月日が生欠伸《なまあくび》を洩らしたのをしほに立上つた。

いざ帰るとなると蜜月旅行はどこにしようかなどとはにかんだ貌《かほ》で呟き、さり気なく肩を抱く月日に、ともかくもう暫《しばら》くはお姉様の様子を見てからと言葉を濁して海樹子はすらりと身をかはした。さやぎが果してゆくゆくは六車家へ嫁ぐつもりなのか、たとへさうにしたところで相手の火兄が見かけによらぬ如何物《いかもの》食ひのドン・ファンでないと誰が請合はう。いづれにせよ酷な言ひ方ながら割鍋《われなべ》に閉蓋《とぢぶた》、蓋が締まつた頃には火の消えるさまが目に見えるやうである。消えればまたさやぎが旧に倍してヒステリックに振舞ふのも決りきつた次第、兄の嚆矢が言ふ通りいい嬲《なぶ》りものにされてゐるより潮時を見て鳧《けり》をつけ、何なら末永く言葉敵としてつきあつた方が無難かも知れぬと、極楽蜻蛉《ごくらくとんぼ》の月日を横目で見ながらさやうなら、ではまたなどと月並な挨拶を残して部屋を出た。

店を通り抜けながら黙然と書類に見入つてゐる大番頭以下二、三の店員に型通りの会釈を送ると、御免下さいませ、またどうぞと奇妙に少しづつずれた男声合唱《オルフェオン》の送辞、当分来ることもあるまいと飾戸棚の中の文月雪洞扇《ふづきぼんぼりあふぎ》を立止つて眺めた。金泥《きんでい》に囲まれた土佐派の源氏絵の逆遠近法、海樹子はたまゆら自分が標野家から不縁になつて里へ帰る身の上であるかのやうな幻覚にとらはれた。月日の唇の薄荷の匂ひが、むしろまづしく蘇つて来た。

家への車を呼び止めようとして歩道に立つとみな逆方向に流れてゆくものばかり。考へてみれば午後三時までは一方通行で空恐しい遠廻りにならう。昨夜は水苗の急用で乞巧奠も思はぬ不首尾に終つたことだしいつそ藥六に立寄つてからと、車の流れに従つて家からも標野扇店からも方角違ひの街外れへ足をのばすことにした。水葱屋でこれは七夕の名残の意味も含めて『天の川』一函を手土産に買ひ、今度はクーラーも無いタクシーを拾つて行先を告げ後れ毛を掻上げながら目を瞑つた。紺掻町《こうかきちやう》はどのあたりでと訊く運転手に藥六を御存じと言ふと無言で肯《うなづ》き、ミラーの中で海樹子をとらへながら煙草を銜《くは》へた。あたりを見るとあれから五分ばかり走つた屋敷町、ところどころの塀際や庭の立木に色紙《いろがみ》を纏《まと》つた笹が白い葉裏を巻返して乾いてゐる。

「お客さん藥六のお知合か何かですか」

突然の質問に海樹子は運転手の横顔を覘《うかが》ひながらやや構へて反問した。

「あらどうして。お花を買ひにしよつちゆう伺ふけど、別に」

知合ではないと言へば嘘にならうが、ないと言つたあとの運転手の言葉にいささか興味があつた。

「ぢやあ言はうかな。おれも月に一、二度はあそこへ花買ひにゆくお客を乗せるから知つてるんだが、店に熊みたいな鬚武者がゐるでせう。あれは随分変な小父さんですぜ」

見れば運転手は嚆矢とおつつかつつの三十前、腫れぼつたい顔に荒んだ目つきも薄気味悪い。

「さう？　どう変なのか知ら。好人物に見えますけど」

探りを入れる海樹子をじろりと見返して運転手は吐き出すやうに言つた。

「この間先《さつき》お客さんを拾つたあたりから二人連で乗り込みましてね。さんざ見せつけやがるんだ。見せつけられるのは商売柄馴れつこだが、あの時はくらくらつとしましたぜ」

思ひ当る節は大ありだが曖《おくび》にも見せず、

「そりや災難でしたわね。まあ大目に見ておあげなさいよ。それでどんな女の方、お連れは」

と何食はぬ顔で尋ねながらふと前を見るともう藥六が十米《メートル》先、横づけになるのもと思つて止めさせ、料金二百八十円、三百円渡して外に出ると窓から釣銭を差出し、運転手は口を歪《ゆが》めた。

「男ですよ」

言ひすてて奔り出す車の煽りにはためく裾を押へ、海樹子は暫く目を閉ぢて立ちつくした。

顱頂《ろちやう》まで銅色に禿《は》げ上つた維兵衛は古稀にあと三、四年の頑固な面構へでせつせと都忘れを揃へてゐた。目に沁むばかり冴えた濃紫の五本を一束にして藁《わら》しべで括り、傍の手《て》桶《をけ》へ並べる馴れた手つきを見てゐるうちに、海樹子もどうやら立直りしひてにこやかに会釈した。

「おや、これはお越し。標野さんから今お戻りで。火兄があちらでお見かけしたと申してをりました。先刻帰つて今温室の手入れをしてゐる最中です。扇屋さんには先代から贔屓にしていただきましたが、若旦那もこの頃やつと花に心をお向けになつて、大旦那譲りの贅沢なお好み」

海樹子ははたと返答に窮した。ではあの浜木綿も月日の注文といふことになつてゐるのか。舞台裏はぼんやり浮び上りながらとんと筋書《すぢがき》の呑み込めぬいらだたしさに
「見事な浜木綿、さやぎさんも殊《こと》のほかお喜びでしたわ。これがほんとの藥六だなどと仰つて。私は能扇を拝見に参つてをりましたの。あ、さうさう昨日は花扇で大変お手数煩《わづら》はせましたわね。よくあれだけお揃へになつた、さすが老鋪と感じ入りました」

と早口に話題を逸らした。維兵衛は手を休めて海樹子の顔をじろりと見据ゑた。

「それも言ふならお花扇とおを附けていただかなくつちや。ところでお宅には泉水か

池でもございましたかな」

不意の問ひかけに海樹子は慌てて首を振つた。

「いいえ、うちは芝生ばかり。第一あの猫の額のやうな庭が林泉《りんせん》にならないことくらゐ、小父様よく御承知でせう」

維兵衛は顔を背けて空咳まじりに呟いた。

「お花扇は七夕の夜小御所のお池に浮べるのがしきたり。二星の手向《たむけ》にな。御存じのはずと思つて片棒担いであげてゐるのに、文筥《ふばこ》がどうのかうのと本筋離れたことばかり気になすつて、安食先生も仕様のない方だ。申上げれば素人が差出口をと目を吊上げて不快さうになさるに決つてゐるから黙つてゐましたが。失礼ながらお嬢さんはあれをどうお扱ひで？」

今頃嚆矢のアトリエの片隅で煙草のけむりにまみれ正体もなく萎え果ててゐるだらう。あの因縁つきの花扇はどこまで祟るのかと、海樹子は冷汗を覚えながら、

「あの朝から水浸しになるほど霧を吹いて、兄のアトリエに飾らせていただきましたわ。どうやら二星のうちの牽牛《けんぎう》に手向《たむ》けるといふお志と思つたものですから。織女の方は私ちやんと乞巧奠をとり行ひました。水苗さんからもお聞きになつてゐると思ひますけれど」

と決めつけるやうに弁じた。

思はぬ強い語気にこれは講釈が過ぎたかと維兵衛も顔色を和らげ毛のない小鬢《こびん》を掻く仕種、

「いや、これは御殊勝な。横町の隠居が知つたかぶりの要らぬ繰言《くりごと》を申上げました。水苗もその節は折角《せつかく》のお招きをふいにして私を恨むまいことか。乞巧奠のお招きは年に一度、夜咄の茶会など寒中にすればよい。私は中座するからお父さんか兄さんがあとは引継いでくれなどと駄駄を捏ねましてな。

さうさう申し遅れましたが娘は三十分ばかり前お詫《わび》かたがたこの都忘れを少少お届けすると言つてお宅へ伺ひました。入違ひになつてまた嘆くことでせう、可哀想に」

維兵衛も四十過ぎて出来た孫娘同様の水苗には目がないらしく、真実愁《うれ》はし気に眉を曇らせる。水苗を生んで直《す》ぐ身罷《みまか》つた女房の面影も顕《た》つのであらう。

「まあ、悪いことをしましたわ。お電話いただいておけばお待ちしたのに。ぢや私急いで帰ります。これ昨夜水苗さんと御一緒にと思つて用意した水葱屋の『天の川』ですの。帰つてまた入違ひかも知れませんからここに」

と菓子函を置いて踵を返しかける海樹子を、維兵衛は押止めた。

「いやいやこの暑いのに何もさうばたばたと。水苗の方が即刻引返して参りませう。久久に裏の茶花畑でも御覧下さい。花茗荷《はなめうが》に杜鵑草《ほととぎす》の早咲、未央柳《びやうやなぎ》や茜草も揃つてゐますから。お気に召したら火兄に剪《き》らせて御自由にお持帰りを。いやなにさう沢山御注文があるわけでもなし、どうせ家用に剪り捨てるんですから」

　寂びた花花の名に海樹子もすずろな気持になり、維兵衛の指す裏木戸を潜《くぐ》つて小径を伝ひ生垣に囲まれた五十坪ばかりの花園に出た。一隅が温室、晩夏のことゆゑ寧《むし》ろ冷風を通して夏が苦手の草草を護つてゐるのであらうか。初夏が盛りの萼紫陽花《がくあぢさゐ》が硝子越に錫《すず》色の花をかかげてゐるのが見える。

　畠の腰に植ゑ並《な》めた射干《ひあふぎ》は花が終つて漆黒の魚卵に似た実をつけてゐる。射干玉《ぬばたま》、と思ひながら手を差し伸べようとすると、温室から覗いてゐたのか火兄が小走りに近づいて来て、

「海樹子さん剪《き》りませうか。お持帰りになつて赤絵の皿の上にでもお置きになると一《ちよ》寸《つと》した趣がありますよ」

と応へも聞かずに鋏《はさみ》を入れかける。負うた子どころか熊に紅鮭の在処《ありか》を教へられたやうで出鼻を挫かれ、しかし考へてみれば素人離れした趣向にはちがひない。

「まあ火兄さん、隅に置けないわね。大した審美眼。これから時時アドヴァイスお願しようか知ら」

　冷やかすと鬚面を初初しく染めて
「いやあ、これは二、三日前標野の若旦那に」

と言つてしまつてまた照れ気味、真昼間の月日といひこの火兄といひ、いい年をした

男がどうしてかう些細なことに一一《いちいち》はにかむのかと胡散臭く、海樹子は冷やかしついでに追討《おひうち》をかけた。

「火兄さん、さやぎさんとはいつ御結婚のお心づもり」

火兄は急に白白しい顔つきになつて海樹子をまともに見つめた。

「さやぎ女史と？　私が？　いくらなんでもまさか、あんな」

鼻であしらはうとするのを皆まで言はせず
「あんなとはどういふ意味、随分御昵懇のやうにお見受けしてゐましたのに。怖い方」

と切込むと負けずに火兄も切返した。

「海樹子さんは若旦那といつ御祝言を。昵懇にしんねうのかかるやうな仲と伺つてゐますが」

射干四、五本捧げつつ火兄には似つかぬ巧な身のかはしやう、日頃は店先で花屋対客の埒《らち》は越えぬやりとり、水苗がゐればこそ心やすだてに火兄さんなどと呼びはするものの、かういふ際どい会話は始めてであるだけに、これはなかなかの曲者、見縊《みくび》つてゐたと今更のやうに用心しながら答へた。

「しんねうもえんねうもかかつてません。御祝言なんて気の遠くなるやうな話ですわ。月日さんは姉さんが輿入れでもされない限り、いつまでも独《ひとり》でいらつしやるわ」

聞きやうでは辛辣な愛想づかしであつた。その冷やかな言葉が聞えたのか聞えぬのか、火兄はわざと乱暴に花茗荷の根もとを掻き分けて鋏を差入れた。

だが屈《かが》まうとする刹那火兄の表情がぱつと明るくなるのを海樹子は見のがさなかつた。

ゆさゆさと倒れかかる花群を片手で抱き、一方の手に鋏を振翳《ふりかざ》す火兄の気負ひ立つた姿を見て海樹子は唐突に熊、否《いな》熊谷次郎直実《なほざね》を連想した。心の中に生温い微笑が浮びたちまちに冷えてゆく。先刻のあの砂混りの蜜を舐めるやうな妙な媾曳《あひびき》の終りに、書斎を出ようとする海樹子の後で月日はまだ扇を弄んでゐたが、さやうならともう一度振返つたとき小手《こて》に翳してゐたのは敦盛扇、扇の中の夕陽に映える大濤《おほなみ》は黄昏《たそがれ》の浜辺に打寄せるだらう。薄明りに匂ふ浜木綿、直実に組敷かれて喘《あへ》ぐ華奢な若衆の敦盛、薄く開けた恍惚《くわうこつ》の唇から薄荷の香りが漂ひ、荒武者の手に光る白刃、あたりに血の臭ひの風が立ち、荒んだ運転手の目がどこからか海樹子を見つめ、男ですよと囁いて、彼女ははつとわれにかへつた。かへる一瞬
「貴方がいつそ月日さんと結婚なさつたら？」

と海樹子は呟いた。

火兄は愕然として立上つた。手から鋏が脱け落ちて湿つた土に突刺る。

「若旦那と？　私は男ですよ」

火兄の顫《ふる》へを帯びた声を背後にして海樹子は駆け出した。木戸の閂《かんぬき》に引つかかつて射干玉《ぬばたま》がばらばらとこぼれ落ち、貴方は男でも月日は女よと声にもならぬ声で叫びながら、訝《いぶか》る維兵衛に挨拶もそこそこ、紺掻町の三叉路へ奔り歯の抜けた射干《ひあふぎ》の花束を振り振り車を呼びとめた。

今度の運転手は初老の男で一言も口をきかずそれすら一つのやすらぎ、家の手前の宿曜《すくえう》小学校の裏門で車を降り、家へ入るまでに気持を鎮めておかうと矢来墻《フェンス》にもたれて蒼蒼と水を張つたプールを眺めた。

妙なものが水に浮んでゐると手を翳してよく見ると、浮きつ沈みつして漂ふのはまさしく花扇、水に浸つて蘇つたか遠目には尾花が銀に輝き、男郎花も粒だつて剪りたての鮮かさである。これは帰りぎはの水苗の心尽しであらうか。明日の朝水を張り替へる折には用務員が芥《あくた》と思つて捨てるだらう。それまでに海樹子が見つけねば他に誰がこの供養に思ひあたらう。はかないことをと思ひながら海樹子は唇を嚙んだ。自分も亦《また》さらにはかないことに身を労して小半日の草臥儲《くたびれまう》け、味気ない思ひを反芻《はんすう》しながらこの夏も過ぎてゆかう。

プールの水が黄昏を兆す西風を受けて細やかに乱れ、まだ夕茜せぬ空の下に青海波《せいがいは》をゑがく。青海波の中の男郎花、アンドロギュヌスの水死体、ふと蘇る月日の面影を振払つて海樹子は玄関への甃《いしだたみ》を急いだ。

西陽を項《うなじ》に受けながら扉を押して只今と言つたがことりと音もしない。未だ手にしてゐた射干を屑籠《くずかご》に捨ててからアトリエへ廻ると半開きの扉の彼方に相変らず寝そべつたままの嘴矢が見える。それもパジャマのズボンを穿《は》きくたびれた卵色のモヘアのスラックスに替へただけのだらしない半裸体、眉をひそめながら入口で只今帰りましたと声をかけると弾《は》ね起きて、昏《くら》い室内から逆光の海樹子を透かすやうにして認め、

「何だお前か。能扇はどうだつた。随分ねばつてたな」

と言ひ言ひまた腹這《はらば》ひになつて煙草に火をつけた。室内灯にスウィッチを入れると眩し気に目を細めてふうつと煙を吐き懶《ものう》さうに身体をひねる様が、娼家にゐつづけの遊《いう》冶郎《やらう》めいてみだりがはしい。もう一度眉をひそめ直しながら少くとも月日はたとへ結婚してもかういふ男臭さを自分に見せることはあるまいとそれも侘《わび》しい思ひであつた。

「負修羅扇の敦盛と鷺とあと一本は安宅よ。私も負修羅の花扇、それも秋風と言つたところなの。帰りに藥六へ寄つたらお爺さんにさんざお説教されて、その上火兄さんに絡まれて、逃げて帰つて来たわ。さうだ、水苗さんが都忘れ持つて来たでせう。入違ひになつて悪かつたわ」

嘴矢はにやにやしながら枕を抱いて聞いてゐた。

「全然とりとめのない報告だな。変に象徴的な言廻しするなよ。負修羅の秋の扇がどうしたんだい。ひのえぐまが絡んだつて何の判じ物か判りやしないや。水苗嬢はつい

十分ばかり前までそこに坐つてたぜ。都忘れか何か野菊の姉さんみたい花なら台所の入口の甕に入れておくと言つてたよ」

海樹子は枕許のタンブラーの水を入れ替へて呷《あふ》るやうに一杯飲んだ。

「まあ厭ねえ、こんなところに通したの。そんな野蛮な恰好のままで。私なら飛出すわ」

目に角《かど》を立てる妹を上目づかひに眺めながら嚆矢はふてぶてしく嘯《うそぶ》いた。

「結構楽しんでたぜ。その都忘れをおれのスラックスの留金《とめがね》に挿したりしてね。そらこの辺に落ちてるだらう。臍《へそ》のあたりが冷たいや」

わざわざ浮かして見せる下腹の隙間に、都忘れが揉みくちやになつて萎えてゐた。

「水苗つてそんな人だつたの。あきれた。こんな部屋に二人つきりでゐて、いざといふ時はどう申開きするつもりか知ら。ああもつと早く帰つて来るんだつた」

海樹子はついと手を伸して都忘れを拾ひ庭先へ投げて汚れでも落すやうに手を叩いた。

「海樹子、お前さやぎ女史に感染したのかい。一体何の申開きが必要なのかおれにはさつぱり通じない話だ。聞かれなくても言ふが勿論接吻《せつぷん》はしてやつたぜ。煙草のにほひが苦しいとか髭が痛いとか言つてむづかつてたが、二度目は自分から顔を近づけて来たよ。今日はそれだけだ。別に誰に言訳することもありやしない。それくらゐの楽しみも禁断などと言ふなら言ふ方の気が狂つてるんさ。人のことより月日氏の方はどうしたんだ。御大、いつ見ても女より扇といつた優雅な顔だが、お前ああいふ貴公子ぢや食ひたりないんだらう。それとも一生護つてやりたいかい」

毒を含まぬさつぱりした毒舌でいつもなら小気味のいいことだらうが、今日の海樹子にはこたへた。

「新婚旅行の話までしてたわ。でももう兄さんの言ふやうに私は埒《らち》を明けたの。あの人私と結婚などするものですか。敦盛扇の脱殻《ぬけがら》よ。馬鹿馬鹿しい」

嶹矢は真顔になつて妹の方を睨んだ。

「大層な剣幕だがそりや何の飛ばつちりだい。他に恋人がゐるのを今日初めて知つたつてのかね。誰だい、そりや。遠くて近いのなら案外水苗君あたりぢやないのか。さうだとしたらままごとさ、嫉《や》くな妬《や》くな」

海樹子はきつとなつて立上つた。

「熊谷次郎直実よ。敦盛の愛人は」

嶹矢はベッドに腰掛けて爆笑した。

「そいつは名台詞だ。貴公子の恋人が扇とはな。その敦盛扇とやらを抱いておねんね遊ばすつて寸法か。夏果つる扇と秋の白露と、はて風流なもんだ。その次は獣じみたおれに爪の垢《あか》でもと来るんぢやねえのか。埒は明けるなり締めるなりすりやいいさ。

お前みたい才色兼備のデザイナーが男早《をとこひでり》するもんか」

まだ笑ひ続けてゐる嶹矢の頬をいきなり平手で思ひつ切り引つぱたくと海樹子は絶叫した。

「兄さんは何にも判つちやゐないわ。私は今日地獄巡りをして来たのよ。運転手が『男ですよ』と言つた時私がどんな思ひしたことか。お花を届けに行くなんて隠れ蓑だつたんだわ。さやぎさんも被害者の一人よ。可愛想に。ああ厭らしい藥六の熊！」

海樹子の頬には涙が滂沱《ばうだ》としてはふり落ちる。拭《ぬぐ》はうともせず、茫然と突立つ兄を後目《しりめ》に彼女はふらふらとアトリエを脱け出した。

暫くは放つておくより術《すべ》もなからうと嶹矢はベッドに仰向けになつて脚を組んだ。支離滅裂な言葉を繋ぎあはせて深刻なパズルを試みても、単純な彼には妹の巡つたといふ地獄の入口さへ見つからない。

三十分ばかりうつらうつらして目を覚ますと湯殿の方で烈しい水音が聞える。水垢《みづご》離《り》でもとつてゐるやうな気配に耳を欹《そばだ》てると、音は五分足らずで歇《や》み、ひつそりした夕闇に細細とした歌声が流れる。波麻うつしの新曲の哥沢であらうか。

〽昨日から今日まで吹く風は何風
　恋風ならばしなやかに
靡《なび》けやなびかで風に揉まれな

落とさじ桔梗《ききやう》の空の露をば
　しなやかに吹く恋風が身に沁む

歌がとぎれるとまたやや時をおいて、ほほほ、ほほほと忍び笑ひの声がする。嶠矢はぞつとして扉口まで出て様子をうかがつた。こみ上げて来る笑ひを押へてゐるのか、今度はくつくつと咽喉につかへるやうな音である。

嶠矢はアトリエの隅の電話を取上げると、子供の頃から馴染の家庭医斑鳩《いかるが》博士を呼出した。扉をぴたりと中から閉ぢ、絶えてない真剣な暗い顔で嶠矢はしきりに愁訴してゐた。

事事しく往診などすると却《かへ》つて昂奮させるからと博士はインターン上りの助手に頓服を届けさせた。

嶠矢は、涙も乾いて能面のやうに無表情な海樹子を甲斐甲斐しく助けて臥牀《ふしど》に運び薬を勧めた。仰向いてトランキライザーの白い粉末と催眠剤の淡緑の粒を嚥《の》む妹の繊《ほそ》い咽喉《のど》首《くび》を見てゐるとぐつと哀れがこみ上げ、嶠矢は後からやさしく抱き締めて身体をゆすぶつてやつた。力無くもたれかかる海樹子の胸乳も腋もまだびつしより濡れて、水死人のやうに重かつた。一時間置きに様子をうかがひに通つたが海樹子は昏昏と眠りつづけてゐる。嶠矢はどつと緊張が解けてベッドにもぐり込み、忽《たちま》ち深い眠りに落ちた。まだ夜明頃と思つて目を覚ますとブザーの音、妹を起してはと玄関に走つて扉を開けると宿曜校の用務員、胡麻塩頭の好好爺《かうかうや》が恐縮気に立つてゐる。プールに浮んでゐたがお宅様のものと思つてお届けに来たと指すものをふと見れば、海松《みる》の束のやうに濡れ萎れた花扇が、朝日の照りつける甃《いしだたみ》にべつとりと貼りついてゐた。

旧盆にあと二、三日、走りの颱風《たいふう》が逸れて朝から名残《なご》りの熱風がざわざわと吹き、家中が埃つぽい。波麻は汗ばんだ身体がざらついて日課のお浚《さら》ひも懶《ものう》く、いつそ朝風呂を立てて髪を洗ひ一週間ぶりに美容院へ行かうと浴槽に水を張つた。未完は裏庭の隅に設へた巻藁にむかつて試射に余念がない様子である。弓矢を持つて構へてゐる時の未完は眉が険しく迫り、まともに視《み》つめられると波麻は鳩尾《みぞおち》のあたりにさしこむやうな疼《いた》みを覚える。

遊芸の女師匠といふ人目には何となく斜《しや》に構へた華やかな明暮ながら、その実波麻は意地と張りとで筒一杯のきりきり舞ひの半生であつた。亡夫の忘れ形見の一人息子がその父を凌《しの》ぐやうな男振りの若者に成長すると、母子家庭の通例でともすれば年弱《としよわ》の情人でも囲つてゐるやうな幻覚に襲はれる。未完が髭を剃り出すやうになつてからは殊更《ことさら》にさばさばと突放した態度に出てゐるが、未完も未完なりに母親の気持を受けとめて、喧嘩友達めいたあしらひに馴れ、時には波麻がかつとなるやうな横着な口もきく。それがまたそぞろ亭主関白の理不尽気取に見えていつそ可愛らしく、波麻は得体の知れぬ胸さわぎを覚え、早く恋人でもつくればよいと心とうらはらな台詞を投げて未完を苦笑させる。一体いつ学校へ行つてゐるのかどこで遊んで帰るのか、波麻は一向気にもならず、知つてゐることもなくはないが大概のことは知らぬ振り。幸ひ家を明けたこともなく崩れた感じもさらになく、甘つたれのやうに見えながらどこかにきりつと筋を通す潔癖さも欲目抜きに認められるので、波麻は一途《いちづ》に心を許してはゐる。


汗まみれになつてタオルを取りに入つて来た未完に、

「あ、恰度《ちやうど》よかつた。私これからお湯をつかひますからね。玄関と電話たのみますよ。この間もねえ、お前の留守中に玄関は鍵かけてさて汗を流さうと湯船に身体を浸けたところへ電話。聞えない振りして放つておいたんだけどそれが鳴りづめでせう。バスタオル巻いて出てみたら局番違ひにかけて来てゐるのよ。間違ひですつて怒鳴つてるのにトマト十箇に独活《うど》三把なんて言ふの。腹が立つつたらありやしない。それから」

と切りのないお喋りに未完は露骨に顔を歪めて、

「馬鹿だなあ。着物脱ぎかけていつまで愚にもつかないこと言つてるんだ。さういふ時はね、はい只今直《す》ぐに配達いたしますつて電話を切るのさ。早く入つちまへよ。あとでぼくも汗を流すから落さないで、な」


鳴海絞りの浴衣を脱いで衣桁《いかう》に掛ける姿を横目に見ながら、未完は大股にまた裏庭へ出て行つた。

湯殿に立つと十時前の陽が斜《はす》に射し込み、波麻の上半身が絖《ぬめ》のやうに光る。髪をほぐして新しいシャンプーの包紙を剝ぐと淡紅のラベルがはらりと浴槽に落ち、青く澄んだ湯に花弁のやうに泛《うか》んだ。

波麻ははたと膝を打つしぐさですくひかけた手桶の湯を棄て、急いでタオルを身体に纏《ま》くと扉から首を出して大声で未完を呼んだ。

「未完、一寸来て。忘れてたのよ。盆花を注文するのを。藥六さんへ電話して頂戴」

また顰《しか》みつ面で未完が戻つて来る。

「うるさいなあ。花なんか風呂上つてからでいいだらう。藥六が一家総出で消え失せるわけぢやなし。まだ身体濡らしてないんなら自分で出て来てかけたら？」

未完が扉の後にゐる波麻の手を摑んで引張らうとする。

「馬鹿ねえ、おやめつたら。かかり湯はしたのよ。脚もびしよ濡れ。十時迄《まで》に注文しとかないと碌《ろく》な花が手に入らないの。それに私の欲しいのは白蓮《びやくれん》。紅いのは要らないから。白い蓮の蕾と三分咲き見計らつて夕方までに届けるやうに電話して頂戴。ね、お願ひ」

ふざけて片手拝みする母親の白い胸もとを睨みながら、未完は舌打ちして次の間へとつて返す。

「何本要るんだい。百本と言つてやらうか」

後も向かずに未完が怒鳴る。

「極楽浄土の店開きするんぢやありません。十本ばかりさう言つといて」

波麻は本気で怒つたやうに扉をぴしやりと閉ぢた。

苦手の維兵衛爺さんが出て来ないやうにと未完はダイアルを廻す前に維の字を宙に描いて掻き消す仕種、これは波麻伝授のお咒《まじな》ひである。出て来たのは火兄、風体《ふうてい》にぴたりの底籠つたバスで、御注文の白蓮となると十粁《キロ》ばかり西の黄鐘沼《わうしきぬま》まで採りに行かねばならぬ。恰度他家から沢瀉《おもだか》や太藺《ふとい》の注文もあるので、近所へ用足しに出た妹が帰り次第出かけよう。午後は暑くなるし花も傷み易いから風の涼しい間がよい。沼のあたりは人寰《じんくわん》から遠くさながら桃源境、坊ちやんも気が向いたら如何《いかが》、通り道ゆゑ車を廻すといふ慇懃《いんぎん》な誘ひに、未完は目を輝かせて即座に応じた。橙源境だらうが蓮源境だらうがともかくのびのびと深呼吸のできるところへ飛出してみたい。見渡すかぎり蓮の咲き満ちた大沼の上へ舟を漕ぎ出すのも面白からう。相手が髭男でなく妹の水苗なら願つたり叶つたりだがそれは譲歩しようなどと勝手な連想に心も浮き立ち、波麻に告げようかと浴室を覗《うかが》つたが洗髪の最中かたてつづけに湯を浴びる音がする。ふと考へついて嚆矢を呼び出し要領を得ぬ説明の揚句向ふでさうさなあと考へる気配に、兄貴一緒に行かうよと甘つたれて大声を出した。否も応もない強引な誘ひに十分ばかり経つとポロシャツの襟を靡かせながら囀矢が単車で駆けつけた。仕様のない野郎だなあと未完の額を中指で弾きながら結構上機嫌、五分もすれば火兄が迎ひに来るだらうと家にとつてかへし、あつと言ふ間に橙色のカッターシャツに着替へて出て来た未完は、ふと見ると肩からトランジスター・ラジオを吊してゐる。ラジオのモニターでも始めたのかと囀矢がからかふと、

「だつて囀さん午後一時から日米野球でせう。蓮採りに行くのを決めて電話を切つてからはつと思ひ出したんだけど後の祭さ。ラジオでせめて実況放送だけでもと思つてね。あんたにも聞かしたげるよ。それにしたつて何も地元ぢやシーズンの最中にのこのこ出て来なくつてもいいのにね。サイプレスかどこかが買ひ取つたかな。実は明日もアーチェリーの学生選手権大会があるから見られさうにもないんです。ついてないや」

と口を尖らせて八つ当り。囀矢は肩を叩いてにやにやしながら言ふ。

「十月には他の球団が改めてお目見えするらしいぜ。それにあと五日もあるんだから、一、二回ぬけたつてどうつてことないだらう。おれも初日の昨日はテレヴィに齧《かじ》りついてたんだ。あのスコーピオンズのキャッチャーはいいね。円《つぶ》らな目の揉上げの濃い男」

蛭巻小路《ひるまきこうぢ》の方から左折して来たライトバンがすつと二人の前で駐《とま》つて、窓から火兄

がにこにこと会釈する。後部のシートを伸ばしながら乗込むとあたりには仄《ほの》かな菊の香が漂つてゐる。夏菊の小花が足許にこぼれて今朝の仕入の名残りであらうか。二十分ばかりで着きますからとハンドルを操りながら火兄は告げた。未完に思はぬ連れが出来たことに稍《やや》ひつかかる面もちではあつたが、車は小気味のいい疾走ぶり、馬部《めぶ》街道の百日紅《さるすべり》並木は淡紅の火花がちりぢりに空を彩つてゐた。

「ヘヴィ・ウェート級つて風貌のがつちりしたのね。マテオ・キスリングつていふんです。イタリアとポーランドの混血で、画家のキスリングと縁つづき。二十七歳で綽《あだ》名《な》がミノタウロス。三番を打つてる。脚も見かけによらず速いし万能選手だな。ぼくも大好きなんですよ」

未完が仕方《し》噺《かたばなし》で蘊蓄《うんちく》を御披露に及ぶ。

「いやに詳しいね。スポーツ雑誌の受売《うけうり》だらう。それもさることながら、あのキャッチングは抜群だぜ。ボールだけでなくピッチャーの心まで発止と受け止めてるつて感じだ。それにまたピッチャーが哲学者みたい面構へでね。空色の澄んだ目で瞬きもせずにそのミノタウロスとかを見つめながら、犬儒《シニカル》派的な味のフォーク・ボールを投げやがるのさ」

嘴矢の陶然とした口調を受けて未完が乗出す。

「道理でね。あれはギリシア系の移民の子でボブ・コルネリウス。キスリングより二つ年上なんです。全米でベスト・ファイヴに入る名投手らしいな。それに余技が弓で去年公式の試合で三百三十五点とつたつていふから頼もしいや。彼、何かのインターヴュー記事で喋つてるのが載つてましたよ。野球には、少くとも投手と捕手との間には濃密な対話があるが、アーチェリーはそれに比べると当然のことながら実に孤独なスポーツだつてね。本当だなあ。ぼくは身に沁みてわかる。相手は巻藁かターゲットだもの。無表情に突立つてるだけで矢を受け止めちやくれないや。全く孤独だ」

未完の大時代な慨嘆ぶりに嶹矢は苦笑しながら、

「おいおい、ハムレットみたい顔をするんぢやないや。何ならおれが的《まと》になつてやらうか。君の矢をさつと右手で受けてにつこり笑ひ、はい十点と呼ばはるつてのはどうだい」

と肩を抱いて慰める恰好、未完は向きなほり、

「間一髪で受け損ひ、この辺にぷすつと刺さつたらどうするのさ、兄貴」

狙ひ定めた仕種で嶹矢のはだけた胸の左の乳暈《にゆううん》を指で圧《お》す。葵色の乳首を弾みに撫でられ嶹矢は頭をのけぞらせて怒鳴つた。

「よせつたら。擽《くすぐ》つたいぢやないか」

突然車が大きくバウンドして急停車した。二人は折重なつてシートに倒れ、上になつた未完が嶹矢を援《たす》け起す。運転席から火兄がむつとした表情で振返つた。

「蛇を轢《ひ》いたらしいんです。秋口の蛇には時折鈍間《のろま》なのがゐましてね。去年も今時分この近辺で二、三匹轢いたつけ。一度なんかギァの間に挟つたまま家まで知らずに引摺つて帰つて、妹に手伝はせて火《ひ》掻棒《かきぼう》でほじくり出したり。ともかく一寸《ちよつと》見て来ます」

　蛇と聞いて嵩矢はさつと色を喪《うしな》つた。頬から二の腕までたちまち鳥肌立ち、身体を捻ぢ曲げて後部の硝子越しに外を窺《うかが》ふ未完を力まかせに引戻した。

「見るなつてば。おれは蛇が大嫌ひなんだ。字を見ただけでもぞつとする。奴さんよく見に下りたりするなあ。何て神経だらう」

　水苗までが無神経に潰れた蛇をほじくり出すのに加担したのかと、嵩矢は急に唇のあたりがむず痒く、しきりに嘔吐を催す。

「へえつ、知らなかつた。嵩さんの泣きどころは蛇か。ぼくは蛇より蜘蛛が怖いや。黄と黒のだんだら縞《じま》の女郎蜘蛛つて奴ね、あれを見ると膝ががくがくして、三米《メートル》先にゐても動けなくなる。蛇なんかどうでもいいから藥六の若旦那早く帰つて来ないかなあ」

　未完は嵩矢の恐惶《きようくわう》を他人事に退屈紛れの口笛を吹きはじめた。外は夙《と》うに家並も尽き、白茅《ちがや》、青茅《かりやす》のなびく青野ばかり。窓から吹きこむ風にも草いきれのにほひがまつはり、どうやら橙源境の入口にたどりついた模様である。

「ずたずたになつてましたよ。二米近い山棟蛇《やまかがし》でね。そら身体の内側に紅の斑点のある奴。頭はまだぴくぴく動いてたから踏んづけて止めを刺してやつた」

車に戻つて来た火兄は舌なめずりするやうな口調で報告し、やをら身体を屈めて席に就いた。彼は嶺矢の蒼褪《あをざ》めた顔を、その憎悪に歪んだ目もとをしかと見とどけてゐた。しかし事も無げにハンドルを握りエンジンをかけながらなほ言ひ続ける。

「この辺から黄鐘沼にかけて近頃蛇がうようよしてるんです。農薬に逐はれて奴らもシャングリ・ラへ遁《に》げて来るんですよ。水葵やウォーター・ヒアシンスの根に二、三十糎《センチ》の可愛い青大将が絡んでゐたり、沢瀉《おもだか》と一緒に縞蛇をすぱつと剪つたり。水面に血が奔つて葡萄酒色に薄れてゆきますね。屍体は源五郎虫なんかの餌食です。もつとも草つ原にはもうその辺では死に絶えた邯鄲《かんたん》に草雲雀《くさひばり》、松虫に馬追虫なんてのも、真昼間からやかましいくらゐ鳴いてますがね。坊ちやんが中学生の頃籠にぎつしり詰めて差上げたことがあるでせう。あの時分には蛇も滅多にゐなかつたが」

嶺矢はびつしよりと冷《つめた》い汗をかいて目を瞑つてゐた。聞くまいとすればするほど耳が冱《さ》え蛇、蛇と繰返す火兄の野太い声がまつはりついて来た。黙つてくれ、胸がむかつくと絶叫したいのを歯噛みしながら怺《こら》へて、火兄の剛毛逆立つ後頭部を睨みつけた。ほとんど殺意に近いにくしみが肚《はら》の底から湧き上る。風に混つて吹きつける火兄の体臭が俄《にはか》に腥《なまぐさ》く、このまま駆け帰つて頭から冷水が浴びたかつた。群生する水引草の紅の花穂を蹂躙《ふみにじ》りながら車が停ると、二人は待ちかねて跳び降りる。遠くから水のにほひがしてくる。嶹矢は劇《はげ》しい眩暈《めまひ》を覚えて未完にもたれかかつた。

「あの向ふが黄鐘沼です。御存じと思ひますが一円蚊沼の御本家のものでしてね。昔は沼の名も蚊沼、先先代が黄鐘と呼び変へられたとか聞いてゐます。藥六はその頃から出入お構ひなしで、蓮に河骨《かうほね》、沢瀉の他、蓴菜《じゆんさい》や菱まで採らせていただいて、代りに施肥や除草をしてまゐつたといふ次第。一寸管理人の爺様に舟を頼んで来ます。昼食も買つて来ましたから、あとであちらを借りませう。出る前に電話しておきましたから準備はできてゐませう。暫《しば》くお待ちを」

二人に慇懃に会釈して火兄は姿を消した。何事もなかつたやうな長閑《のどか》な顔であつた。しかし嶹矢にはその顔さへ心中のきりきり舞ひを見透かした肉附の仮面《ペルソナ》、あらたな鬱憤にいらいらと柵の有棘鉄線をゆすぶり、絡みついた昼顔を苛《さいな》んだ。

入口の南京錠を沼守の老爺が外すと、火兄は勝手知り抜いた足取りですたすたと先に立つ。肩にマニラ麻のロープの束、手には花鋏にヴィニールのシート、鳩尾《みぞおち》まで届くやうなゴム長靴に穿《は》きかへ、振返つては未完をかばつて手を引いてやり、嶹矢を全く無視した甲斐甲斐しさである。嶹矢は薙《な》ぎ倒された犬蓼《いぬたで》の茎さへ蛇に見えて一足一足火薬でも踏むやうな険呑さに気もそぞろ、風に靡《なび》いて数千数百の蓮の葉が一勢に白緑にきらめく壮観も目に入らない。

「嘴さん、びくびくするなよ。蛇なんかぼくが追つ払つてやるからさ。何ならこれで足許を叩いて歩くといいや」

　未完はさつと手を伸して一米《メートル》ばかりに生ひ立つた藜《あかざ》を根もとから力まかせに折り、枝葉を挘《むし》つて嘴矢に渡した。

　五十米ばかり草を分けて進むと外から沼に通じる堀割がある。彼方から老爺が小舟を操つて近づいて来た。沼の中へはここから漕ぎ出すのであらう。潜《くぐ》り戸《ど》風に切取つた柵の扉から舟つき場の周囲は、庭石菖《にはせきしやう》がびつしりと密生して紫の絨毯《じゆうたん》を敷きつめたやうな花季である。岸に立つて見わたすとはるばる十字に井の字に蓮が刈りとられて舟道がついてゐる。沼守は総菜用の蓴菜や蓮根を採りに時折ここからやつてくると言ひながら、艫《とも》に重ねてある赤つちやけた麦稈帽《むぎわらぼう》を一つづつ手渡して八重葎《やへむぐら》の中へ引返した。岸の杙《くひ》にロープを縛り火兄は先にひらりと舟に乗り移つた。胸を張つて立つと古びた麦稈帽が髭面にぴたりとあひ、一廻り大きくなつたやうな丈夫ぶり。優しい目つきで未完をさし招き右手をとるとひよいと横抱きにして舟に乗せた。

　目礼すると当然のことのやうに嘴矢を岸にのこして馴れた手つきで水棹《みさを》を捌《さば》き、あつと言ふ間に十米も先の水の上、実になつて傾く蓮を二、三本手早く剪りとつてさつと岸に投げた。

「露崎さん、午飯までの虫養《むしやしな》ひに如何《いかが》。ほろ苦くつて乙な味ですぜ」

と言葉も急に馴馴しく、舳《へさき》に脚投げ出した未完が嚆矢に手を振るのを遮《さへぎ》るやうにして、するすると蓮群の彼方に隠れた。まさかの用意に向ふ岸まで張り渡すのであらう、杙のロープが水中を走つて舟の後を逐ふ。それが嚆矢には一瞬水蛇《ヒドラ》に見えまた悪寒が背すぢを這つた。

向ふ岸に近づくと白蓮が数十本づつかたまつて犇《ひし》めくやうに花をかかげてゐる。火兄は一先《ひとま》づ岸に下りて杙にロープを繋ぐと、身体から長靴を剝《は》ぎとるやうに脱いで叢《くさむら》に置き、舟に戻つてまた少し漕ぎ出した。汗に濡れて下半身に貼りついたデニム・ズボンから牡の臭ひが漂ひ、未完を見下す目は潤んでゐた。

「坊ちゃん、私達も蓮の実を食ひませんか。白蓮の実はあれよりうまいんだ。暑くなつて来た。シャツなんか脱ぎませう」

やや躊躇《ためら》ふ未完に先んじて柿色のアロハ・シャツを捲り取つた。渦巻く胸毛がベルトの下まで続いてゐる。未完もいさぎよく裸になつてふりそそぐ夏の陽に胸を曝《さら》した。火兄は一茎を剪《き》りひよいと未完に手渡す。蜂窩《ほうくわ》状の孔から一粒抉《えぐ》り出し、皮を剝くと蛹《さなぎ》のやうな乳白の果肉が転《ころが》り出す。微かな乳暈と乳首を思はせるその幼果の尖《さき》を舐めて歯をあてると、仄かな甘味と青臭いにほひが口にひろがり未完は目を細めた。

火兄が棹を水底に突刺してよりそふやうに坐つた。火照つた背に蕁麻《いらくさ》の剛毛がしかしかと触れ、血走つた目がじつと胸元を覗き込んだ。未完は咄嗟《とつさ》に身をかはして蓮の

果を火兄に押しつけると、

「ぼく泳ぎは得意なんだぜ。ここからさつと飛込んでもいいんだ。向ふ岸まで」

と脱いだ麦稈帽を楯に構へて笑つた。それに応へるやうに火兄の眼が惨忍な笑みを湛へた。

「水蜘蛛が太藺《ふとゐ》や灯心草に網を張つてゐるんだがなあ。そらあそこの菱の葉に群つて水馬《みづすまし》を狙つてゐる」

脅すやうに呟いて蓮の実を投げると、たしかに脚のひわひわと長いのが一匹さつと水の上に飛んだ。続いて一匹が水脈《みを》を曳《ひ》き舟に向つて来る。未完は頬を痙攣《ひきつ》らせてうつと呻《うめ》くと反射的に火兄にしがみついた。薄笑ひを浮べながら蓮の実の礫《つぶて》を投げると次次に萍《うきくさ》の陰、河骨の葉交から水蜘蛛はばらばらと飛び散り、水上を遁《に》げまどひ舟に這《は》ひ上らうとする。未完は背に食込む火兄の指を今は拒む気力も失せて叫んだ。

「やめてくれ、頼むから蜘蛛を呼ばないでくれよう」

火兄はわななく未完の肩を押へてしづかに舟底に倒し、餌食を刺す土蜘蛛のやうに折重なつて行つた。

嚆矢は蓮の実を食べ尽して三本目の煙草に火をつけた。見霽《みは》るかす沼一面の蓮の葉が風の立つ折折に手前から西へあるひは東へさわさわと伏し靡《なび》き、蒼白い陽炎《かげろふ》を千千《ちぢ》に返す。その蓮葉陽炎の青海波に眩《くら》む目を閉ぢると、三十分以上経つても姿を現さぬ二人、それも火兄のふてぶてしい貌《かほ》が顕つてくる。

　この間の海樹子の狂乱に恐らくはどこかで絡まるはずの、今日の胡乱《うろん》な言動の端端、飼ひ馴らされた猛獣めく卑屈な目の底に、どろりと頽廃《たいはい》をひそませて、火兄は海樹子の地獄巡りのその扉の陰で一体何をたくらんだのか。

　折から雑草を踏みしだく荒らかな足音が近づき、顔を上げると沼守の老爺の赭《あか》い顔が見える。息せき切つて走つて来たのか肩が哀れに波打つてゐる。

「露崎さんは貴方様で？　お電話でございます。藥六の水苗さんから寸刻を争ふ用件とか。先にお走り下さい。私はロープを引いて沼の上のお二人を呼んでから戻ります」

　喘鳴《ぜんめい》混りの急報に嚆矢は不吉な胸さわぎを覚え、夢中で草いきれの中を奔《はし》つた。先刻横目で見て通つた二階家の表戸は半開き、擦り抜けるやうにして駆込み中を窺ふと、閾《しきみ》に近く受話器がコードを曳きずつて転《ころが》つてゐる。

　喘《あへ》ぎながら、

「お待たせした。おれだよ。一体どうしたの」

と訊くその声に縋《すが》りつき水苗が叫んだ。

「あ、嘴矢さん、早くお帰りになつて。海樹子さんが大変。直《す》ぐ引返していただきたいの」

「海樹子がどうしたつて言ふんです。急病でも？」

もどかしさに嘴矢は大声を出した。

「毒をお嚥《の》みになつて。いいえ催眠剤。私この間入れ違ひになつたから改めて先程伺つたの。さうしたらお部屋の机に俯《うつぶ》せになつて、そばにブロバリンの空壜が。ええ薔薇色の顔で鼾《いびき》ばつかり。私直ぐに斑鳩先生にお電話しました。五分ばかり前にお見えになつて今お手当の最中、何も仰《おつしや》いません。どうなるんでせう。私こはいわ。いいえ遺書なんかどこにも。コップが引繰り返つて扇の下絵がびしよ濡れ」

直ぐ帰ると言ひさして電話を切り嘴矢はその場に立ちつくした。百米《メートル》ほど走つて街道で車を拾はう。火兄のライトバンは耐へられぬ。嘴矢は顫《ふる》へる脚を踏みしめて表へ身を翻した。昨夜ちらと見た扇絵、黒地に白く浮き出した夜桜が目の裏に季節外れの花吹雪を散らし、たちまち闇に沈む。

額を灼《や》く真昼の陽がひと時さつと翳つて、奔り出す嘴矢の後を水沼のにほひのする風が逐つた。駆ける嘴矢の広い背中に白い陽光の火箭《ひや》が燦燦《さんさん》と突き刺さり、火兄が蛇を轢《ひ》いて急停車したあたりは白白と埃が舞ふばかり、血の一しづくの痕も無かつた。

天秤《リブラ》の東

　養子縁組とはいつても貰《もら》ふのがまだ十四歳の男の子のことゆゑ、笹枝《ささえ》は市役所で手続をしたあと三人揃つて「パレルモ」へ伊太利《イタリア》料理でも食べに行き、然《しか》るべきところへは内祝の品でも送つて済ませておく心づもりであつた。ところが夫の安芸《あき》洪一郎《こういちらう》は、せめて極く濃い縁戚と知己併せて十人内外は招《よ》んで、ささやかなカクテル・パーティーを催し、顔つなぎの挨拶はさせたいといふ意嚮《いかう》であつた。あへて異をとなへるとまたもとの木阿弥《もくあみ》、冷やかな睨《にら》みあひに還《かへ》るのは目に見えてゐる。子供の無いのはどちらの責任かなどと目鯨《めくぢら》立てて詮議したとて今更何にならう。生温い血の池地獄に首まで浸つてゐるやうなやりきれなさを味はひつくしての後であればこそ、この二、三年は互に心の傷には触れぬやうに努め、口に出さねば出さぬでいつも靄《もや》の下りたやうな二人の胸の中、それがどうやら霽《は》れようとしてゐる矢先、費《つひ》えを案じねばならぬ暮しでもなしと、笹枝はすんなり同調することにした。季節にふさはしいボヘミアの玻璃《はり》器や織部の皿小鉢を久久にとり出してテーブルに並べ、さて花はこの甕《かめ》に穂麦とダリア、あの瓶には海芋《かいう》に風船蔓《ふうせんかづら》などと物色してゐると、まだ半月も先のことながらいささかは胸も弾み、あとは養子に来てくれる藍介《あゐすけ》が、この家にといふより自分になじんでくれるかどうかが、新しい心わづらひとなるのだつた。

藍介はもともと洪一郎の親友網代木《あじろぎ》喨《りやう》の二男坊、同い年で同じ年に結婚したのにあいつだけ男二人もなどと駄駄つ子めいた不平を言つてゐたのも一昔前、そのうちに私たちもと口では言ひながら笹枝にとつては空しい月日が流れてしまつた。三十八と三十三の夫婦の日常にはもはや心さわだつほどの歓《よろこ》びもあるはずがなく、笹枝は週の中五日は最寄のマンションの一室へフラワー・デザインの講習に出かけて家にゐず、洪一郎はさる観光会社の企劃《きかく》部長とかで夜のおそい勤め、休日に居間で紅茶など啜《すす》りながら互に夫婦であつたことにはたと気づいたやうに顔見合せ、憊《つか》れた微笑を浮べるうすら寒い安穏な家庭の檻《をり》。その優雅な格子の中に今一人童子を加へて何を期待しようといふのだらう。

たとへ今子供を恵まれても世に謂《い》ふ「五重の塔」に近い。父が五十歳になつてやつと子が十歳ではその先が思ひやられると晩婚を諷する世智に、二人はさらさら関《かかは》らないにしても、さりとて愛玩動物でも飼ふやうに、親友とはいへ他人の子を連れて来ても、この稀薄な空気に果して耐へられるだらうかと、笹枝は夫の顔を盗み見るのだ。

笹枝の屈托《くつたく》とはうらはらに、洪一郎は話が決つて以来急に浮浮した表情で、目に見えて帰宅が早くなり、二階の書斎に向ひ合つた無人の六畳、大工を呼んでこれも書斎風に模様替し、子供には過ぎたデスクに書棚などもあつらへてまるで人が変つたやうな気働きを見せるのであつた。

「網代木の息子だけあつてね、抜群の美少年だぜ。きみは藍介がまだ幼稚園の頃ちらつと見たきりだらう。きつと驚くよ。気に入るに決つてる。心配するなつて」

最初養子のプランを持出した時、洪一郎はかう言つて笹枝の気を引いたものだ。美少年がどうしたといふのだらう。アクセサリー代りに連れて歩けやすまいしと笹枝は心の中で嗤《わら》つてゐた。第一その子の父の網代木はボクサー崩れのやうな不敵な面構へ、に消《に》たのならあの咲き残りのコスモスみたいに楚楚《そそ》とした母の血を引いたのだらうにと、それも心の中で逆《さから》つてみるだけ、笹枝にはどうでもいいことだつた。

ちらりと見たきり、といふその折も、網代木が支配人とか専務に納《をさま》つてゐるある映画館兼劇場で、公開前から世評の高い「イカルスの翼」なる伊太利映画のロード・ショウ、それに先立つマチネーに関係筋の招待があり、席をリザーヴしておくから是非といふことで、断れば洪一郎がまたつむじを曲げようし、一方同席するといふ網代木の家族にもいささかは興味もあり、たしか暑いさかりに出掛けて行き、映画のあとで軽い食事を一緒にしただけであつた。半裸の美男、美女が延べ百人くらゐざわざわと入乱れ、殺したり殺されたり、天変地異に儀式に戦争、怪獣もどきの半獣神も入れかはり立ちかはりで、羅馬《ローマ》神話など忘れ果ててゐる笹枝にはただ煩《わづらは》しいだけの映画であつたが、網代木と安芸は、イカルスに扮したクラウディオ某は抜群だとか、アリアドネになつたアローナ某はアラビア生れでもう三人の子持とか、いかにも通《つう》らしい楽屋話に興じ、二人の少年、上が小学校二年、下がこの春から幼稚園といふ頑是《ぐわんぜ》ない悪戯《いたづら》小僧も、母の紫保子《しほこ》に両方から顔をよせて今見た映画の絵解きをせがみ、みなそれぞれに楽しんでゐる様子であつた。

夫二人がフォワイエを逍遥《せうえう》し、子供二人が連立《つれだ》つてアイス・クリームを食べに売店へ奔《はし》ると、紫保子は窓際のソファに目顔で笹枝を誘ひ、つつましい微笑を浮べながら初対面の挨拶を先にすると、顔色を覗《うかが》ふやうにして切出《きりだ》した。

「御迷惑だつたんでせう。御都合も伺はずに勝手にお誘ひしたりして。でもわたくし一度奥様にお目にかかりたかつた。あら、さう言へば御主人にも今日始めて御挨拶申上げましたのよ。まあ、奥様も噫を御存じなかつたんですか。二人はもう五年もつきあつてゐるつてのに、ねえ。でも御主人お若いわ。まだ二十代みたい。好男子でいらつしやるから。お二人揃つていらつしやるとまるで物語の中から抜出した恋人同士。おしあはせねえ。うちなんか三日に一度くらゐしか帰つて来ませんの。どこで何してゐるのやら。帰つても外のことは全然言はない。御主人とだつていつからどうしてお知合になつたのかいまだに話しませんのよ。同い年と言ふだけで、それも偶然でせう。うちはああいふ雲助《くもすけ》か風太郎みたいタイプで騒騒しいばかりなのに、御主人は正反対。それでゐて御覧なさいませ、あの仲のいいこと」

ちらりと振返ると二人は、美青年テセウスが猛猛《たけだけ》しいミノタウロスの胸に剣を突立てる場面をパネル仕立にした、巨大なスティール写真、肩寄せあつて眺めてゐるところだつた。問はず語りに話すのを聞くと、紫保子は家から五十米《メートル》ばかり離れたところに、友人と共同経営の美容院を持ち、子供二人は姑にまかせつきり。その姑とはどういふ訳か最初からぴつたりゆかず、公休日もなるべく外で過してゐる方が気楽、もし気がむいたら時時映画でもつきあつてくれないかと言ふ。来月から公開の作品は「天の蠍《さそり》」なる仏蘭西《フランス》映画で、何でも黄道十二宮を模した館の中で、それぞれの星を背負つた男女が、凄惨華麗な運命をたどつて悉く《ことごと》死に果てる傑作とか。約束もせぬ間に子供らが舞戻り、男二人も共にソファの所へ来て一応別れの時刻、迷宮の入口まで来て引返すやうな気持で家に帰つた。

紫保子とはその後義理に「天の蠍」を見て以来会つてゐない。洪一郎の話では姑がその翌年アメリカにゐる嘘の弟のところへ引取られ、紫保子も美容院と家庭との切廻しに大童《おほわらは》。女中か家政婦を物色中とやら。何しろ電車で小一時間かかる距離、それをあへて往来するほどには魅《ひ》きも引かれもせぬ女房同士の縁だつたか、忘れるともなく忘れるうちに八、九年経《た》つてしまつた。然《しか》し一緒に見た「天の蠍」はうつすらと記憶にある。笹枝は胸に蠍の刺青《いれずみ》のある獰猛《だうまう》な美青年が、妖精めいた少女に逐《お》はれて崖から墜落死するあたりから、筋がこんがらがつて五里霧中になるのだが、あの夥《おびただ》しい天《てん》秤《びん》の皿の上に乗つてゐた青紫色の臓腑は何だつたのか、西班牙唐草《アラベスク》模様の窓の彼方に見えた玲瓏《れいろう》たる双生児は兄弟だつたのか姉妹だつたのかと、時時厚い霧の膜を透かすやうに思ひ出すこともある。

披露パーティーの案内くらゐ電話か葉書一枚で十分と笹枝は軽く考へてゐたが、たつた十二、三通をわざわざケント紙四方金にして宋朝で刷つた招待状、おそらく父と養父の合作らしく、貰つた方が照れるやうな出来栄え。料理は「パレルモ」のマスターに頼んで頭数だけ一纏《ひとまと》めに運ばせ、盛付は早朝から紫保子が来て手伝つてくれた。前以て相談にも挨拶にも伺ふべきであつたのに失礼したと心から詫《わ》びる笹枝に、紫保子はさばさばと言つてのけるのだつた。

「何言つてらつしやるの笹枝さん。私だつて二、三箇月前まで聾桟敷《つんぼさじき》だつたの。逆に藍介が私に教へてくれたわ。いいぢやありませんか。男同士でよろしくやつてゐるんだから。いいえねえ、一人助《す》けていただくと私もほつとする。薄情に聞えるでせうけど私子供つてあまり好きぢやないの。八年前までずうつとお姑《かあ》さんが育ててゐたでせう。生れた時から人工栄養で、私抱いてやつたこともあまりないから手塩にかけた我子を他所《よそ》へ遣《や》るなんて深刻な気持全然ないわ。恩に着るのなら私の方。どうせあなた行末面倒見て貰ふなんて気があるわけぢやなし。どこでだつて可愛がつていただけりや子供のしあはせといふものよ。でも藍介つて子は割合ませてるから気をつけた方がいいわ。別にひねくれても曲つてもゐないけど、婆あ育ちの穿鑿《せんさく》好きつて面が一寸《ちよつと》あると思ふだけ。末永くよろしく」

三つ指つく振《ふり》をして大きく笑ふのを見ても、かつてのコスモスの風情はさらに無く、やや荒《すさ》んだ顔に濃い化粧で、二つ年上の長男がもう十七歳、噎に似て頑丈な身体つきに精悍《せいかん》な顔立、結構男臭くなつて母親を友達扱ひにしてゐる。

藍介はそれでも紫保子の心尽しか銀紫のコーデュロイのシャツに銀鼠《ぎんねず》共生地のスラックス、洪一郎の言ふ通りきりつとした美少年ぶりで、招かれた親戚の誰彼もお世辞抜きで褒め、心から祝つてくれて黄昏《たそがれ》迫る頃ほひお開きになつた。

新しい環境の珍しさか藍介は明るい顔で、翌日からママなどと照れもせずに呼び、笹枝がフラワー・デザインの講習から帰ると、後に廻つて汗ばんだスーツの背のファースナー引下すのを手伝ひ、夕食がおくれると自分で鮭缶で野菜サラダくらゐはつくる利発さ。ませてゐるとはこのことだつたのかと可愛さに目を細めたくなつた。

ところがまた洪一郎の可愛がりやうは尋常一様ではなく、週に一度は新しい服を買つて帰り、藍介の小さな衣裳簞笥《いしやうだんす》は二、三箇月でぎつしり一杯、着せ替へ人形ぢやあるまいしと皮肉の一つも言ひたくなつたが、折角《せつかく》歓んでゐるものをと口を噤《つぐ》んだ。勤めから帰ると共に夕食、共に入浴、あとは藍介の部屋で眠るまでべつたり一緒、夜更《よふけ》まで洪一郎のバリトンと藍介の変声期のボーイ・ソプラノが二階で絡みあひ、笹枝は時にいらいらすることもあつた。一夜あまり騒騒しいので紅茶を入れて部屋へ行くと、何時何処《いつどこ》で買つたのか誂《あつら》へたのか、闘牛士のコスチュームを藍介に着せ、みづからは牛に扮して、藍介の翳《かざ》す玩具のサーベルをかいくぐりすりぬけの最中。銀の繡箔《ぬひはく》をおいた紺青の胴衣に、純白絹の五枚繻子《しゆす》のタイツ、すらつと伸びた脚にくひついて笹枝も一瞬はつとするばかりの美しさ。洪一郎はあらうことか濡れた額に髪が乱れかかり、黒のタイツ一枚淫《みだ》らに穿《は》いて恍惚《くわうこつ》とした表情であつた。その恍惚に拍車をかけるやうに、藍介は倒れて喘《あへ》ぐ洪一郎に馬乗りになり、胸元めがけてサーベルを滅多やたらに突立てる仕種、笹枝は見てゐるうちに胸が熱くなり、血を分けた父子《おやこ》でも、否《いな》父子なら、とてもかうまではと涙ぐみながら、二人の気づかぬ間に紅茶のカップを部屋の入口の小卓に置いて階下へ駆降りるのだつた。

紫保子へは其後《そのご》数度ねんごろな近況報告の消息を送つたが、ただ一度さり気ない返事が来ただけで後は梨の礫《つぶて》、潔い仕打であつた。

闘牛遊びはどうやら一度かぎりの酔狂だつたらしく、衣裳も簞笥の中で皺《しわ》くちやのまま月日が経つた。当の藍介も養父、洪一郎の愛玩物紛《ペットまが》ひに嬉嬉と打興《うちきよう》じてゐたのはものの三、四箇月、初霜の降る頃にはもう洪一郎がたはむれに擁き寄せて接吻《せつぷん》の真似でもすると、

「止《よ》せよ、パパ。人に見られたら嗤《わら》はれるぢやないか。このあひだ《だ》も友達に箱入息子

の甘つたれなんて冷かされたんだぜ」

と膠《にべ》もなく突き放し、その友達と言ふのもおほかた級友の女生徒と覚しい。降誕祭前夜にはパーティーがあるとかで、二十日過から頻頻《ひんぴん》と電話が架かり、笹枝が取次いだり代りに聞いたりした五、六件も皆女の子の声、察するところ、二箇所で催されるパーティーの双方からと、それに招ばれた側の何人かが、藍介を奪ひ合つてゐる気配もある。養子に来ると同時に学校も地元の八朔中学といふ名門校へ転入させたが、藍介の問はず語りにも瞬《また》く間に級中の人気を鍾《あつ》めた様子、さう言へば当今熱狂の的になつてゐるヴォーカル・グループ「ペガサス」のリーダー、筧玻璃生《かけひはりお》にどこか似通ひ、愁《うれ》ひのかかつた目もとにやや甘い唇の形など、贔屓目《ひいきめ》に見なくても藍介の方が心を唆《そそ》る趣、背丈もこの半歳ほどの間にぐんと伸びて、後姿のみづみづしさなど養母の笹枝が時時はつとするくらゐだから、ガール・フレンドにつきまとはれるのも無理はない。それのみか数人のボディー・ガードめいた屈強な同級の男生徒が、藍介の兄貴分を以て任じてゐるらしく、いささかの揉め事が生じてもしやしやり出て彼を庇《かば》ひたてる話も小耳に挟んだことがある。

　パーティーはとどのつまり、菖蒲田《しやうぶだ》といふ医者の娘の主催する側へ行くことに決り、彼女のライヴァルで弁護士の娘の方は新年宴会を兼ねたクラス会に出席して義理を立てることになつた。二十四日は霙《みぞれ》まじりの小雨で足もとも泥濘《ぬかるみ》続き、以前なら車を呼んでやれの何のと一騒ぎした洪一郎も、破目を外した乱痴気騒ぎをするんぢやないぞとか、十一時までに家へ帰れとか素気なく意見するだけで、鮮紅のハイ・ネックのジヤケツ姿で飛出す藍介の後姿を見送りながら眉を顰《ひそ》めてゐた。

「もう少しきりつとした性根《しやうね》の子だと思つてゐたのに、このごろのあいつは一体なんだ。女の子にもてるのが嬉しくつて勉強も上の空、余程注意してゐないと、とんだドン・フアンが一匹出来上るぜ。なあ笹枝」

洪一郎の苦苦しげな口上に笹枝は片腹痛い思ひであつた。その昔、洪一郎とて新婚間もない笹枝に、幼い頃からいかに女の子にもて囃《はや》されたかを得得と吹聴したものだつた。既に小学生の頃から、彼が濡れた手を拭《ふ》かうとすると、八方からとりどりのハンカチーフが差出され、中の一枚紅糸の縁どりのあるのを選んで他の数名に一箇月恨まれたの何のと、「江戸桜」擬《もど》きの仕方話《しかたばなし》、傍に煙管《きせる》でもあつたら火のついた方を口に捻《ね》ぢ込んでやらうかと思つたが、昔の揚巻《あげまき》少女も今頃は四、五人の子持になつてゐることだらう。老《ふ》けた助六《すけろく》が幼ドン・フアンを譏《そし》つてもとんと迫力がない。洪一郎の意に反して藍介が急速に大人《おとな》び、パパ、パパなどと甘えてはくれぬやうになつたことへの意趣返し、明らかに嫉妬である。笹枝にしてみれば養子縁組する前から読めてゐたこと、今更何を未練がましい、恨むなら自分を恨むがよいと心の中で冷笑してゐた。

それにしても今朝の藍介の口吻《くちぶり》では、例の「パレルモ」からコックが出張するとか、中学生のパーティーにしては度を越えたこととは言ひ条《でう》、先方は当地切つての大病院院長の邸、文句を言ふせきもないが、一応差入れの一品くらゐは持つて招待のお礼をと、とりあへず林檎酒《シードル》一打《ダース》を出入りの酒屋に届けさせ、折りよく雨も上つたので先方へ出向くと、表の大扉は締つたままで通用門が半開き、飛石伝ひに玄関へ廻るとここも閉ぢたままで、前庭の植木越しに見える大広間に飾灯が煌煌《くわうくわう》と輝いて、凄《すさま》じい楽音が谺《こだま》し、踊り狂つてゐるらしい影がざわざわと入乱れてゐる。勝手口を探して訪《おとな》ふと、三、四人の中年の男女が酒甖《びん》の林、大皿小皿の塚の間を忙しく行交ひ、奥から聞える騒音に紛れて声をかけても振向きもせぬ。やつと近づいて来た大柄な赭《あか》ら面の老女に来意を告げると、一瞬目を瞠《みは》るやうにして棒立ちになり、次いで上《あが》り框《かまち》に腰を下すと溜息《ためいき》まじりの長広舌《ちやうくわうぜつ》、

「まあまあ、御丁寧様に。先程お届けいただいた林檎酒も瞬く間に無くなつたんですのよ。いいえねえ、先生も奥様もこの二十日から瑞西《スイス》へお出かけになつて松の内過ぎてからでないとお帰りになりませんの。申し遅れました。私、十数年この方勝手の方を預つてをりましてね。かやと申します。草冠に矛《ほこ》の茅《かや》、あら、要らぬことを私としたことが。そのお留守中にパーティーの候《さうらふ》のと、それも三十何人呼んでの大騒ぎでございませう。御両親はお嬢様の言ひなり放題ですから、費用が十万かからうと広間が汚れようと一切構つたことぢやございませんが、まあ私の身にもなつて御覧下さいま

し。お客様に万一のことでもあつたら責任はとらねばならず、第一御近所へもお喧《やかま》しうの何のと一一《いちいち》御挨拶に廻つて、その上明日になればどうせお嬢様からはお叱言《こごと》を聞くだけ。先刻もあなた、『パレルモ』のコックにコキールの海老が臭いと皿を投げたりなすつて。一寸覗《のぞ》いて御覧あそばせ。真中あたりでお宅の坊ちやまと踊つていらつしやるのがこちらのきららお嬢様、坊ちやまのことをアリー、アリーと大層なお気に入りで。でも奥様お気をおつけになつた方がようござんすよ。半歳に一回はお気に入りが変るんですから。変つたつていいやうなものの、この前など中学生だてらにそれがもとで刃物三昧《はものざんまい》、新聞種になりかけましてねえ」

黙つて相槌《あひづち》でも打つてゐれば小一時間は続いたらう。折よく男衆の一人が茅を呼びに来たのを切掛《きつかけ》に帰らうとすると、目顔でさし招いて廊下の衝当《つきあた》りから、大広間を見よと言ふ。笹枝も一種の怖いもの見たさ、広間の入口の鉢植のクリスマス・ツリーの針葉の隙から見渡すと、中は濛濛《もうもう》とした紫煙に酒の香と人いきれ、中学三年ともなれば髭《ひげ》の剃りあとの蒼い壮漢めいたのや、アイ・シャドウを瞼《まぶた》に塗りたくつた娼婦紛ひのも混り、酩酊状態でゴーゴーの最中、床には造花の薔薇が撒《ま》かれ、吊り周《めぐ》らせた万国旗は国旗の図柄など一枚もなく、髑髏《どくろ》に骨の斜十字や箒《はうき》に乗つた妖婆、双頭蛇にメデュサ、ミノタウロスにケンタウロス、それどころか綱が断れて笹枝の足許にずれ落ちたところには羽の生えた真紅の陽茎の図や、睫毛《まつげ》と眸《ひとみ》を摸した女陰の騙し絵、顔から火の出る思ひで先程耳打ちされた中央を見ると一目でそれと知れる空色の伊太利レースのイーヴニングの肩、胸あらはな少女は菖蒲田きらら、彼女をひしと擁《だ》き抱へて、もはやいらいらと身を揉み揺つてゐるのみの横顔は紛れもなく藍介であつた。

　その他の面面も似たり寄つたり、中には明らかに泥酔してゐる少女もゐるし、ネグリジェ同様のサック・ドレスから稚《いとけな》い乳暈《にゆううん》を透かせた童女が、スラックスのジッパーを半ば開いた無頼派気取りの少年と縺《もつ》れ合つて、知らぬ人が突然覗いたなら、さる秘密クラブの乱交パーティーの酣《たけなは》としか思ふまい。

　笹枝はしきりに催す立眩《たちくら》みにやうやく耐へ、老女中の茅に挨拶もそこそこ遁《に》げるやうにして邸を出た。

　家へ着いたのが十時過ぎ、洪一郎は一足先に帰つてゐて、上気した笹枝の顔を横目で見ながら、

「何だ、きみもあの連中と遊んで来たのか。随分若返つたやうに見えるぜ。どうだつた。クリスマス・カロルなんか合唱して可愛いもんだつたらう。迎へがてらぼくも見て来ようかな」

　などと知らぬが仏の他愛なさ。見て来るがよい。その場で悶絶でもすればあの老女中が当分噂の種にして歓ぶだらうとは思つたが、一瞬心を翻してかう告げた。

「もうお開きに近かつたやうよ。私、あちらの奥女中の茅さんと暫《しば》くお話して、お贈

りした林檎酒をほんの一口飲んで来ただけ。踊るつたつて藍介たちフォーク・ダンスなのよ。ほんとに可愛いわね」

藍介は十一時きつかりに帰つて来た。髪一《ひと》すぢ乱れず、わづかに頰を紅潮させてゐるだけで「ただいま」の挨拶と共に吐く息も、さはやかな薄荷《はつか》の香が漂ひ、弥撒《ミサ》から戻つた篤信のカトリックの子息然とした姿に、笹枝は却《かへ》つて慄然とした。もともと酒に強い質《たち》なのか、茅の話ではジンを三、四杯も呷《あふ》つてきらさに喝采させたと言ふが、それもさることながら、帰り際に化粧室で髪を梳《くしけづ》り、薄荷水で含嗽《うがひ》する気動きを想像すると、これがまこと中学三年の男の子かと、その虫も殺さぬやうな風情が面憎く、茅から母の来たことを聞いてゐるはずなのに、それにすら触れぬのも空空しいかぎりと、たまりかねて口を利《き》かうとする一瞬、

「あ、さうさう、女中の茅さんが林檎酒のお礼を言つてた。お母様にくれぐれもよろしくつて。懇《ねんごろ》なお心遣ひをいただいたのは安芸さんのお宅だけだつてさ」

と微笑を浮べながら機先を制した。

「まあ、それは御丁寧なこと。私オレンジ・ジュースの方がとも思つたんだけど、あれならお酒のうちに入らないから構はないわね。藍介もとてもさつぱりした良い坊ちやんだつて茅さんが褒めていらつしやつたわよ」

精一杯の皮肉を籠《こ》めて、笹枝の唇は顫《ふる》へがちであつたが、藍介は平然としてふたたび微笑を返すと自分の部屋へ引取つた。

年末から年始にかけては洪一郎の勤務先は徹夜続きでも捌《さば》き切れぬ事務の輻輳《ふくそう》、もともと松の内までの観光旅行など半年前からの予約で一杯なのだが、断れぬ筋の注文を組込ませ、キャンセルの穴埋めに火急の申込を繋ぎ、特約先の旅館、ホテルと華客《とくい》の間の懇請、苦情、組替等等に奔命奔走、元日も午後三時頃綿のやうに疲れて帰つて来ると、屠蘇《とそ》や雑煮も鵜呑《うの》みにして、そのまま昏昏《こんこん》と睡《ねむ》り、二日の昼やつと起上つて、配られた年賀状をぱらぱらめくつてゐる始末であつた。笹枝もまだ目を通してゐない百葉余りの御慶の辞、頌春《しようしゆん》の詞の中の一枚を洪一郎がさり気なく裏返して、急にテレヴィの画面を指さし、

「見ろよ、あれが還城楽《げんじやうらく》だぜ。昔、西域の人人が蛇を食用にしてゐた頃、それを見つけて喜んだ姿ださうな。見蛇楽の転訛《てんくわ》だつてさ。長閑《のどか》な舞楽だと思つてゐても、もとを尋ねればぞつとするね」

と何やら思ひついたやうな口吻《くちぶり》、毎年恒例の雅楽番組、赤顔深目《せきがんしんもく》の伎楽《ぎがく》面にさして笹枝は興味もなく、それよりも夫が裏返した賀状が気になつて、さつと奪ふやうにして笹枝はその一枚を手に取つた。洪一郎の面は刹那奇妙な羞《はぢ》らひに曇つた。賀状の主は網代

木喨、隣には息子の紺介の名が並べてある。笹枝は咄嗟《とつさ》に呟《つぶや》いた。

「あら変ねえ。いつも奥様の名が連ねてあつたのに、今年は紫保子と刷込んでゐないわ。まさかお忘れになつたんぢや……」

洪一郎が虚を衝《つ》かれたやうに赧《あか》くなつた。

「離婚したんだ、去年の秋。言はなかつたかな。何でも紫保子さんが駆落《かけおち》同様に家出してね。ぼくも決果報告を受けたに過ぎないが、あそこも今年は父子二人の新年さ。どれもう一度寝直すか。屠蘇を注いでくれよ。昨日は匂ひを嗅いだだけだつた」

飲まぬ先から呂律《ろれつ》の廻らぬやうな喋《しやべ》りやうで、笹枝の差す盃を引つたくるやうにして三杯たてつづけに呷ると、いかにも取つてつけた大欠伸《おほあくび》、笹枝の目を脱《のが》れるやうにして蹌踉《さうらう》と寝室へ隠れた。その遣瀬《やるせ》なささうな後姿に笹枝は面妖な愛着を覚えて後を追つた。網代木の離婚をなぜ自分に告げなかつたのか。面を赤らめるほど狼狽《らうばい》するのはなにゆゑであらう。笹枝は惑ひながらも夫の含羞に誘はれるものがあつた。絶えて久しい激情に駆られて彼女は夫の唇の痕の残つた盃に屠蘇を注ぎ直して一息に飲むと、仄《ほの》かな昼の闇の中で寝台に俯《うつぶ》せになつてゐる洪一郎の姿を見さだめ、後手《うしろで》に扉を鎖《とざ》して髪をほどいた。

藍介は大晦日《おほみそか》から予《かね》て父の手配ゆきとどいたスキー旅行、高校生の先輩がリーダーの五人のグループで三泊四日、初めてのこととて危《あやぶ》んでゐたが掠《かす》り傷も負はず揚揚と三日の昼過ぎに帰り、その夜は例の去年から予約済みの新年会といふ慌《あわただ》しさであつた。洪一郎は斡旋を担当したさる華客《とくい》の宿泊地に火事があつたとやらで、昼前に旅装を調へると急遽家を出た。テレヴィのニュースでも別にとりたてて報道はなく、架かつて来た電話にも洪一郎はさして動揺の色もなかつたので、五日か六日には帰れるだらうといふ夫に、昨日の今日とて後朝《きぬぎぬ》めいた余波《なごり》を覚えながら、潤んだ目で暫時《ざんじ》の別れを告げた。

　藍介の行先は弁護士粟津家の別荘、娘の蒔絵《まきゑ》はことごとに菖蒲田きららと張合ふ気で、殊《こと》に気質の奔放さは藍介も三舎《さんしや》を避けてゐる様子だつたから、今宵の会の乱れやうも思ひ半ばに過ぎるものがあつた。笹枝は年末に見立てておいた紺と橙《だいだい》の毛糸を粗い縄編みにしたスウェーターを着せ、

「この前みたい破目を外すんぢやない？　酔つて帰つて来てもパパは留守だから、無理しなくつていいのよ」

　と軽く睨《にら》んで背を叩いてやつた。湯上りの膚《はだ》にオードコロンでも振りかけたのか苦い香が漂ひ、剃刀《かみそり》をあてた顎が仄かに青い。洪一郎とほぼ等身のきりつと緊《しま》つた四肢、雪焼《ゆきやけ》した顔を綻《ほころ》ばせて白い歯を見せる藍介に、笹枝はまた身体のほてる思ひが蘇り、わざと素気なく表扉を閉ぢた。

生温い疾風が心と身体の中を吹き抜けるやうな三箇日だつた、これでやつと暢暢《のびのび》とテレヴィでも見られると、藍介の入つた後の浴槽に身を浸してうつらうつらと甘酸つぱい思ひに耽《ふけ》つてゐた。一人になると急に、昨日は紛れてゐた紫保子の名が心に蘇る。離婚といふのも駆落ちといふのも胡散《うさん》臭い。今年の春の藍介の披露宴が逢ひ納め、実の子一人を養子にやり、残る一人の長男紺介を残して出奔するにはよくよくの事情があつたのだらう。初めて会つた時から、夫網代木嘵のことを他人のやうな口吻で話してゐたが、それほど夫婦の仲は冷えてゐたのだらうか。諦め切つた寂しい面輪《おもわ》が、浴室の灯の暈《かさ》に重なつて浮び、そして突然、あの折観た「イカルスの翼」や、ロビーで彼女と話込んでゐた時、テセウスのパネルの前で肩を寄せ合ふやうに立つてゐた夫二人、嘵と洪一郎の姿がありありと顕《た》つて来た。

「うちはああいふ雲助か風太郎みたいタイプで騒騒しいばかりなのに、御主人は正反対。それでゐて御覧なさいませ。あの仲のいいこと」

遠い昔の紫保子の科白《せりふ》が、にはかに微かな毒を含んで谺《こだま》を返して来る。笹枝は強《し》ひてその谺に耳を閉ぢた。洪一郎に嚙まれた耳の痛みがまだ快く残つてゐる。しかし、厚い窓掛がつくつた真昼の薄暮の中で、真冬の汗に胸を濡らしてあへなく果てた夫の面に漾《ただよ》つてゐた苦痛の翳《かげ》は、あの茫《ぼう》として宙を見つめてゐた目は、何のためであつたらう。何を逐ひ求めてゐたのだらう。

笹枝は温湯に浸り過ぎてふやけた身体を、粗いバス・タオルで無慈悲にごしごしと拭き上げ、素肌の上からガウンを引つかけた。

銚子《てうし》に少し残つた屠蘇を飲み干すと、昨日は覚えなかつた苦味が鋭く舌の根に沁みた。欲も得もなく睡《ねむ》かつた。枕上にいつも置いてある古風なウォルサムの懐中時計が見当らなかつたが、それにも気づかず彼女は寝台にくづほれて深い眠りに落ちて行つた。

夢の中で、紫保子と二人で二度目に観た「天の蠍《さそり》」の一場面が裂《き》れ裂れに現れた。胸に蠍の刺青のある青年が逐つて来る。また一人獰猛な面構への男が現れ、その後には優男が。二人とも胸に刺青があり同じく蠍、前後から迫られて逃場を失つた刹那、追つて来た一人も邀《むか》へた二人ももろともにくるりと背を向けて歩を返した。笹枝は逆転した形勢に却《かへ》つて度を喪《うしな》ひ、しばらく立ちつくした後、逐つて来た青年をふたたび追ひ求めた。青年が振返つて笹枝を見つめる。胸の刺青の蠍が鋭い尾を立てて笹枝の胸乳をきりりと刺した。

「ママ、起きろよ。あまり魘《うな》されてるんで病気にでもなつたのかと思つたぜ」

薄目を開くと藍介が寝台の端に腰かけて笹枝を抱き起してゐた。熟柿《じゆくし》の臭ひが鼻を衝《つ》き、それは媚薬《びやく》の香に変つてゐた。いつの間にかガウンがずり落ち、笹枝は真裸であつた。蠍の尾の痛みが藍介の爪から生れたことを朧《おぼろ》に悟りつつ、笹枝はまたもとの夢の世界へずり落ちて行つた。藍介が脱衣する微かな摩擦音が意識の隅に聞えてゐた。空蟬《うつせみ》を踏みしだくやうな無残な音であつた。

その年の霜月、笹枝は子を生んだ。玲瓏《れいろう》とした双生児の兄弟で、彼女自身が橙一郎《たういちらう》、青二郎《せいじらう》と命名した。

「パパに生写《いきうつ》しだね。綺麗な目をしてらあ」

と、藍介は産着にくるまつた嬰児《えいじ》をさし覗きながら、片手で笹枝の胸のあたりを軽く叩き、苦い微笑を浮べてゐた。

かすみあみ

I

わざと太い鉛筆でたつた二行、

「予て《かね》承つてをりました鏡、室町頃のものを一、二たまたま昨夕入手いたしました。御散策のおついでにでもお立寄り下さい。」

と走り書きした便箋をたたみながら、私は今開け放つた玄関から昏《くら》く照り翳《かげ》る裏通りの彼方を見渡した。三十分ばかり前かすかにチャイムの音を聞いたやうに思つたが、あれは空耳ではなかつたのか。青水無月《あをみなづき》の雨後の空はまだらに晴れ、街並の外れにももう今頃使者の後姿の見えるはずはない。花柘榴《はなざくろ》が血紅のしづくをこぼし、めづらしく燕《つばめ》が宙を截《た》つて漆黒の抛物線《はうぶつせん》を描いた。

手紙には射干《やかん》町の道具店「皎《かう》」主人、文殿靡樹《ふどのなびき》の署名がある。マイアミ産ミード・ボンドの極上の用箋はたたむと蒼い翳りを帯び、封筒に入れる時衣摺《きぬずれ》のやうな音を立てる。電話嫌ひで店に引いた二本も絶対みづからは応答に出ず、店員の出払つてゐる時は鳴りつ放し、華客《とくい》や知人友人との連絡は一切郵便か使者で済ますといふ気質習慣を知悉《ちしつ》してゐる私は、古鏡入荷の知らせを飛脚便《ひきやく》で受けるのも至妙の趣向かと思はず声を立てて笑つた。

いくらチャイムを鳴らしても応へのないのに業を煮やし、玄関の花甕《はながめ》の傍に手紙を置いて立去つたメッセンジャー・ボーイは、おそらくあの日比混血の零生《ふりお》青年であらう。昂奮するとスペイン語で悪態をつくとか、七月生れの浅黒い顔は「皎《フリオ》」の飾棚のカエサル像そつくりで、ひそかに値踏をする華客もあるとかいふ噂もある。

また一羽鋭い線を曳《ひ》いて墜ちて来た燕が一瞬胸先を横切り、真昼が午後に転ずる刻の不思議な眩暈《めまひ》が私を襲ふ。

書斎兼寝室の離室《はなれ》に戻ると、点《つ》けつ放しのポータブル・テレヴィには白白と花牧百米《メートル》プールのスタディアムが映つてゐる。世界水上選手権大会も果てたのだらう。濡《ぬれ》鼠《ねずみ》のからだに橙黄の毳《けば》立つたバス・タオルをさつと羽織つて、童顔のオーストラリアの背泳選手が画面外に消えると、スタディアムの風景は急に遠離《とほざか》り、プールの水が黛《まゆずみ》色に輝いた。プールサイドの甃《しきいし》には選手達の跳ねた水滴や入乱れた足跡が点点と残り、倒れた折畳椅子の脚が鋭く折れてゐる。

玄関のチャイムが鳴るのを意識の隅に聞きながら、その時私は何に心を奪はれてゐたのか。かすかな鐘楽《カリヨン》を掻き消すプールの人工の潮騒《しほさゐ》、跳躍台から真逆様に身を折り彎《ま》げて墜ちて行つたイタリアのダイヴァー、その時に刹那仄《ほの》見えた褐色の微笑に私は恍惚《くわうこつ》と応へてゐたのだらうか。プールの底から浮び上り、繊《ほそ》い鉄梯子《ばしご》を伝ひ、小走りでひたひたと足音をひびかせて、あのダイヴァーが場外に立去つた時、あるひは零生も諦めて玄関から退出して行つたのだらう。重なる足音を今私は耳の底に聞く。散つた花柘榴を踏み彼は白昼の街へ奔《はし》り去つたのか。七月の足音、ユリウス・カエサルの七月が間もなくやつてくる。その頃イタリアの褐色のイカロスは更衣室で経帷子《きやうかたびら》に着更へさされ、水の楯に横臥《わうぐわ》してテレヴィの奥の異次元の屍体陳列所《モルグ》へ連れ去られたのかも知れぬ。

テレヴィは星月夜の井戸の底のやうに一しきり白濁して燦《きら》めいた。黄昏《たそがれ》には鏡を見に射干町へ赴かう。仰向けに寝台に転《ころが》つてもテレヴィの水鑑《みづかがみ》は斜交《はすかひ》から私を見つめてゐる。おもむろにその水の底へ引き込まれながら私は目を閉ぢた。空耳に沈める寺院の鐘楽が鳴りわたり、窓の外を飛び交ふ燕の影が瞼《まぶた》の裏に映つた。

仮睡《まどろみ》は幾刻続いたのか私は盗汗《ねあせ》でしとどに濡れてゐた。窓掛を下した部屋の午後の暗闇の中に、テレヴィの井戸の底はいつの間にか万華鏡《カレイドスコープ》の彼方さながらの極彩の世界に変つて、花盛りの薔薇園の中に銀髪の老人が画帖を拡《ひろ》げてゐる。画面の裏から重いバリトンのナレーションが聞えるが、それもイタリア語のあとを輪唱《カノン》のやうに日本語が逐《お》つてゐるらしい。

「十六世紀初頭の、とある晴れた五月の午さがり、レオナルド・ダ・ヴィンチはアンボワーズにほど近い館の庭で、黄金高麗鶯《わうごんかうらいうぐひす》の写生に余念が無かつた。鶯は巨大な禽籠《とりかご》の中をめまぐるしく飛び廻り、薔薇垣はあたりにむせるやうな香を撒《ま》き、従僕の若者ジャックは主人の身辺を護りながら、時時うつらうつらと睡《ねむ》りに誘《いざな》はれるやうなうららかさであつた」

どこかで聞いた発端であつたが私には思ひ出す暇がない。ジャックに扮するのはレナート・サルヴァトーリ、黒人めいた厚い唇を光らせて、金釦《ボタン》の飾りのある濃紺の短いジャケットに梔子《くちなし》色のタイツ、牆《かき》の杙《くひ》に靠《もた》れて目を閉ぢてゐる。レオナルドは、凝つた扮装に隠れてはゐるが紛れもなくピエトロ・ジェルミ、従僕の懈怠《けたい》を咎《とが》めるやうにちらと走らす視線に、言ひやうのない慈愛の光りが溢れ、銀髪白髯《はくぜん》に縹《はなだ》色の寛衣《ガウン》姿が荘厳である。

ヴェロッキオ作ダヴィデ像のモデルはレオナルドであつたといふが、それならばなほ老境の彼を演ずるのにジェルミほどふさはしい役者はあるまい。きびしい線を描く頬と優雅な鼻梁《びりやう》、苦い眉間の翳。たくし上げた寛衣の袖から覗《のぞ》く二つの腕に金色の体毛がけぶり、その腕がついと伸びて傍の薔薇の蔓《つる》を拾ひ、戯れにジャックの腿のあたりをぴしりと打つ。ジャックとはこの映画作家の創作であらう。アンボワーズへ随行したのは最愛のパトロンであり弟子であるミラノの貴族フランチェスコ・メルツィと、メルツィの下僕バティスタ・ダ・ヴィラニスのはず。レオナルドが溺愛した従僕兼弟子の美少年アンドレア・サライはミラノに残つてゐる。サルヴァトーリには貴族の面影も孌童《れんどう》の風情もない。寧《むし》ろ両者を兼ねてニノ・カステルヌオーヴォでも配すれば、薔薇の鞭に飛上つて面を赧《あか》らめる初初しさも一入《ひとしほ》趣があつたらうに。

劇は私の気儘な月旦《げつたん》にかかはりなく進行する。硝子《ガラス》の枠を隔てて一五一六年のロアール河畔の澄んだ空気と、私の部屋の饐《す》えた温気《うんき》は交流し、薔薇に群《むらが》る蜜蜂の翅音《はおと》が私の頭髪をふるはせる。ジャックの腿を打つた蔓薔薇の鞭から真紅の蕾《つぼみ》が飛びテラスに転《ころが》る。その白堊《はくあ》のテラスを横切つて濃い顎鬚《あごひげ》をたくはへた男が近づいて来る。

「おお、ブランシャール様」

レオナルドが立上らうとするのをおしとどめるやうに手を振つて、アンリ・ヴィダル演ずる黒髪の偉丈夫が告げる。

「私はブランシャールではございません。マリニー男爵と申します。ただちにアンボワーズの城にお越し下さい。王妃の強《た》つてのお望みゆゑ」

猖猖緋《しやうじやうひ》の繻子《しゆす》裏《うら》を張つた象牙色のマントーがひるがへり、長靴の拍車がきらりと眼を射る。庭園の入口の糸杉に繫いだ白馬《あをうま》が遣瀬《やるせ》なく嘶《いなな》いた。レオナルドは写生の手を休めて高麗鶯を視《み》つめてゐる。ナレーションは彼の心の中の独白を呟《つぶや》くやうに流す。

私の眼ももはや衰へたのか。とはいへこのマリニー男爵は何とブランシャール氏に酷似してゐることだらう。そしてバルワ王家のフランソワ一世陛下は、いや、私をお嫌ひのはずのあの王妃は、なぜことさらに男爵を使に立てられたのか。ああ目がちらちらする。高麗鶯は森の木洩陽《こもれび》の中では、黄と緑に紛れて見えないからと、このやうに捕へてはみたが、血紅の薔薇の照り反しをうけるとさらに見分けがたい。マリニー男爵のマントーはリヨンの絹であらうか。去年サライに買ひ与へたシシリア紬《つむぎ》のは五スクディもしたが、あれを羽織つて立つとさながらガニュメデスのやうだつた。あいつは今頃ミラノの画房のバルコンで午睡をとつてゐるだらう。昼餉《ひるげ》の乳酪《チーズ》に唇を匂はせて。白い天竺葵《ゼラニウム》が厭《いや》らしい花を鏤《ちりば》めてゐるあの露台が目に見える。王妃の香料は、さういへば天竺葵の臭ひであつた。火薬の臭ひ、屍体の臭ひ、あのやうな臭ひにフランソワ一世は堪《た》へてをられるのか。

紅く炎《も》え上る薔薇牆の彼方に、サンドラ・ミーロの王妃の顔と、ビョルン・アンドレッセンに肖《に》たサライの顔が、二つの昼月のやうに浮び、ナレーションが跡絶《とだ》えると、同時に画面は突然白濁し、底から微かな潮騒が響いた。

私はふと思ひついてディヴァンに散らかつた今日の新聞のテレヴィ番組欄を探し出し、午後の33チャンネルを指でたどつた。花牧プールからの中継録画は午後一時まで、あとは空白、夕刻五時から歌舞伎「蘆屋道満大内鑑《あしやだうまんおほうちかがみ》」とある。ではあのジェルミのレオナルドはどこから送られて来た幻影だらう。ヴィダルのマリニー男爵がひるがへした象牙色のマントーは、サルヴァトーリのタイツの腿を打つた鞭は、高麗鶯の斑猫《はんめう》色の尾羽根は、いつの夜の悪夢の余波《なごり》なのだらう。

乳白色に鎮まりかへつた井戸の底から女の哄笑《こうせう》が湧き上つた。サンドラ・ミーロのソプラノの、ややひびわれた笑ひ。その奥に男の歔欷《きよき》が聞える。アンドレッセンの痙攣《ひきつ》れる啜《すす》り哭《な》き。その二重唱も次第に低くなり、テレヴィは薄墨色に昏《く》れて行く。私はふたたびその井戸に引摺《ひきず》り込まれるやうに、鬱鬱と眠りに墜ちる。からだを厳しく曲げ黄麻のシーツに包まれて、幾刻かの後その井戸の井筒から、陰陽師の晴明《せいめい》が現れるまではこよない悪夢の淵に溺れてゐようと、いつの間にか天竺葵の移り香の沁み込んだ枕に顔を伏せた。

II

道具店などとことさらに野暮な看板を掲げてはゐるが、「皎」の店内にはそのへんの美術館などでは一寸《ちよつと》見られぬ逸品が常時ひしめきあひ、数度足を運んでゐるうちにこの遜称めいた武骨な呼名も店主の見識の一つと気づくやうになる。がたがたの喇叭《らつぱ》附蓄音器にいかがはしいギヤマン細工、質流れの茶道具に贋《にせ》のコプト裂《ぎれ》など仔細《しさい》ありげに並べたてた自称古美術店、疵物《きずもの》の益子《ましこ》焼に不揃ひなデンマークあたりの木工食器、さては皺《しわ》だらけの型染極彩絵暦を麗麗しく飾つた所謂《いはゆる》民芸品店の素人瞞《だま》しに飽いた連中なら、「皎」の狗頭羊肉《くとうやうにく》とでもいひたい心意気に魅《ひ》かれて、いつの間にか靡樹氏のファンになりおほせる。商売は道楽半分、珍奇高尚な家具調度や装飾品の百花狼藉《らうぜき》の中で、気に入つた華客相手にうつらうつらと日を過してゐるのだらうと思ひ込んでゐる人も多く、事実その傾きもないではないが、私のちらと小耳に挟んだ噂では、仲間うちで「海賊ヴィッキー」とやらの綽名《あだな》を奉られてゐるとか。欧洲ものの蒐集《しうしふ》、鑑定、売買にかけてはベスト・スリーに数へられ、間歇《かんけつ》的に空恐ろしいやうな巨利を占めて垂涎《すいぜん》の的にもなつてゐる由で、さういへば阿修羅さながらに東奔西走してゐる気配を感じることも、突如数箇月姿を消して、或日何食はぬ顔で時代のついたスペイン扇を整理しながら、当節の闘牛はとんと活気が無くてなどと呟いてゐるのに出食はすこともあり、あの懶惰《らんだ》と逸楽にけぶつた優雅な眉目は、実はペルソナだつたのかと改めて見直すことも一再ではない。三年ばかり前、ふとした動機で初めて「皎」を訪れた砌《みぎり》、奥の雑品入れの鉄力木《タガヤサン》の用簞笥《ようだんす》の違ひ棚で、根来《ねごろ》塗の湯桶《ゆとう》の下敷になつてゐる彩色五線紙の弥撒曲《ミサきよく》写本を見つけて勿体ながると、事もなげに、

「ああ、それはピエール・ド・ラ・リューの弟子のものでしてね。ヴァチカン図書館にあるのとは大分格が下りますよ。楽譜の残欠なんて仕様のないものだし、第一畠《はたけ》違《ちが》ひで値のつけやうがないから放つてあるんです。気に入つたら持つてお帰りなさい。物置に象牙の額縁があるはずだからそれと一緒にね。入れると案外引立つて一寸した壁飾りになるかも知れません。あとで店の者に出させます」

と終始独合点《ひとりがてん》で惜気《をしげ》もなく私に譲つてくれた。二箇月ばかり後だつたらうが、グレゴリオ聖歌に詳しい知人が偶然私を訪ね、忽《たちま》ち目の色を変へてこの額の楽譜に執心、二百万なら明日でも頒《わ》けて戴《いただ》きたいがどうかと手前勝手な俄《には》か居《ゐ》催促《ざいそく》、花文字の緋色に霞《かす》むゴブラン織のやうな楽譜を改めて見直すと、「皎」店主の鋭い眼差が背面に浮んで急に怖《こは》くなり、適当にあしらつてお引取願つた。翌日早速出向いて顛末を話し、分に過ぎた戴き物ゆゑ一応返上するか、割賦《かつぷ》で支払ひするかにしたい旨を申出ると、主人は例の模糊《もこ》とした表情で歌ふやうに言つた。

「そんな楽譜がうちにありましたかねえ、私は物忘れがひどくつて、とんと思ひ出せない。仰《おつしや》る通り良いものならまた私の方から拝見に伺ふから、大事に飾つといて下さいよ。それはさうとグレゴリオ聖歌には禁断曲のあるのを御存じですか、旋律があまりにも官能的であるゆゑを以て、尼僧院では決して演奏されることがないといふ曰くつきの曲です。貴方の飾つてをられるのはあるひはその譜面かも知れない。もつとも今聴けば、どこが官能的なのか判断に迷ふやうな仄《ほの》かな歌なんでせうが」

　この三月以来三箇月ぶりで見る「皎」の飾窓は、また面目を一新してはつと息を呑むやうな趣向を凝らしてゐた。壁面から床へ緑青色の天鵞絨《ビロード》を波打つばかり贅沢に張りめぐらし、中央に鎌倉初期の眠灯台《ねむりとうだい》が一つ、灯柱にとりつけた円形の反射板に胡粉《ごふん》彩色で少年が二人、机に靠《もた》れて眠つてゐる図が微かに浮んでゐる。片端には群青の長崎硝子銚釐《ちろり》、花型の胴に螺旋《らせん》状の把手《とつて》がうねうねとまつはり、まこと珍陀《チンタ》の酒や基督の涙《ラクリマ・クリスチ》を温めるにふさはしからう。右端にスウェーデン渡りの古い秣槽《まぐさをけ》を据ゑ、枯れた貝殻草が百本ばかり無雑作に投げ込んである。

重い欅《けやき》の跳扉を肩で押して店へ入ると、奥の事務室から銀灰総髪の古稀と覚しい老番頭が厳しい面構《つらがま》へのまま一揖《いちいふ》する。店主は外出中と見え空席、飾り棚の沓《くつ》を並べかへてゐた零生青年が鼻唄をやめて振返り「ブエナス・ノチェス！」と挨拶する。見ればば上半身裸で象牙色のジーンズ姿、金鎖のロケットが汗のにじんだ胸に貼りついてゐる。

「迷宮からよく脱出できましたね。セニョール・ダイダロス。フィレンツェへ行く途中でせう」

はつとしてその科白《せりふ》の意味をたどらうとする次の瞬間、零生は棚を背に斜に身構へると、いささか挑発的なポーズで先程の鼻唄の続きを声に出して朗吟しはじめた。濁つたテノールの、それゆゑに比類のない正調アレグリアス、遠い血の源カディスの太陽を呼ぶかに咽喉仏《のどぼとけ》隆隆と顫《ふる》はせ、半眼微笑、みづからの歌声に酔つて打弾く指の音も鋭く、そのかみの尼僧院なら悉く《ことごと》昂奮惑乱、カタレプシーをおこして倒れたらう。私はポリナ・デ・バダホスがカルロス・モントーヤのギターで歌つたものの以外には、このやうに見事なフラメンコを絶えて久しく聴いたことがなかつた。

恍惚と耳を欹《そばだ》てる私のうしろでこの時靡樹氏の優しい罵声がひびいた。

「やかましいぞ零生。黙つてゐれば次はタランテス、あとはセギリアスと小一時間歌ひつ放しだらう。そら棚のサンダルやボティーヌが落ちる。ブーレンの尖《さき》が背中に突刺さるぞ。お客様に珈琲でも差上げるんだ。早く」

　零生は虚を衝《つ》かれてぴたつと口を閉ぢると、「シ・セニョール」と叫びざま、表通りへ身をひるがへして飛び出した。主人に目顔で示されて肘掛《ひぢかけ》の籐《とう》のほつれた孔雀《くじやく》椅子に腰を下し、私はだるい脚を斜に投げ出した。

　飾棚の陰にしつらへたささやかな室内のフォワイエ、二つの孔雀椅子のうしろには六曲《ろつきよく》屛風《びやうぶ》、足許《もと》にマヨルカと思はれる彩絵壺が二つ三つ、壁には衵扇《あこめあふぎ》と伎楽面の崑《こん》崙《ろん》、その真下には脚つきの硝子箱の中に、男像柱《アトランテス》の支へる中世チェンバロが納まつてゐる。乱雑に放り出されたやうに見えながらこの店内の大道具、小道具はそれぞれ微妙な均衡を保つてひびきあふやうに配慮されてゐるらしく、たとへば伝光琳《くわうりん》の屛風の秋草図と檜扇《ひあふぎ》の月輪、壺の羅の女《うすもの》の閉ぢた目と、チェンバロの壮士の歪《ゆが》む唇、すべて靡樹氏のさりげない演出で黙契を交し、一つ除けば途端にわらわらと他界へ崩れおちる幻影とでもいつた趣がある。零生が巨《おほ》きなポットを提げて帰つて来た。

「人手が足りないから出前も頼むつて言ひやがるんです。代りにブルー・マウンテン五人分入れさせてやつた。クリームもこの壺にたつぷり一杯。カップはうちにあるセーブルを使ひませうよ。セニョール、ぼくも飲みたいんだ」

靡樹氏はいつの間にか真紅のポロシャツを纏《まと》つた零生の猛猛《たけだけ》しい長身を苦笑まじりで見上げながら、

「贅沢を言ふな。お前は水でも飲んであそこにある品物、さうだ、その藍色のケースに入つたのを、早く鼓笛町の賀集《かしふ》さんに届けろ」

と命じた。零生は大きく肯《うなづ》きはしたがさりとて急ぐ気配も見せず、冴え冴えと白いセーブルの珈琲カップに熱いブルー・マウンテンを四人分注ぎ、一つは老人に届けると自分も榀《にれ》のストゥールを私達の方へ引寄せて、ブラックのままぐいと呷《あふ》るやうに飲み干した。手を伸ばして、命ぜられた配達品の箱を手にとり、何気なく蓋をあけると彼は靡《なび》く鬣《たてがみ》を左に払つてしげしげと眺めながら、

「変な寒暖計だ。これぢや目盛が千度くらゐまで無いと破裂するだらうに。ねえ、セニョール」

とまた謎めいた呟きとともに傍の私を顧る。靡樹氏の苦い微笑を横目に身体をずらせて覗いてみると、まさに奇妙な温度計で、楕円先細の台地が黒檀、周りを白金の繊《ほそ》いアラベスクで縁どり、緑色目盛の水銀柱の下端の膨らみの部分には、中世のレスラー風の髭男の磁製立像がくつきりと嵌《は》め込まれてゐる。

「十六世紀頃のローマのある富豪が、邸内に設けたカラカラ式の浴場の微温浴槽《テピダリウム》の温

度を計るのに使つてゐたといふ能書《のうがき》がついてゐるんですがね。嘘でせう。そんなに古い細工ぢやない。精精十八世紀末の出来で、数寄者《すきもの》が注文して作らせたものですよ。華氏感男計なんてふざけた呼名もあるんです。何の温度を計るものかもその形から推して言はぬが花。さあさあ零生、いつまでさぼつてるんだ。早く届けに行かないか。余り遅くなると先方に失礼だし、第一お前も帰してもらへなくなるぞ。届けた品の実験材料にされたらことだらう」

零生はおもむろに立上ると件《くだん》の函を「皎」の透かしのある手漉《てすき》の包紙にくるみ、私達にいたづらつぽい会釈をしてまた風のやうに駆け出した。

「二時間以内に帰らなかつたら迎へを出してやる。蠟《らふ》の翼を用意して裏口の非常階段からな。あそこのマンションのエレヴェーターには乗るなよ、中は地下三階まで空井戸になつてゐて真逆様だぞ。夫人にはいづれ主人が伺ひますと伝へておいてくれ」

靡樹氏の言葉を背中で受けて、零生はバイクに飛乗つた。焦げ臭い体臭がその時水脈《みを》のやうにあとを曳《ひ》いて室内に流れ込む。

空井戸は四通八達して到る処に口を空けてゐるのだらうか。私の部屋の白濁したテレヴィの窓もその一つ。毛細管のやうに空中を這《は》ひ地中を巡るその空井戸の脈が、ありありと目の裏に浮ぶ、明日の朝主人は若い僕《しもべ》を陽炎町の屍体陳列所《モルグ》で発見することになるかも知れぬ。感男計はオルゴールに変じて水銀柱のレスラーが歌ふ。サンプルのアンへリートス・ネグロス、その声は零生、鬣のある熾天使《してんし》の白濁した悲歌、耳の底にその旋律が湧き上る。血を吸つて重い血紅色のポロシャツが灰緑色の壁から垂れ下り、時折雫《しづく》を落す。私の膝の上に。

「あつ、珈琲がこぼれてゐる、さ、これで」

靡樹氏の投げてくれたティシュ・ペーパーを左手で咄嗟《とつさ》にうけ私はわれに還つた。膝の汚点《しみ》を揉み出しながら私は主人の差出す手鏡に朧《おぼろ》に映る影を眺めた。壁の崑崙のあたりが映つてゐた。錫汞《しやくこう》で磨いた鏡面に霧がかかり、伎楽面は次第にジェルミのレオナルドの顔に変つてゆく、その顔の半面にひらがなと覚しい文字のさだかならぬ曲線が浮んでゐる。左文字、と覚《さと》つた瞬間鏡の角度が変り、硝子箱の古代チェンバロの男像柱が映る。一人は裸のサルヴァトーリ、腿に蔓薔薇《つるばら》の棘《とげ》の掻傷《かききず》、その微かな痕を霞《かすみ》の中に探らうと手を差伸べた時、私の膝の上に鏡は置かれた。

「硝子製の鏡が普及したのは江戸末期ですから、この柄附の手鏡は室町のものでせう。その見事なデザインを御覧なさい。エッチングとしか思へないやうな鋭い彫痕を。水に鶺鴒《せきれい》、辻が花染の小袖の模様にもあります。水から下を纐纈《かうけち》にしてね。こちらのギヤマン鏡は裏に楓《かへで》と橘《たちばな》を研出《とぎだ》しの蒔絵《まきゑ》にして夕星《ゆふづつ》が螺鈿《らでん》で鏤《ちりば》めてある秀作ですが、鏡面に小さな罅《ひび》があつて贈物には向きません。裏の方だけ見せて飾つておく分にはちつとも構はないが、それをまた恨みの鏡などと担ぐ人もゐますからね」

私は靡樹氏の説明を聴きながら、水に鶺鴒の柄鏡を買ふことに決めてゐた、神饗家《かんなへ》のかみら刀自《とじ》に奉るのはこれ以外にない。近頃透きとほるばかり痩せ細つてさらに窈窕《えうてふ》とした鬼気を加へたあの媼《おうな》に、これを翳《かざ》させてみたいと思ふ。膝の鏡を表向きにすると煙つた水面《みのも》に海松《みる》のやうな額の髪がそよぐ、私の顔は蒼ざめ瞳孔が散つてゐた、朦朧《もうろう》とした背後の室内風景の中に、王妃のサンドラ・ミーロの貌《かほ》がゆらゆらと拡がり、痙攣するソプラノの嬌笑が空耳にひびいてはたとやみ、花やかな笑顔は忽《たちま》ちかみら刀自の禽《とり》の顔に変る。灯光の加減か先刻浮んでゐたひらがな左文字は見えぬ。

III

貝母《ばいも》町の裏通りに入ると七月、半夏生《はんげしやう》の翌日といふのにひいやりと膚《はだ》寒い。市街全体が巨大な硝子の檻《をり》の中に閉ぢ籠《こ》められてゐて、ここはいつも晩秋の風が往き通ふやうに空気が調節されるのだらうか。

たしか町の中央の貝母ホテル十三階にあると聞いた神饗家の別荘は、訪ねてみると意外に複雑な空間に位置するらしく、硝子張りの無人昇降機の中の「神饗」の釦《ボタン》を押すと、耳鳴りのするやうな速度で一度急降下し、私は地下何階かの仄暗い廊下で吐出された。薄暮めいた光線の彼方から紫紺の制服の青年が近づき丁寧に誰何《すいか》する。

夥《おびただ》しく設けられた、同じく透明のエレヴェーターの一つに案内され、再び釦を押すと、私はものういばかりの緩やかさで引上げられて行つた。部屋番号は77、扉の中心の覗窓の上に青銅の表札が架かり、よく見るとCAMILLAと浮彫《レリーフ》がある。銀糸混りの組紐を引けば中ですずやかに鐘楽がひびき覗窓に黒い瞳が現れた。

「まあ、やつぱり。おばあさまつたら一時間も前にお越しになることをお告げになつてゐましたのよ。赤銅色のジャケットを着ていらつしやることまでぴつたり。そのお包みの中は鏡でせう。失礼申上げました。私、草摺あきつ、今日は香合《かうあは》せに招かれてをりますの」

かみら刀自は私の叔母の亡夫の母とか、このタナグラ人形のやうな少女もあるひは私の遠い縁に繋《つな》るのであらうか。彼女は鶸《ひは》色のサック・ドレスをさわさわとひるがへして私を奥の洋間に案内した。張出したテラスには庭園が築かれ、枯山水擬《かれさんすいもど》きの寂《さ》びた趣、ふと見ると龍胆《りんだう》が今紫の花をつけ、尾花が銀色にそよいでゐる。その奥には百日紅《さるすべり》と柘榴《ざくろ》が幹を並べ、すべて間歇的に注ぐ人工の雨に濡れてゐる。

「まづこちらへお入り。何を驚いてゐるの、ここはいつも神無月《かんなづき》ですよ。裏へ廻れば萩がこぼれてゐます。今白河香《しらかはかう》を楽しんでゐるから仲間におなりなさいな。試香《こころみかう》が終つたところだからあなたも末座で都の霞《かすみ》と秋風だけ早くきいておおき。初めての方もいらつしやるので今日は草摺さんが介添へ。あなたは詳しかつたわね」

都の霞の香木は「白妙」秋風は「綾羅《りやうら》」白河の関は「雁《かり》が音《ね》」、香元《かうもと》のかみら刀自は傍に十炷香《じつしゆかう》箱を置いて、十二、三人の秋草の花のやうな少女たちを見渡す。私は茶《ちや》屋《や》辻帷子《つじかたびら》に似た藍の麻をさらりと身に着けた涼しい口もとの少女の左に坐《すわ》つた。彼女は聞香炉《ききかうろ》を捧げるやうにして私に廻し、ややずれた銀葉《ぎんえふ》を薬指で正すと、軽く一揖《いちいふ》して「『綾羅』ですつて」と囁《ささや》いた。睫毛《まつげ》が罌粟《けし》の雄蘂《をしべ》めき、その翳に大人びた眸《ひとみ》がさつと瞬《また》いた。十七、八歳であらうか。私はその横顔に暫《しばら》く目を注いでから「お相伴《しやうばん》を」と応へた。少女は再びうつくしい目で私を見つめて微笑した。その時香元の後に片膝ついてゐた草摺あきつが勝気な調子で言ひ放つた。

「香水つけていらつしやつたのは誰、聴香に来るのに非常識だわ。『綾羅』にまじつてゲランの『火花』のにほひがする。どなた、退席していただきたいわね」

鋭い衣摺《きぬずれ》の音が耳もとで聞え、傍の少女が即座に立上つた。私がはつとなつて見上ると、少女は寂びた声であきつに答へた。

「『火花』は私。でも昨夜上り湯の盥《たらひ》に一滴落しただけなのにまだ残り香がするのかしら。嘘でせう。私がこの方の隣に坐つてゐるのがお気に召さないのよ。いいわ、退散してあげる」

一座に優雅な殺気が流れた。かみら刀自がゆつたりとした調子で睨《にら》み合ふ二人に語りかける。

「およしなさい。あられもない。少少の香水でごまかされないやうに嗅覚を澄ませておくのも勉強のうちです。それにしても美男子は得だねえ。あきつさんだつて、さつきからオー・ド・コロンのマンダリンのにほひが流れてゐるのに気がつかないはずはないでせう。咎《とが》めるなら片手落《かたておち》のないやうにね。あんたは『火花』の中に混つてるイラン・イランの花の香に癇《かん》を立ててるのよ。うるさいことを言ふなら私の名は韮《かみら》、意地悪いあつまりに罷《まか》り出たら名を変へて来いと怒鳴られるかも知れない」

ひめやかな笑ひがさざなみのやうに室内に漂ひ渡り、あきつは気勢を削がれて坐り直したが、『火花』の少女は肩をそびやかせて次の間に姿を消した。

「石塔《しやくたふ》さん、今帰つちやいけませんよ。途中で事故にあひます。葱花《そうくわ》町の角の時計塔が崩れる。今台座の花崗岩が滑り始めてゐる。あなたはあの下を通らずには帰れない。一時間ここに留つてからになさい」

かみら刀自の声がひびいて暫くすると次の間から、石塔と呼ばれた『火花』の少女の応答があつた。

「ありがたうございます。先生。でもそれならその時刻に草摺さんと御一緒して下が通りたいわ。零生さんが飛出してどちらを介抱するか見たいものね」

あとの一言は明らかにあきつに聞かせるためであつた。あきつより先に私が愕然とした。あの七月生れの熾天使はここまで忍び込んで、少女らの心を灼《や》いてゐたのかと、にはかに心は騒立《さわだ》つ。イラン・イランはルソン島の花、『火花』の中には零生の体臭の源がこめられてゐたのであらう。その香の霞網《かすみあみ》にこの少女らはいつ搦《から》め捕られたのか。

客香《きやくかう》の白河の関「雁が音」を聞き当てたのは十一人のうち三人、それもおそらくは偶然のことにちがひない。

伽羅《きやら》、羅国《らこく》、真南蛮《まなばん》、真那伽《まなか》、佐曽羅《さそら》、寸聞多羅《すもだら》、この六国《りくこく》列香の微妙な階程は音階のやうに正確なものではない。沈香樹《ぢんかうじゆ》は熱帯の密林の泥の中に埋れてゐた永い歳月の呪ひの塊、時と所と熱の組合せによつて易易《やすやす》と人の嗅覚を嘲弄する。かみら刀自は必ずこの名を嗅ぎわけ、かつて誤つたためしがないと噂されるが、嗅覚の鋭さよりも予見の超能力のゆゑであらう。刀自は組香《くみかう》の証歌を業平《なりひら》の「月やあらぬ春やむかしの春ならぬわが身ひとつはもとの身にして」に変へ、無月、むかしの春、うつし身にはそれぞれ「地楡《われもかう》」「落花」「幻」の香木を組み、「幻」を主題にしての香遊びを今一番試みた。少女らは次第に香に酔ひ、末席の私を無遠慮に注視するやうになつた。木天蓼《またたび》に昂奮する猫族の稚《わか》い牝の眼が、シャツの網目を通して私の肌を刺す。少女らは気もそぞろ、聴香はやうやく憑《つ》きものがしたやうにみだりがはしい趣を呈し、香炉に頰をあてて「幻」「幻」と囀《さへづ》るていたらく、私は慄然として座を立ち、前栽《せんざい》の柘榴《ざくろ》の影に遁《のが》れた。

シャワーが間歇泉《かんけつせん》のやうにさつと冷《つめた》い霧を吹き、私の全身を濡らす。私を目で逐つてゐた聴香の少女らはこの時一斉に笑ひさざめいて、かたみに縺《もつ》れあふその姿は野分《のわき》の中の秋草園を思はせる。刀自はひややかに彼女らと私を双眸《さうぼう》に納めて黙然と坐つてゐた。私は蹣跚《まんさん》と仄かな木下闇《このしたやみ》を横切りテラス沿ひに隣室へ隠れた。ジャケットを脱いで雨滴を払はうとする私を、突如前後から二人の少女が抱き止める。草摺あきつと今一人は石塔某の『火花』の精、不意を食つてよろめく身体を二人はずるずると押し臥《ふ》せ、あつと言ふ暇もなく私はあきつの膝にくづほれ「火花」がのしかかるやうにしてそれを覗き込むといふ奇態な構図になつた。

「私と零生とどちらがお好き」

あきつの切れ長な眼が媚《こび》を含んで私を見下す。無体な問ひかけにあらがひ起上らうとする私を、真向から捻《ね》ぢ伏せて、「火花」は、

「勿論零生でせう。でもそれは駄目、あの人は私を愛してゐる。そしてあなたもさうさせてあげる」

と口走り、いきなりその唇で私の口を塞《ふさ》いだ。私の四肢は意外にしたたかな二人の抱擁に縛《いまし》められ、薫香の移り香と体臭の濃密な網目の中で次第に痺《しび》れてゆく。不意に鋭い欲望が全身を貫き、私は唇の密封から遁れようと喘《あへ》ぎながら畳に爪を立てた。肉の錘《おもり》が胸の上でさらに重さを加へイラン・イランの花の焦げ臭い香が鼻孔を刺し、私

は急速に意識を喪《うしな》つてゆく。灰色の霞の底で二人の話声が飛び交ひ、さらにその彼方から時計塔の崩れる音がした。

「レオナルドはあれからどうしたの」

「コロシウムで王妃の愛人のフィリップ・ローリエが射殺されたから犯人を探しに行くのよ」

「なぜレオナルドが」

「フランソワ一世に愛されてゐたからでせう。王妃の奸計ぢやないか知ら」

「犯人は見つかつて？」

「王がブランシャールに命じて殺させたの」

「殺したつてコキュはコキュね」

「夫を寝とられた妻は何と呼ぶんでせう」

「コキーユ。死んだ貝の殼よ。それも子安貝の」

「嘘ばつかり、あなた悪趣味ね」

「悪趣味といへばあなただつてこの間文殿さんを妙なところへ誘つたでせう」

「ああ、賀集夫人のこと？　あれは私の父の愛人。感男計のことも御存じね。零生が届けに来た時は代りに私がゐたの。それからどうなつたか聞きたい？」

「クロロフォルム嗅がしたんでせう。いつもの伝ね」

「精霊蜻蛉《しやうりやうとんぼ》の刺青《いれずみ》をしてやつたわ。右の腿に。毛深いから隠れてしまふけど」

「ぢやそれより前に私がした左の腿の鞘《さや》の刺青も見えなかつたでせう」

「この人にもそれを？」

IV

針を突き刺される疼痛《とうつう》に私は跳ね起きた。霞む視界にかみら刀自が微笑してゐた。広い客間は森閑として聴香の座の余波は掻き消すやうに無くなつてゐる。注射器を馴れた手つきで函に納めながら刀自は言ふ。

「ひどいアレルギー体質ね。あなたは。沈香で眩暈をおこすなんて聞いたことがない。あの二人もあきれて帰りましたよ。あんな美少女に懇《ねんごろ》に介抱されて果報者だこと。口だけ大人びたことを言ふけど可愛いもんでせう。いまだに昆虫採集とか押花に興じてゐるの。石塔さやみ、初めあなたの右に坐つてゐた子ねえ、彼女が言つてたわ。あの人は雄の玉虫だつて。面白いことを。この間は鼓笛町で斑猫《はんめう》を捕へたさうよ。二人は姉妹みたいに仲が良いの。人前でするいさかひはお芝居。あの子たちも私に肖《に》てこのごろ人には見えないものが次第に見えるやうになつて来た」

私はあらためて眩暈を覚えた。刀自のすすめる冷たい玉露にからうじて嘔気をこらへながらふと文机の上を見ると、私の齎《もたら》した柄鏡と、露ながら捥ぎとつた一顆の柘榴《ざくろ》の実が置かれてゐた。

「鏡をありがたう。去年の春望潮《もちしほ》家が十六夜《いざよひ》野で催した園遊会で私が言つたのを覚えてゐてくれたのね。文殿に探させたのでせう。でもまあよくこれが手に入つたこと。私の目にもこの鏡がどこにあるかは今日まで見えなかつた。あなたはまだ何も知らないやうね。よく御覧」

かみら刀自は柘榴を割つた。鋭い爪で血にまみれたやうな実をせせり、ばらばらと奉書に受けて今一度私を顧《かへりみ》た。指の腹で薄い果肉を圧《お》し潰したたる果汁を懐紙に含ませ、彼女はしづかに鏡面を拭《ぬぐ》ふ。錫汞《しやくこう》の被膜に浮くまだらな銹《さび》と白い曇りはみるみる洗はれて、鏡は黒真珠のやうな光を放ち、嫗の厳しい面をななめにうつす。刀自は予《かね》て机の下に伏せておいた今一つの手鏡を持つと、室町鏡を私に手渡し、目顔で合せ鏡の中を見よと誘ふ。

彼女の翳す鏡には古鏡が映り、その面には「いのちさや」とひらがなが煙るやうに浮んでゐた。怪訝《けげん》なおももちで眸を凝《こ》らす私に刀自は囁きかける。

「さやとは女の名。天文九年に水銀を嚥《の》んで果てたとやら。鏡を贈つた男は連歌師《れんがし》。師匠の『飛梅千句』を九百九十九句写して出奔したさうな。言ひ交した弟分と筑紫へか淡路へか杳《えう》として行方知れず。コキーユどころか虚背《うつせ》貝《がひ》よ。ほほほ。死んだ母の唐《から》櫛笥《くしげ》の底に『鶺鴒《せきれい》文鏡由縁』といふ因果譚の聞き書があつてね。どうやら私はその裔《すゑ》の裔らしいのよ。私の連合《つれあひ》もまた符節を合せたやうな失踪をしてそのまま生別れ。鏡一つくれはしなかつた。遠い血に繋るあなたが今日この鏡を持つて来ようとは」

刀自は私の手から鶺鴒の鏡を奪ふとしみじみおのが貌《かほ》を写して荒木田守武《あらきだもりたけ》の連句をくちずさむ。

いのちなりけり柘榴《じやくろ》なりけり
かがみとぎさよの中山けふ越えて

そのかみ鏡は柘榴の果液で磨いたといふ。まだ沈みきらぬ鏡面の錫汞に脂か何かで左文字の起請文《きしやうもん》を書いた男のあはれ。さやの中山さよの中山、異本山家集の本歌取《ほんかどり》を逆に弾《はじ》き返し、投げた命の空鞘、身は不知火《しらぬひ》の彼方に落ちてゆく。刀自の夫なる人はいづれへ消えたのか。さう言へば昔、遠い縁戚の一人に異国人があると伝へ聞いたことがある。マニラ領事をつとめるスペイン人の弟とか、名はたしかレオン、グラナダの生れ。記憶の繭はほぐれて透明な蛾がはばたき、扉の名 CAMILLA にまつはつた。カミラ、あるひは寝椅子《カミーリヤ》、

「アディオス、セニョーラ・カミラ・カミラ！」

私の挨拶に瞬間刀自の眼がきらと光つた。

彼女はやをら立上るとその場で軽く踏鞴《たたら》を踏みながら低く歌ひ始めた。意外に甘く濁つたメッツォ・ソプラノ、九十九髪《つくもがみ》の媼が頭上に翳して弾く指の拍子はハバネラ、耳を澄ませば歌はカスティーリャの古謡「白い柘榴《グラナダ・ブランカ》」であつた。アルフォンソ皇帝の寵姫ラケル・メレがパリでデビューした時、皇帝に献じて泣きながら歌つたといふ鄙《ひな》びた挽歌、しかしその歌詞は突如耳馴れぬ日本語に変り、気がつくと紛れもなく古事記の久米歌《くめうた》。

宇陀の高城《たかき》に鴫羂《しぎわな》張る
わが待つや鴫は障《さや》らず
いすくはし鷹《くち》らは障る
前妻《こなみ》が菜乞はさば
立柧棱《たちそば》の実の無けくを
こきしひゑね
後妻《うはなり》が菜乞はさば
柃《いちさかき》 実《み》の大けくを
こきだひゑね

殺下《さいか》した頬が仄《ほの》かに紅潮し、唇は歌ひ歇《や》んでもなほ痙攣《ひきつ》れてゐる。

「鳴羂ならぬ鶺鴒《せきれい》の羂、霞網《かすみあみ》を張りめぐらして人の心を透視するのが今日此《この》頃の私のなりはひ。私の預言に操られて次次と人は不幸に酔ひながら囚はれてゆく。はかない。後妻《うはなり》打ちをしようにも私の連合《つれあひ》は零落した闘牛士の後妻になつてしまつたわ。その闘牛士の孫が七月生れ。あなたはそのユリウス・カエサルの稚い網に搦められかけてゐる。ほほほ、とんだ貴種流離譚ね。ではもうおかへりなさい。アディオス、セニョール・ダイダロス。鼓笛町なんかへ廻り道すると妖精たちが展翅《てんし》板《ばん》に磔《はりつけ》にしますよ」

急降下する硝子張りの昇降器の中で私は瞑《ま》つてゐた目をふと瞠《みひら》いた。すれちがつて昇る透明の檻《をり》に零生がゐる。緑金の紋様を撒いたサファリー・コートを羽織り、胃の劇痛に堪へるやうに身体をくの字に曲げた彼は瞬く間に消え去つた。イカロス昇天、私は鳥肌立つて貝母ホテルを駆け出した。

夕闇を縫つて泳ぐやうな足どりで家へたどりつくと、飲み馴れぬジンを呷《あふ》つて泥酔し、昏昏《こんこん》と睡りに墜ちて行つた。咽喉《のど》を灼《や》く渇きに目を醒まし、全身の脂汁を流さうとシャワー室に入つた時、私は腿に微かな痒みを覚えて立竦《たちすく》んだ。姿見に映る内腿の左右に黒い蜻蛉と刀の鞘の形、熱い驟雨《しうう》を浴びて洗ひ落さうとしても、浮き上る血管の網目の中にいよいよ明らかに顕《た》つばかり。私は唇を噛んで沛然《はいぜん》としぶくシャワーの下に跪《ひざまづ》いた。耳鳴りがする。ふたたび崩れ落ちる時計塔の真下を零生が横切る。斑猫の翅《はね》に似たコートが翻り、上る土煙と血飛沫《しぶき》。熱風の中から二人の少女が現れ、巨大な時計の長針に胸を刺し貫かれた零生の屍体を引摺り出す。

「私のものよ。上半身は」

「では下半身は私が貰《もら》つて行きます」

草摺あきつと石塔さやみ、妖精、否《いな》魔女の蛹《さなぎ》は斑猫を両断しようと、用意した鋸《のこぎり》を零生の鳩尾《みぞおち》にあてる。にはかに空が暗くなり凄じい白雨に視界は朧、乾いた鋪道《ほだう》がたちまち川になり、早くも凝《こ》つた血が柘榴の花のやうに流れて行く。雨脚はいよいよ繁く千筋《ちすぢ》の細引となつて街を包み、もはやその明るい暗闇は咫尺《しせき》も弁ぜぬ。河は次第に水銀色に膨れ上り、その泡立つ水面に、斑猫青年を左右から曳きつつ浮き沈みする少女ら。目を三白に瞠き昏《くら》い媚笑を湛へて流れ去る二人オフェリアを悼みながら、私もずるずると誘はれるやうに奔流に落ちた。

水底からひびく鐘楽に私は愕然としてわれに還つた。玄関で執拗にチャイムを鳴らす者がゐる。この深夜に誰の訪れであらう。熱い驟雨を浴びつづけて海藻のやうに濡れほとびた身体に、橙黄の毳立《けばだ》つたバス・タオルを纏《まと》ひ、廊下に雫を垂らしながら小走りに玄関へ出て見た。既に人影は無かつた。花甕の脇にびつしより濡れた置手紙が一通、綿のやうになつた封筒からつまみ出す書状は皮膜の薄さの雁皮紙《がんぴし》、淡い青墨の

達筆も無滲に滲み、壁の灯に透かすとただ二行、

「予《かね》て御所望の雲母《きら》張り硝子製立棺、貴方と等身のもの、それも二台、昨夕入荷いたしました。出水がをさまり次第是非お越しを」

玄関の扉を開くと外は雨後の星月夜、いつどこの河が溢れて引いたのか、洪水のなごりの泥が甃に層をなし、階段の下の矢来牆《フェンス》の針金に夜目にもきらきらしい孔雀紋の帷子《かたびら》が引つかかつて、冷え冷えと風にそよいでゐた。

解説　『連弾』のころ

山尾悠子

他ならぬ『連弾』の文庫解説を仰せつかることになった。まさかこのような日が来ようとは。確かに塚本邦雄本との個人的な初遭遇は一九七三年、ちょうど発売直後の単行本『連弾』がそれだった。出逢った場所は、今は無き京都書院河原町店、その魔界の如き二階売り場。鬱然たる陳列のなかで、初見の著者名ながらひとめで惹かれ、魅入られたように購入していた。地方から出てきたばかりの貧乏学生が、よくも函入り大型本などに手を出す気になったものだと思う。が、読んでみれば仰天するほどの衝撃を受け、先に出ていた『紺青《こんじょう》のわかれ』も速攻で発見、入手。この年は評論集のあれこれや『藤原定家　火宅玲瓏《かたくれいろう》』、定型詩劇『ハムレット』も見つかったし、何より恐るべき新刊歌集『青き菊の主題』にもリアルタイムで遭遇していた。以後どっぷりと〈沼〉に嵌《はま》っていくのだが、それはさておいて。

「瓶に挿しつぱなしで四月を越えた侘助椿が、厭らしい萌黄《もえぎ》の腋芽《わきめ》を吹いた。腐つた水の中で粘液にまみれてゐる切口を思ふと、総毛だつてくる。」(「蘭」)

巻頭、このように端正にして簡潔、かつ妖しさに満ちた文で幕が上がる第一小説集『紺青のわかれ』の世界は、いかにも〈短編〉集。そして——

「いいえ、私が見た時は、蠅はまだ一匹も死んでゐなかつたと思ふわ。貴方《あなた》が見たのは私が席を外して十分ばかり経《た》つた頃でせう。その間にどうして銀蠅が三匹もばたばた死ぬの?——」(「奪」)

と、ここからますます妖しげに続いていく長台詞でもって開幕する第二小説集『連弾』の作品群は、こちらは短編の文体というより、分量的に言っても〈中編〉集。と、長年そう思ってきた。次作の長編『十二神将変』以後、塚本小説作品は長編か〈瞬篇小説〉かの二種に限られていくので、だからやはり、初期作『紺青のわかれ』『連弾』二冊の立ち位置は稀少にして、貴重。と、これも長年そう思ってきた。『紺青のわかれ』はすでに文庫化されているので良しとして、本書をもってこれから初めて『連弾』を読むという読者が羨ましくてならない。ちなみにうるさ型の某知人で、塚本小説本ならばまず『連弾』を推す、と主張する人物もいるほどだ。

一読、濃厚な香水でも浴びたかのように数十年経っても脳内に染みつく「クール・ボワジェのナポレオン」の薫りやら。中編ならではのボリュームたっぷりに編み上げられる男たち女たちの虚々実々の縺《もつ》れあい、そしてそれらを彩る絢爛豪華な道具立ての魅力をいちいち挙げることなどとても無理だ。ちょっと思い出しても、只事ならぬ美学の結晶の如くであったファッション・ショウの濃厚な描写やら、また華燭《かしょく》直後の場で「仙台平の袴《はかま》は弥左衛門裁《た》ちの刳襠《くりまち》の仕立加減までさつと目で改め」、衣装すべて鮮やかに畳み終える新妻の才走りようやら。切りがないのでやめておくが、それにしても、〈幻想都市〉系列とも言える巻末作「かすみあみ」の比類ない完成度といっては。ラスト近くの不思議少女たちの会話部分、特に好きでならない。

さてしかし。ところで。

一時期は確かに毎月一冊と思われるほどの驚異のハイペースで塚本豪華本の新刊が出て、追いかける貧乏学生としては食事を抜き、足元はふらつきながらも脳内のみ熱っぽく充実していたものだった。そして華麗な創作群の賞翫《しょうがん》のみならず、評論・鑑賞系の著作の数々からいかに豊かで大きな導きを得てきたことか——この経験もまた、多くの塚本読者とまったく同じ。であるのだが、特にこの一冊に出会っていなければ、すべての様相はかなり違っていたかも。と個人的に思う特別な一冊があって、その本とは『麒麟騎手——寺山修司論』。十五歳年下の盟友・寺山修司に宛てた書簡集がメインとなる本で、余計ごとかもしれないが、未読の読者のために少しだけ紹介することにしたい。

巻頭には塚本による濃密な寺山修司論六編、「雁の涙」と題する大部の書簡集がそれに続く。往復書簡でなく一方通行なので、初読時はちょっととまどったものだ。時期は一九五四年から一九七二年、塚本三十四歳から五十二歳、活動初期からちょうど『紺青のわかれ』が出たところまで。「Chou! 同人誌やらうか。」と明るく若々しい呼びかけで書簡は始まるが、最初のあたりは互いに病気療養中となって、励まし合う時期もあり。現代短歌の両雄による厚い交流、当時の現場を知る資料価値も大きいのだろうけれど、何より創作者・塚本の素顔と肉声がダイレクトに知れて（何しろ私信の公開である）、たとえば「花曜」五十首書き上げた折のさすがの高揚ぶりとか、また初の短編小説を一篇ずつ書き上げていく折のいかにも楽しそうな様子とか。そして何にも増して、年下の友・寺山への大きな愛がまざまざ伝わってくるのだった。読んでいると幸福感があり、けっこう頻々と読み返したものだ。

あまりの教養と博覧強記、華麗に過ぎるほどの創作の数々。それだけ読んでいれば、近寄り難い気がしたかもしれない。特に小説では、どう見ても悪意のある登場人物が多いことでもあるし――しかし、潑剌《はつらつ》と才気走る悪党の跳梁《ちょうりょう》もまた塚本小説の魅力のひとつ。本書『連弾』のなかにも、凄腕《すごうで》が何人もいる。話のなかにちょっとだけ出てくる「きららお嬢様」も密かなお気に入りだ。

（やまお・ゆうこ　小説家）

解説　華麗な惨劇の淵へ

中条省平

塚本邦雄の『連弾』が文庫化される。これほどうれしいことはない。というのも、この短篇小説集は、あの浩瀚《こうかん》な十六巻仕立ての『塚本邦雄全集』にも収録されなかった、文字どおり、幻の大傑作だからだ。

半世紀以上も前、未来の見えない大学浪人の私は、横浜駅ビルの書店で新刊平積みの『連弾』を見つけてただちに購入し、すべての憂鬱を忘れ、息せき切ってひと晩で読了した。あのときの興奮の痕は、いまでも鮮やかに胸の底にある。

私はもともと詩や歌に疎い性質だったが、塚本邦雄の名前だけは畏怖とともに知っていた。初めての出会いは、中学生のときに恐る恐る盗み見た「エロティシズムと残酷の綜合研究誌」、澁澤龍彥編集の『血と薔薇』で、そこに連載されたエッセー「悦楽園園丁辞典」を読んで、著者の類を絶した博識と、異常に研ぎ澄まされた美意識と、反時代的にうねくる光彩陸離たる文体に圧倒された。

その塚本邦雄が『紺青《こんじょう》のわかれ』で、日本近代小説のなかでも格別の小説家として一挙に異貌を現したのが、『連弾』刊行の前年、一九七二年のことだった。美とエロスに惑溺し、悪意と嘲笑を練りこみ、惨《むご》く華やかなデヌーマンで人生に深淵を開くその十篇のコントは、鏡花とも、谷崎とも、三島とも異なる、しかし、彼らに匹敵する耽美主義の新たな顕現だった。

『紺青のわかれ』で小説家・塚本邦雄に魅せられた私は、新たな作品を渇望し、かくして第二短篇集『連弾』に導かれた。

本を開くと、目次に五つの短篇のタイトルが並ぶが、一字の題名から順次ひと文字ずつ増えて五字の題名に至るという洒落た趣向。これはもちろん『紺青のわかれ』の目次で十作の題名を使っておこなわれたクレッシェンド・カリグラムともいうべき言語遊戯と同じ手法だが、『連弾』はさらに凝っていた。右ページの漸次《ぜんじ》増大を表す文字の図像が、左ページでは鏡の中にある如く反転されているのだ。しかも、この鏡のイメージは、本作掉尾《ちょうび》を飾る神品「かすみあみ」で重要な主題として浮上する仕掛けである。これについてはあとで記そう。

本書劈頭《へきとう》の一作は「奪《だつ》」。

「いいえ、私が見た時は、蠅はまだ一匹も死んでゐなかつたと思ふわ」というヒロインのひとり、檀上香也子《だんじょうかやこ》の台詞から始まるが、この棘棘《とげとげ》しい告発調の切り口上《きりこうじょう》を読んだ瞬間、私は早くも恍惚《こうこつ》としていた。

というのも、『連弾』の刊行より少し前、塚本邦雄は、単行本『悦楽園園丁辞典』と同じ版元、薔薇十字社から出た久生十蘭《ひさおじゆうらん》の『黄金遁走曲《フユーグ・ドレエ》』に「蒼鉛嬉遊曲《ビスマス・メヌエット》」なる解説を寄せて、十蘭の「猪鹿蝶」（のちに「姦《かしまし》」と改題）の女主人公の冒頭の台詞を引用しつつ、この短篇を「ほとんど舌舐めずりしながら一息で読みおほせ、なほ二、三日は軽い酩酊感に浸つてゐたものだ」と語っていたからである。『紺青のわかれ』と『連弾』の全短篇のなかで、女主人公の台詞で始まるのは、この「奪」一作だけ。この一点を見ても、「奪」が塚本から十蘭へのオマージュであることは明らかだと私は直感したのだった。

もっとも、十蘭の「猪鹿蝶」自体が、ジャン・コクトーの全篇女のモノローグ劇「人間の声」（ロベルト・ロッセリーニがアンナ・マニャーニ主演で映画化し、最近ではペドロ・アルモドバルがティルダ・スウィントン主演で極彩色に翻案映画化した）へのオマージュを含んだ返歌だといってよい。

一方、塚本邦雄は、「猪鹿蝶」の冒頭と並べて、同年同月（一九五一年一月）に読んだ三島由紀夫の『禁色』の冒頭を引用し、「『猪鹿蝶』と『禁色』は終生私につきまとふことであらう。当時、いつの日かもし小説を書くとすれば、十蘭と由紀夫のいづれをも兼ねた、華麗な惨劇をとひそかに空想した」と告白しているのだ。『連弾』の最初の短篇「奪」こそは、その華麗な惨劇の最高例である。

タイトル「奪」の一語が塚本流愛のドラマトゥルギーを切っ先鋭く結晶させている。塚本邦雄における愛は、つねに奪い奪われる惨劇と化し、けっして相思相愛の安逸な平衡に達することがない。愛とは「奪」のロンドであり、奪っても奪われても永遠に続くタンタロスのむごい渇きなのである。

その「奪」のロンドを形づくる人間関係は複雑巧緻をきわめる。主要人物は、高遠《たかとお》星策《せいさく》、朝倉雄飛《あさくらゆうひ》、檀上香也子で、星策と香也子が雄飛を張りあう三角関係の縺《もつ》れを物語ると見せて、その背景に高遠家、朝倉家、檀上家の親子二代にわたって絡みあう因縁が浮かびあがり、さらに高遠夫人・筐子《きょうこ》の兄である画家・露木炬《つゆききょ》、画廊主の神巣序《かみすじょ》章《しょう》、デザイナーの寒河江星夜《さがえせいや》といった一癖も二癖もある面々が交錯して、プルーストどころではないソドムとゴモラの地獄絵図を描きだす。

そして、この物語は、露木炬と、雄飛の父・朝倉雄図の連続死をめぐるミステリーでもある。謎の惨劇があれば、そこにはかならず惨劇の謎解きがあり、塚本邦雄の小説は、長篇『十二神将変』を典型的なケースとして、多くの場合、まことに巧みな推理サスペンスとして織りなされる。久生十蘭や夢野久作の場合と同じく、純粋に文学的な感銘と高度に手の込んだエンタテインメントが不可分に結びついているのである。「奪」の場合も、ラスト三ページで連続死を覆った謎の幕がひき剝《は》がされて終幕となる。

先ほど、塚本小説の愛は永遠に相思相愛の平衡に達しないと申しあげたが、それは純愛の不在を意味しない。アラゴン＝ブラッサンス的にいうなら幸せな愛などないのであり、むしろ、不幸の極みで愛はその輝きをこの上なく強く放つ。「奪」でいえば、そうした愛の相を代表するのは、高遠星策と朝倉雄飛の場合である。

そもそも無為のディレッタントと画家のなりそこないというこの二人の男は、みずからが芸術家としても人間としても終生未熟であることを痛いまでに自覚するからこそ、非業の運命を体現する未完の芸術作品に心惹かれ、その共通の嗜好で結ばれたのだ。

この二人の呪われた愛が最高の強度で描かれるのが、本書三十三ページの一段落である。そこでは、画家でありながら致命的な緑内障を病んだ雄飛の姿を星策が見つめている。見つめられる雄飛は、星策が檀上香也子と連れ立ってやって来たことに嫉妬し、「蘞《あぐ》い嫉妬に緑内障の眼底には緑青の砂漠が塩を吹」いたというから凄まじい。この隠喩の酷薄と巧緻に私は塚本邦雄の詩人の魂、否、詩人の業を見る。

また、雄飛、奪われる病者の非業な運命が緑内障の緑で、香也子、奪う女の情欲が血と紅天狗茸《べにてんぐだけ》の赤で描かれる色彩演出の鮮烈さにも慄然とする。だが、それはともかく、上述の星策の目から見た雄飛の内面の砂漠の光景は、わずかその三行先では雄飛のヴィジョンに転じている。つまり、愛しあい憎みあうこの二人はじつは同じヴィジヨンを見ていたことになる。ジャン・ジュネをも凌駕するスタイルの魔術。塚本邦雄の残酷な純愛という主題は、文体の超絶技巧によって支えられているのである。

二人の人間の内面がじかにつながるという奇跡、愛の地獄のみで可能なその奇跡を紡ぎだす塚本邦雄の文体の魔術は、続く短篇「連弾」にも見出せる。

画家雄飛が緑内障を病んだように、「連弾」の高梨憧憬《たかなししょうけい》はピアニストにとって致命的な手首の腱鞘炎《けんしょうえん》を病む。コンサート会場から激痛で病院に運びこまれた憧憬は、失神から目覚めたとき、自分を愛する清宮八朔《すがみやはっさく》を枕元に見出し、思わずその肩を抱こうとするが、その瞬間、同じ文章のなかで視角は八朔のそれに転じ、自分の胸の下で泣く憧憬の姿が八朔の目に映る。かくて二人の視界は融合し、二人の肉体も融合する。ここでも純愛の奇跡を生みだすのは、病の地獄であり、見る主体と見られる客体を瞬時に転換する文体の魔術なのだ。

とはいえ、「連弾」という短篇においては、憧憬と八朔の純愛は刺身のツマといっても過言ではなく、小説的興味の焦点は、これまたソドムの愛を下敷きにした「奪」の物語であり、親子二代にわたる血腥《ちなまぐさ》い復讐劇へと結実する。「連弾」の人間観察の悪意は、「奪」よりいっそう濃く煮つめられている。

「奪」と「連弾」が華麗なミステリー、死と殺人を含むグラン・ギニョール仕立てとするなら、続く二作、「青海波」と「天秤《リブラ》の東」には、表向き死も殺人も出てこない。

だが、日常に隠されたエロスの惨劇を描いて間然するところがない。物語の手練手管《てれんてくだ》という点では、読む者を息苦しく締めつける「奪」や「連弾」の稠密《ちゅうみつ》な文体の力業に比して、黒い笑いをちりばめつつ、余裕たっぷりの語りものの名人芸を思わせる愉楽に満ちている。

「青海波」は、例によって多彩な登場人物がいり乱れ、人間喜劇の焦点を意図的に散らしながら展開するが、表面的には主人公のように見える露崎《つゆざき》兄妹の脇役として点描される麦谷《むぎたにみ》未完《かん》が物語の根底に存在する主題を担っている。

まさに冒頭から未完は花扇《はなおうぎ》を担って露崎兄妹のもとにやって来るのだが、この男郎花《おとこえし》の花扇はその後、プールに捨てられて、作品のタイトルと関係づけられる。すなわち、プールの水の「青海波の中の男郎花、アンドロギュヌスの水死体」となるのだ。そして、この花扇の描写は、山賊じみた髭面の中年男・六車火兄《ひのえ》に犯される未完の運命を予告している。

塚本邦雄の小説の登場人物は、多くの場合、アンドロギュヌスとして男女の性が反転可能である。未完のごとく男が女のように犯されることもあれば、「奪」の檀上香也子や「連弾」の高梨未絵《みえ》のように女が男を犯すことを躊躇しない。いずれにしても、アンドロギュヌスとはいえ、天使のように無性に近づくことは稀で、多くは牡臭い男にもなれば、牝臭い女にもなり、能動にせよ受動にせよ、性の惨劇に身を投じるのである。

「天秤の東」は、集中最もよくまとまったコントの佳作。『フェードル』を思わせる母子相姦劇に、皮肉な切れ味のラストがじつによく効いている。

最後は、かねてより私の鍾愛《しょうあい》する「かすみあみ」（私は本作を、安原顯《あきら》が編集した「リテレール」誌一九九三年冬号の特集「短篇小説ベスト3」で、十蘭の「姦」、三島の「真珠」とともにベスト3に挙げた。この特集には塚本邦雄も参加している）。この作品のみ、塚本小説には珍しい「私」の一人称で書かれ、現実と幻想がくるくると変転するシュルレアリスム絵画のようなタッチで仕上げられている。

冒頭から、「花柘榴《はなざくろ》が血紅のしづくをこぼし、めづらしく燕《つばめ》が宙を截《た》つて漆黒の抛《ほう》物線《ぶつせん》を描いた」とあるように、花の色彩が流血の運命を予告し、鳥の動きが転落のドラマを暗示する。まもなく、「私」の見るテレヴィに高跳びこみのダイヴァーが映り、この褐色のイカロスは転落死して、水の楯に横臥させられ、異次元の屍体陳列所《モルグ》に連れ去られたかもしれぬと語られる。

「かすみあみ」は端的にいって、塚本の大好きな神話、イカロスの転落の悲劇なのである。そして、死者を載せる「水の楯」のイメージは、ラストの「私」の屍体を収める「硝子《ガラス》製立棺」と正確に響きあっている。つまり、「私」は運命のかすみあみにかかって転落死することが最初から決まっていたのだ。

もうひとつ、この短篇で重要な役割を果たすのが、先に述べた鏡である。この鏡は、コクトーが映画『オルフェ』で描いた液化する鏡のように、現し世と冥界をつなぐ回転扉なのだ。それゆえ、運命を告知する現代の巫女・神饗《かんなえ》かみら刀自《とじ》に室町の古鏡を届けに行った「私」は、古鏡と手鏡の合わせ鏡のはざまに落ちて、自分の分身の処刑を目撃し、みずからの屍体を収める硝子製立棺を受けとることになる。この一作の繊細きわまる超現実主義的小説作法において、塚本邦雄はアンドレ・ピエール・ド・マンディアルグを超えたとさえいえるのではないか。

最後に各短篇の初出を記しておこう。困難な探索は、河出書房新社編集部の岩崎奈菜氏が、塚本邦雄のご子息、小説家にして歌誌「玲瓏」発行人の塚本青史氏の協力を得ておこなった。


「奪」　文芸誌「海」(中央公論社)一九七一年八月号。

「連弾」「海」一九七一年十一月号。

「天秤の東」　増田尚雄詩集『海の鬣《たてがみ》』(湯川書房)一九七二年三月刊(『連弾』収録版のプロトタイプと呼ぶべき瞬篇小説が載っている)。

「かすみあみ」「海」一九七三年一月号。

「青海波」の初出は未詳。


(ちゅうじょう・しょうへい　仏文学者)

＊本書は、一九七三年筑摩書房より正字正仮名で単行本として刊行された作品を、新字正仮名とし、文庫化したものです。
＊文庫化に際しては、著作権継承者の承諾を得て、原文にはない読み仮名を、歴史的仮名づかいで加えました。
＊今日では配慮すべき必要のある表現も含まれますが、作品発表当時の状況に鑑み、原文通りとしております。

連弾《れんだん》

二〇二四年 六 月一〇日 初版印刷
二〇二四年 六 月二〇日 初版発行

著 者 塚本邦雄《つかもとくにお》
発行者 小野寺優
発行所 株式会社河出書房新社
〒一六二‐八五四四
東京都新宿区東五軒町二‐一三
電話〇三‐三四〇四‐八六一一（編集）
〇三‐三四〇四‐一二〇一（営業）
https://www.kawade.co.jp/

ロゴ・表紙デザイン 粟津潔
本文フォーマット 佐々木暁
本文組版 株式会社創都
印刷・製本 中央精版印刷株式会社

Printed in Japan ISBN978-4-309-42109-4

菊帝悲歌

塚本邦雄　41932-9

帝王のかく閑かなる怒りもて割く新月の香のたちばなを——新古今和歌集の撰者、菊御作の太刀の主、そして承久の乱の首謀者。野望と和歌に身を捧げ隠岐に果てた後鳥羽院の生涯を描く、傑作歴史長篇。

十二神将変

塚本邦雄　41867-4

ホテルの一室で一人の若い男が死んでいた。所持していた旅行鞄の中には十二神将像の一体が……。秘かに罌粟を栽培する秘密結社が織りなすこの世ならぬ秩序と悦楽の世界とは？　名作ミステリ待望の復刊！

紺青のわかれ

塚本邦雄　41893-3

失踪した父を追う青年、冥府に彷徨いこんだ男と禁忌を破った男、青に溺れる師弟、蠢く与那国蚕——愛と狂気の世界へといざなう十の物語。現代短歌の巨星による傑作短篇集、ついに文庫化。

夏至遺文　トレドの葵

塚本邦雄　41970-1

塚本邦雄は短篇小説を「瞬篇小説」と名付けるほど愛し、多くの作品を遺した。その中でも特に名高い瞬篇小説集『夏至遺文』、「虹彩和音」「空蟬昇天」を含む『トレドの葵』の二冊を収録する。

ベートーヴェン捏造

かげはら史帆　42015-8

音楽史上最大のスキャンダル「会話帳改竄事件」。宮部みゆき氏絶賛の衝撃的歴史ノンフィクション、待望の文庫化！

最高の盗難

深水黎一郎　41744-8

時価十数億のストラディヴァリウスが、若き天才ヴァイオリニストのコンサート会場から消えた！　超満員の音楽ホールで起こったあまりに「芸術的」な盗難とは？　ハウダニットの驚くべき傑作を含む３編。

著訳者名の後の数字はISBNコードです。頭に「978-4-309」を付け、お近くの書店にてご注文下さい。